HEI FIDEL!

Hei Fidel!

Pryderi Gwyn Jones

Gwasg Carreg Gwalch

Argraffiad cyntaf: 2024

(h) testun: Pryderi Gwyn Jones 2024

(h) cyhoeddiad: Gwasg Carreg Gwalch

Cedwir pob hawl.
Ni chaniateir atgynhyrchu unrhyw ran o'r cyhoeddiad hwn,
na'i gadw mewn cyfundrefn adferadwy, na'i drosglwyddo
mewn unrhyw ddull na thrwy unrhyw gyfrwng, electronig, electrostatig,
tâp magnetig, mecanyddol, ffotogopïo, recordio, nac fel arall,
heb ganiatâd ymlaen llaw gan y cyhoeddwyr, Gwasg Carreg Gwalch,
12 Iard yr Orsaf, Llanrwst, Dyffryn Conwy, Cymru LL26 0EH.

ISBN clawr meddal: 978-1-84527-909-7

ISBN elyfr: 978-1-84524-617-4

Cyhoeddwyd gyda chymorth Cyngor Llyfrau Cymru

Dylunio clawr: Eleri Owen
Clawr yn seiliedig ar syniad a darluniau Michael Humphreys

Dyfyniadau Ioan Kidd a Manon Steffan Ros ar gefn y clawr o Gyfansoddiadau
a Beirniadaethau Eisteddfod Genedlaethol Cymru Ceredigion 2022

Cyhoeddwyd gan Wasg Carreg Gwalch,
12 Iard yr Orsaf, Llanrwst, Dyffryn Conwy, Cymru LL26 0EH.
Ffôn: 01492 642031
e-bost: llyfrau@carreg-gwalch.cymru
lle ar y we: www.carreg-gwalch.cymru

Argraffwyd a chyhoeddwyd yng Nghymru

Cyflwynaf y nofel hon i

holl frenhinoedd a breninesau Bangor Uchaf

Diolchiadau:
Diolch yn gyntaf i fy nheulu, Nia, Non, Efa, Nia fy chwaer a Mam a Dad.
Diolch hefyd i fy nghyfeillion: Bryn, Glenda, Huw Morgan, Meical, Paul Conlon a Twm Morys.
Diolch hefyd i'r torrwr gwair, Emyr Llywelyn Jones; i Daniel Davies, Dei Llew, Ioan Kidd a Manon Steffan Ros am eu geiriau caredig.
Yn olaf, diolch i'r golygydd, Nia Pwllheli, am feddwl am bob dim, a mwy.

Torri gwrych yn wastad

Dydw i ddim yn foi da iawn efo realaeth. Waeth i mi ddeud y gwir, ddim. Mae realaeth yn oer, yn galed ac yn wir. Dyna pam ei fod o'n cael ei alw'n realaeth, ma' siŵr. Mae o'n iawn, wrth reswm, pan mae petha'n mynd yn go lew, ond wrth ddisgwyl eich gwraig ifanc o apwyntiad ysbyty, mae realaeth yn llwyd fel y cymylau uwchben y lle sgan MRI yn Wolverhampton. Dydy llwyd ddim yn mynd yn llawer llwytach na hynna. Mae realaeth yn llechu ym mhob man ar hyd coridorau llwm y lle. Mae o i'w weld yn hercian yr hen wraig acw sy'n stryffaglio i gerdded ac yn y cap mae'r ddynes druan yn fanna yn ei dynnu'n dynn dros ei chlustiau i guddio'i moelni. Mae realaeth hefyd yn llygaid y dyn 'na wela i drwy'r ffenest yn tynnu ar ei sigarét am ei fywyd ac yn syllu i ddifancoll pell. A be am y meirw byw ar drolis sy'n cael eu gwthio rownd y lle a theils y to'n pasio'n un rhes uwch eu penna nhw? Rwbath 'sa'n hwyl garw ers talwm pan oeddan nhw'n blant bach.

Ond wedyn, fel mewn ryw gerdd gan Iwan Llwyd, mae 'na fabi'n crio yn rwla a thorri ar y realaeth, ac yn fy rhoi mewn realaeth arall lle mae lluniau lliwgar, meddal, cwtshlyd, llawer mwy cadarnhaol yn dechra ymddangos. A dwi'n dechra meddwl yn fwy cadarnhaol a sbio mlaen i berswadio'r wraig i ddod efo fi i'r B&Q anferth 'na ar y ffordd adra i brynu peiriant i dorri gwrych yr ardd. Peiriant Bosch falle, un da. Roedd yr un brynodd fy nhad yng nghyfraith yn ocsiwn Plwmp 'di gweld ei ddyddia gora pan brynodd o i mi. Hen un amlosgfa Aberystwyth oedd hwnnw. Oedd, roedd hi'n hen bryd cael peiriant newydd i dorri'r gwrych, a chael swper a phwdin melys neis ar y ffordd adra i godi calon y ddau ohonan ni. Ikea amdani.

Jyst crafa fo lawr i ddechra, Che Guevara

Roedd 'na lot o bobol 'di gwylltio'n gacwn ar ôl i ryw ddihiryn ddifrodi top wal Cofiwch Dryweryn yn Llanrhystud. Mi gadwodd y peth raglenni Radio Cymru i fynd am sbelan a chodi gwerthiant paent coch a gwyn am flwyddyn go dda wedyn. Roedd 'na genedl wedi cael ei brifo. Deud y gwir, roedd y dihiryn ddifrododd y wal yn dipyn o athrylith o ran ei amseru gan ei fod o wedi deffro teimlad cenedlaetholgar ar adeg pan oedd llanast mawr yn San Steffan a neb yn dallt yn iawn be oedd yn digwydd, ond yn ama ein bod ni'n pechu gwledydd Ewrop i gyd. Mi wnaethon nhw wedyn ein hel ni i ryw gornal i wynebu'r wal fel hogia drwg.

Dylai pwy bynnag drawodd y cerrig i lawr o ben y wal longyfarch ei hun a mynd i rwla i gael peint o lagyr cryf neu beint o gwrw casgen ... neu botel gyfan o Brosecco. Roedd o neu hi, neu nhw, wedi llwyddo i wneud i bobol godi a gwneud rwbath ymarferol. Mae hynna'n gallu bod yn beth anodd i'w wneud. Roedd pwy bynnag nath hyn wedi ysgogi pobol i wneud rwbath efo'u dwylo a hynny allan yn yr awyr iach. Roedd ganddyn nhw hefyd rwbath go iawn i'w ddangos i bawb wedyn. Rwbath i ddangos ôl eu gwaith a'u hymdrechion. Mae 'na rwbath braf iawn am hynny. Mae pobol yn teimlo'n well ar ôl creu rwbath. Maen nhw'n teimlo'u bod nhw'n gwneud cyfraniad ac yn dechra chwyldro. Brwsh yn eu llaw, diferyn o baent a nhw ydy Che Guevara.

Pawb â'i chwyldro bach ei hun ydy hi. Gobeithio ein bod ni'n dechra rwbath, ystyriaf, wrth feddwl pa esgus allwn i ei roi y tro yma wrth brynu paent coch. Does dim rhaid rhoi rheswm am brynu paent coch mewn siop fawr ar gyrion Wolverhampton, ond pan dach chi yn eich siop leol yn y dre mae o'n siŵr o ddod yn rhan o'r sgwrs. Mae angen bod yn barod felly. Sbrê coch am bumpunt. Digon i sbreio gair neu ddau ar ryw bont yn rwla. Pont a thro yn y ffordd cyn cyrraedd ati, lle mae pobol yn gorfod arafu i fynd drosti a gorfod cymryd sylw o'r geiria.

'Neith hwn i sbreio 'meic i, dwch?'

'Gwneith siŵr. Jyst y peth. Jyst crafwch o i lawr i ddechra efo brwsh weiars. Sgynnoch chi un?'

'Oes tad. Diolch yn fawr ...'

Dwi wedi cael dau dun o baent coch yn barod o'r siop yn y dre. Mi ddeudis i'r adeg hynny 'mod i am beintio llofftydd y plant yn lliwia Lerpwl a Man U a Wrecsam. Dwy ferch sy gynnon ni, yn holl hyfrydwch hormonllyd eu harddegau, a mab bach drygiog. Dwi'n falch o gael deud hynny. Maen nhw werth y byd, siŵr iawn. Mae lliwia'u llofftydd nhw wedi newid wrth iddyn nhw newid a mynd yn hŷn. Esblygiad, 'de. Gwyrdd niwtral i ddechra gan nad oeddan ni isio gwybod drwy sgan be roeddan ni am ei gael. Bachgen 'ta merch. 'Ydach chi'n gwbod be dach chi'n ei gael?' holodd ffrindia agos a phobol hy. 'Ydan!' meddan ni, 'babi!' Roedd o'n ddoniol ar y pryd. Gwyrdd felly, wedyn pinc yn cael ei ddilyn gan biws. A rhyw liw llwydlas erbyn hyn yn llofft yr hynaf a glas chydig mwy cynnas ydy llofft y ganol. Mae'r rhain yn lliwiau mwy soffistigedig a phell. Gwyn ydy llofft y mab achos ei fod o'n cefnogi Real Madrid, medda fo. A Wrecsam.

Tybad a oedd boi'r siop wedi dallt mai ei baent o oedd ar Ben-graig, yn uchel uwchben y dre? Canfas hyfryd i'r paent gwyn roedd Miss Porffor wedi llythrennu'r geiria'n gywrain arno? Go brin. Ma' siŵr fod ei ben yn llawn o archebion sgriws a brwshys a chloeon a phetha roedd pobol yn eu prynu yn y siop. Gwneud yn siŵr fod y til yn iawn ar derfyn dydd hefyd a chyfri'r dreth a ballu. Petha felly fyddai ar feddwl boi prysur y siop.

Yr ogla yn y llun

Gan nad ydy realaeth bob amser yn hwyl dyddia yma mae fy meddwl yn taflu lluniau lliw o'r gorffennol i mi. Ma' siŵr fod meddwl pawb yn gwneud yr un peth. Falle fod yr isymwybod isio rhoi help llaw i ni efo bywyd bob dydd. Mae'r lluniau'n mynd â fi yn ôl i'r adega pan oeddwn i'n teimlo'n rêl boi. Rydw i'n cofio llawer iawn o betha am yr adeg honno wedyn. Yr adeg yn y llun. Petha fel be o'n i'n wisgo – fy nghrys gora – a pha sgidia oedd gen i. Lle roedd fy ffrindia ar y pryd. Pa dai tafarn fyddan ni'n mynd iddyn nhw. Pa ferch y byddai ei chwmni'n braf a gwres ei chorff yn y gwely yn gwneud i mi fod isio aros yn y foment honno am byth bythoedd, Amen. A oeddwn i'n dal yn benthyg car Mam, neu oedd gen i gar fy hun? Petha fel'na dwi'n gofio am y lluniau. Cofio pob dim, bron, hyd yn oed yr ogla yn y llun.

Hen gar Moskvitch coch

Ers y gwersi Biol yn yr ysgol ers talwm dwi wedi teimlo'n sâl ac yn benysgafn wrth ymwneud ag unrhyw ddadansoddiad o sut mae'r tu mewn i'n cyrff ni'n gweithio. Dwi'n rhoi'r bai yn rhannol ar Gareth fy nghefnder ac ar fy chwaer fach oedd yn ymuno yn yr hwyl. Yn hen gar Moskvitch Yncl Hefin yr oedd y peth yn digwydd, a hynny ar y ffordd adra o lan môr Llanddwyn yn ôl i Lannerch-y-medd lle roeddan nhw'n byw. Byddai'r plastig du ar seti'r car yn mynd yn ddigon poeth i losgi cefn ein coesa ni, a byddai Anti Mo yn gwneud i ni ista ar bapur newydd. Beth bynnag, am ryw reswm, mi ddechreuon nhw ddisgrifio be oedd yn digwydd mewn damwain car. Digon diniwed oedd y disgrifio, ma' siŵr. Gwaed coch ar hyd y bonet gwyn. Ffenestri'n malu ac yn finiog fel rasal. Cyrff wedi colli'u penna'n fflio drwy'r awyr. Cnawd yn cael ei rwygo. Ond roedd fy nychymyg i yn gwneud y peth yn saith gwaith gwaeth, yn fwy graffig ac yn fwy erchyll o lawer na'u disgrifiadau nhw mewn gwirionedd. Byddwn yn gweiddi ac yn gwingo, yn gwichian ac yn ochneidio. Wedyn, mi fyddwn i'n mynd yn ddistaw bach ac yn troi'n wyn fel y galchen. Dyna pryd oeddan nhw'n stopio. Nhw fydda wedi ennill y gêm.

Oes gan rywun baent gwyn?

Roedd Mr Gwyrdd wedi cysylltu efo'r grŵp. Holi oedd o a oedd gan rywun baent gwyn. Roedd Miss Porffor wedi ateb yn deud bod ganddi hi beth. A brwshys hefyd. Dywedais inna fod gen i ddau rolyr reit fawr a dau dun o baent coch. Brwdfrydedd a dim byd arall oedd gan Miss Melyn, ac roedd hi'n holi pryd roeddan ni am fynd i beintio'r graig. Pen-graig oedd hi'n feddwl – y graig uchel uwch ben y dre ydy hon, y lle gora posib i beintio'r neges. Roedd hi'n mynd yn ôl i goleg Amwythig cyn bo hir a gan fod y trên yn ddrud, byddai'n well ganddi wneud y joban cyn iddi adael. Os nad oedd hynny'n bosib, byddai yn dod yn ôl o'r coleg i helpu.

Roedd 'na bump yn y grŵp peintio cyfrinachol. O'r pump, Miss Melyn oedd yr ieuengaf a falle'r un mwya trefnus. Dwi'n falch bod 'na un yn holi am betha ymarferol, fel pryd rydan ni am fynd i beintio. Ond yn lle ei hateb, rydw i'n mynd i feddwl am wrthryfel Glyndŵr. Achos pan soniodd Miss Melyn am ddod yn ôl o Amwythig i helpu, mi gofiais fod y Cymry a oedd yn gweithio yng nghaeau gwair swydd Amwythig, a'r Cymry a oedd ym mhrifysgolion Lloegr, wedi dod yn ôl i gefnogi ymgyrch Owain.

Ac wedyn rydw i'n canu, allan o diwn ma' siŵr, y gân 'na ma' Côr Meibion Machynlleth yn ei chanu fel na all neb arall – 'Cymru fy Ngwlad!'. Neu ai 'Gwinllan a Roddwyd i'm Gofal' ydy'i henw hi? Mae honna'n ffwc o gân. Cân wladgarol, gref. Geiria Saunders Lewis. 'Safwch yn y bwlch ... rwbath ... rwbath ... gyda miii ... gyffredin ac ysgolhaig ...' Gyffredin ac ysgolhaig. Gyffredin ac ysgolhaig. Mae'r geiria yna yn fy nharo i bob tro, yn gwneud i mi fod isio crio, ac i symud fy meddwl rhag codi cywilydd arnaf fy hun yng ngŵydd y ci, rydw i'n mynd i hel meddylia am Glyndŵr yn canu mewn côr a pha gôr fyddai hwnnw. Côr Machynlleth, siŵr iawn, ond fyddai o ddim yn mynd i lawer o ymarferion gan ei fod o'n rhy brysur yn rhoi trefi ar dân ac yn ennill brwydrau, yn siarad am betha mawr efo'i ddewin, Crach Ffinant, ac yn cuddio ... Fyddai hi ddim yn bell iawn iddo fo fynd o Lyndyfrdwy i Steddfod Llangollen. Roedd Sycharth dipyn pellach i ffwrdd.

Varadero, Syr?

Rydw i'n edrych yn rêl boi yn y llun hwnnw ohonan ni'n dau ar ein mis mêl. Wythnos yn Havana, Ciwba. Gen i bach o gywilydd deud mai yng Nghaer oeddan ni pan wnes i fwcio'r gwylia. Erbyn hyn, os ydan ni'n mynd am y gogledd-ddwyrain, dwi'n trio gwario 'mhres yn Wrecsam, yr ochr yma i'r ffin, ond yr un siopa gwylia sydd yn y ddau le ac mae'r merched sy wedi plastro'u hunain efo colur y bora hwnnw wrth drio hel y plant i'r ysgol a rhoi bwyd i'r gath a chloi'r tŷ, yn debyg iawn iawn i'w gilydd. Ma' siŵr bod mwy o obaith bod merched siop wylia

Wrecsam yn medru siarad Cymraeg. I'r un cwmni mawr mae pres rhywun yn mynd yn y diwedd, ma' siŵr, ond dyna fo.

Roedd y ferch yng Nghaer yn trio 'nghael i fynd i Varadero, ar ochr orllewinol yr ynys, lle roedd pawb call yn mynd ar eu gwylia yng Nghiwba. Roedd yn rhaid i mi ddeud wrthi yn reit blaen yn y diwedd, ond nid yn gas, nad i fanno roeddan ni isio mynd. Yn bwdlyd, mi ffendiodd hi Havana.

Wnes i ddim deud wrth y wraig tan y diwrnod cynt lle roeddan ni'n mynd. Daeth hynny'n broblem pan sylweddolodd hi ar yr awyren nad oedd hi wedi cael y pigiadau cywir i fynd i ganolbarth Americia. Roeddwn i wedi cael y pigiadau flynyddoedd cyn hynny pan es i i Dde Americia a'r gwynt yn fy ngwallt.

Osgoi bwyta berwr

Dries i ei pherswadio hi, y wraig newydd, i ddod oddi ar yr awyren ar ôl y saith awr neu fwy o daith drwy ddeud fy mod i'n reit siŵr bod fy mhigiadau i wedi gwisgo i ffwrdd erbyn hynny, ac y bydden ni'n aros mewn lle neis ac y bydden ni'n ofalus iawn drwy'r amser. Go brin y byddai'n dal Denge Fever, na'r feirws Zika na rwbath o'r enw Chikungunya na Hepatitis A. Mi wnes i addo prynu galwyn o Jungle Formula i gadw mosgitos draw. Annwyd fasa'r peth gwaetha fasa hi'n ei ddal, ond gan fod yr haul mawr melyn yn tywynnu'n braf drwy'r amser, go brin y byddai hynny'n digwydd. A beth bynnag, roedd gan Ciwba ysbytai a gwasanaeth iechyd anhygoel o dda. Y gorau yn y byd ... medda Fidel. Roedd arwyr fel Diego Maradona yn dewis mynd yno i gael triniaethau a ballu ...

Ond doedd dim yn tycio. Roedd yr awyren yn wag. Pawb

ond ni ein dau wedi mynd oddi arni. Roedd arna i angen help i gael fy ngwraig newydd oddi ar yr awyren. Daeth yr hostes ddel draw, yr un roeddwn i wedi cael traffarth, ond wedi llwyddo, aiê, i beidio ag edrych ar ei phen ôl hi'n gwthio'r troli bwyd. Roedd hi'n wych, yn deud dim ond i ni yfad dŵr potel neu ddŵr wedi'i ferwi, y bydden ni'n iawn. Ac i ni osgoi bwyta berwr am ein bywyda. A hefyd, i ni fod yn ofalus gan ein bod ni'n bryd gola a'r haul yn gryf.

Blingo ceiliog

Roedd canlyniadau pellgyrhaeddol i'r gêm gwneud myfi, Jones, yn sâl yng nghefn yr hen Moskvitch coch ar y ffordd adra o draeth Llanddwyn. Mae'n rhaid bod y peth wedi datblygu i fod yn ofn ac yn ffobia erbyn gwersi Bioleg yr ysgol uwchradd. Y gwersi hynny oedd y gwersi gwaetha erioed, y gwersi pan fyddai Mr O'Shaugnessy yn dadberfeddu llygod mawr ac yn blingo penna ceiliogod. Ac un tro, pan rowliwyd y teledu a'r fideo i mewn ar y troli a phan ymunodd dau ddosbarth arall â ni i wylio fideo craclyd yn Saesneg am daith wyau drwy'r tiwbiau Fallopio, mi nath llawr y labordy roi hedbyt i mi. A dyma 'na rywun yn mynd â fi allan ac yn gwthio fy mhen rhwng fy ngoesa hyd nes bod y lliw yn ôl yn fy wyneb. Ond byth ar ôl hynny roedd ogla'r labordy yn troi arna i a doeddwn i ddim isio gwybod dim am ddirgelion y corff dynol. Roedd gen i ofn perfeddion a gwythiennau, dysglau petri a sôn am wyau mewn tiwbiau Fallopio. Pob dim biolegol, deud y gwir, hyd yn oed stolion pren y labordy a'r basdad llawr.

Sgin ti ffetish?

Mae Pen-graig yn lle da i sgwennu neges ac roedd rhywun wedi bod yno'n sgwennu 'Cymru Rydd' a 'Lone Wolf' tua'r adeg pan gladdwyd Glyn Corris, arwr ac aelod o'r FWA. Wedi iddi dywyllu, mi aeth y pump ohonan ni, y Reservoir Dogs oeddan ni'n galw'n hunain, ar ôl ffilm gynta Tarantino, i beintio'r graig gynnas yn goch a chael paent ar ein dwylo a'n dillad a'n ffonau symudol. Roedd Miss Melyn yno'n barod yn disgwyl am bawb arall. Roedd goleuadau yn y tai islaw a gallen ni weld cysgodion yn y ceginau cefn a golau y llofftydd yn diffodd o un i un. Ambell gar yn mynd a dod. Os gwelodd rywun fflachiadau ein ffonau wnaeth neb ffonio'r heddlu. Am ein gwlâu wedyn, a gadael i'r graig sychu.

Neges i Miss Porffor, y lythrenwraig. *Well i ti wisgo du. Sgin ti falaclafa?*

Ateb gan Miss Porffor. *Sgin ti ffetish?*

Larwm am 3.30 yn y bora bach a 'nôl â ni i fyny yno eto i'r graig uchel uwchben y dre i roi'r llythrennau ar y canfas cyn i bobol ddechra mynd â'u cŵn am dro ben bora. Mae 'na rai yn mynd â'u cŵn am dro cyn toriad gwawr ffor'na. Roedd y dre islaw yn llonydd, llonydd a dim i'w glywad. Pan oedd 'Cofiwch' wedi'i orffen daeth ryw furmur moto-beic ymhell i ffwrdd o gyfeiriad Penegoes, ac wrth iddo ddyrnu mynd drwy'r dre a throi i'r chwith wrth y cloc, roedd sŵn yr injan yn llenwi'r dyffryn i gyd. Dyma ni'n camu'n ôl ar ôl gorffen y 'Dryweryn' a rhoi 'Cymru Rydd' yno hefyd. Roedd hi'n anodd gweld y llythrennau yn y llwydwyll a ninna'n ysu am eu gweld yn iawn yng ngola dydd. Roedd rhan o'n hanes ni ar y graig, meddan ni, hanes yr oeddan ni am i bawb ei gofio a hanes y byddai'r miloedd o ymwelwyr â'r Ŵyl Gomedi ychydig ddyddia wedyn yn ei weld ar Ben-graig yn uchel uwch y dre ac yn holi yn ei gylch, gobeithio. Falle y byddai rhai yn ei weld o'n ddoniol.

Mi aeth Mr Gwyrdd am adra i lawr y llwybr caregog. Aeth Miss Porffor, a ail fedyddiwyd yn Miss Du ar ôl y busnas ffetish, i'r pic-yp ac am adra. Diflannodd Mrs Pinc hefyd, ac mi es inna – Mr Glas – a Miss Melyn adra yn y car, â'n dwylo'n goch i gyd fel tasan ni wedi bod yn lladd mochyn.

Museo de la Revolución

Llun o fy isymwybod. Yn Havana mae'r Museo de la Revolución. Hen balas crand oedd o ar un adeg, ac mae o'n adeilad sy'n trio bod yn ddinesig ac yn grand o hyd ond bod rhywun yn cael y teimlad fod pres yn mynd i betha eraill gyntaf yng Nghiwba hefyd. Rwbath, cyn rhoi sylw dyledus i hanes y wlad. Mi dalais i dros y ddau ohonan ni i fynd i mewn. Doedd o ddim yn ddrud. Roedd y cwbl yn Sbaeneg, siŵr iawn, ond ro'n i'n cofio digon o'r iaith i ddallt y petha pwysig ac yn cogio bach 'mod i'n dallt mwy. Roeddan ni'n cerdded o un stafell lychlyd i'r llall. Deuai cleddyfau mawr o oleuni gwyn i mewn drwy'r ffenestri tal. Llwch yn dawnsio. Dim ond ni oedd yno. Roedd y staff yn gorfod agor y drysau uchel i ni gael mynd o un stafell i'r llall. Roedd sŵn y drysau pren yn gwichian a bolltau yn agor yn mynd â fi'n ôl i gapeli a festris fy mhlentyndod. Yn un stafell mi welson ni'r cwch roedd Fidel a Che wedi'i ddefnyddio yn y chwyldro. *Granma* oedd ei enw. Siomedig. Enw Saesneg. Roedd Landrofyr Fidel yno hefyd, efo tyllau bwledi ynddo y gallech chi roi eich bys ynddyn nhw. Digon tebyg i wal y swyddfa bost yn Nulyn. Olion gwrthryfela a chwyldro. Mewn stafell arall y tu ôl i wydr ar y wal roedd crys gwyn Che, ac ôl ei waed arno ar ôl iddo fo gael ei saethu. Roedd y gwaed coch wedi troi'n staen mawr orenllyd erbyn hyn. Doedd y chwyldro ddim yn beth neis, ond drwy ddulliau chwyldro y cawson nhw be roeddan nhw isio.

Doedd fy ngwraig newydd ddim yn teimlo'n gysurus iawn yng nghanol y llwch a'r hen lunia du a gwyn o bobol yn cael eu saethu. Doedd y staff llgada peryg a'r dillad efo staeniau o hen waed ddim yn help chwaith. Ar ein ffordd allan mi ddywedodd y dyn y byddai'r ddau docyn a brynon ni yn caniatáu i ni fynd yn ôl i'r Museo de la Revolución drannoeth. Roedd o'n docyn dau ddiwrnod. Ro'n i'n ddiolchgar iawn ac isio mynd yno eto i drio darllen yn fwy manwl a gweld a oedd cyfeiriad at Owain Glyndŵr yn rwla, gan fod Che wedi bod yn astudio ei dactegau guerilla fo. Ia, ein boi ni yn dysgu bois De Americia.

Ond roedd golwg 'dwi 'di blino byw' ar wyneb fy ngwraig newydd. Ac roedd 'na gwestiwn yn ei llgada a gyfeiriai'n ôl at ddigwyddiad mewn capel bach yng nghefn gwlad Cymru ryw wythnos ynghynt.

'Be dwi 'di neud?'

Felly, mi wnes i ddeud diolch wrth foi'r Museo, ac ar ôl mynd rownd y gornal, mi wnes i chydig o seremoni o rwygo'r tocynnau a'u rhoi nhw, gan smalio bod yn flin, mewn bin. Na, doeddan ni ddim am fynd 'nôl i fanna dros ein crogi, medda fi drwy fy nannadd. Roeddan ni am fynd i lan y môr, siŵr iawn. Dyna ma' pobol ar eu mis mêl yn ei wneud, yndê.

'Meuyl ar uy maryf i ...'

Ar ôl cael hedbyt gan lawr y labordy Biol yn 'rysgol ers talwm, ar ôl gweld wyau'n teithio drwy'r tiwbiau Fallopio, mi fagais i ryw atgasedd at bob dim biolegol. Roedd hynny'n drueni mawr gan fod Bioleg yn ei hanfod yn beth diddorol iawn, iawn a phwysig i ni ei ddallt. Beth bynnag am hynny, mi drodd yr atgasedd hwnnw at y pwnc yn yr ysgol yn deimlad anghysurus iawn yn fy mywyd fel oedolyn pan fyddwn yn mynd yn agos at le'r doctor neu i ysbyty i weld Taid neu Nain neu ffrind ar ôl iddyn nhw gael triniaeth. Ro'n i'n falch eu bod nhw yno'n cael y gofal gora a ballu, ond bob tro y byddwn i'n mynd yn ôl allan drwy'r drws troi rownd a rownd i'r awyr iach, byddwn yn anadlu'n ddwfn ac yn sydyn, ac wedyn yn sbio i fyny i'r awyr gan roi ochenaid fawr o ryddhad 'mod i wedi cael dod allan o'r lle. Fel pan dach chi'n dal eich gwynt o dan y dŵr am hir ac yn dod 'nôl fyny i'r wyneb.

Ond rŵan, a ninna'n yr ysbyty yn cael sgan MRI arall, rydw i'n sylweddoli bod rhaid i mi ymwroli a rhoi heibio hen bethau bachgennaidd. Doedd meddwl am Moskvitch Yncl Hefin a llawr patrwm *herringbone* y labordy Bioleg yn helpu dim arna i efo fy sefyllfa bresennol na sefyllfa fy ngwraig. Mam y tri rabsgaliwn sydd gynnon ni, y tri rydan ni'n eu caru yn fwy na dim yn y byd i gyd. Roedd yn rhaid i mi drio bod yn gefn iddi, siŵr iawn, ac wrth feddwl felly mi ddaeth brawddeg o'r Mabinogi yn ôl i mi'n sydyn. Brawddeg Heilyn uab Guyn, Heilyn fab Gwyn, ydy hi, a deimlodd gywilydd am nad oedd o wedi agor y drws tuag at Aber Henfelen. Roedd y saith wedi dod yn ôl o Iwerddon, wedi claddu Branwen ac wedi cario pen Bendigeidfran yn ôl efo nhw, a'r pen hwnnw'n dal i siarad ac yn ymddiddan efo nhw. Pan gyrhaeddon nhw Gwales ym Mhenfro uwchben y môr, mi welon nhw dri drws. Roedd dau ddrws ar agor ac un ar gau yn wynebu Cernyw. Y drws hwnnw nad oedd neb i fod i'w agor. 'Meuyl ar uy maryf i onyt agoraf y drws, e wybot ay gwir a dywedir am hynny,' medda fo, sy'n golygu yn ein Cymraeg ni heddiw, 'Cywilydd ar fy marf i os na wna i agor y drws i wybod a ydy be maen nhw'n ddeud yn wir.' Mae o hefyd yn golygu bod cywilydd ar ei wrywdod o petai o ddim am agor y drws.

Roedd o, Heilyn fab Gwyn, a Manawydan a'u ffrindia wedi bod yn gwledda ac yn cael partis am bedwar ugain o flynyddoedd ac ma' siŵr fod ganddo dipyn o benmaenmawr. Wythnos yn Bordeaux pan oedd Cymru yn yr Ewros ges i! Ond beth bynnag, doedd pen mawr Heilyn yn ddim byd o'i gymharu efo'r cur pen gafodd o wedyn, ar ôl iddo fo agor y drws tuag at Gernyw ac Aber Henfelen. Trodd yr amser difyrraf a'r amser hyfrytaf erioed yn amser tywyll a thrychinebus iddyn nhw. Daeth y cyfan yr oeddan nhw wedi ei golli erioed yn eu bywydau yn ôl i'w meddyliau nhw, yr holl geraint a gollwyd a phob drwg a ddaeth iddyn nhw hefyd, yn bennaf felly colli eu brenin, Bendigeidfran.

Fuodd raid iddyn nhw godi'u pac a'i hel hi o Wales ym Mhenfro a mynd i Lundain a chladdu pen Bendigeidfran yno yn y Gwynfryn. Tra oedd y pen wedi'i gladdu yno ni ddeuai fyth ormes drwy fôr i'r ynys hon.

Isio bod yn fwy *macho* roedd Heilyn ap Gwyn ers talwm. Byddai'n rhaid i finna fod yn fwy *macho* hefyd. Ond roeddwn i'n dechra poeni am agor drysau i weld be oedd y tu ôl iddyn nhw.

Dad! Ma' d'enw di yn y papur!

Er ei fod wedi gwella mymryn ac wedi penodi dau newyddiadurwr ifanc Cymraeg, hen racsyn oedd y papur rhanbarthol Saesneg ei iaith o hyd. Doedd o ddim wedi rhoi sylw teilwng i betha Cymraeg ers blynyddoedd, os wnaeth o hynny erioed. Dyna pam nad oeddwn i byth bron yn prynu'r papur. Byddai'n rhaid i mi brynu copi yn slei bach pan fyddai lluniau plant yr ysgol oedd wedi ennill rwbath yn Steddfod yr Urdd yn llenwi'r dudalen. Roedd y papur yn reit dda hefyd am roi lluniau'r chwech neu saith o'r Chweched Dosbarth oedd wedi cael ysgoloriaeth i fynd i'r brifysgol bob blwyddyn. Roedd hi'n braf arnyn nhw, yn sefyll yna dan ganghennau gwyrddion y coed y tu allan i'r ysgol. Addewid yn eu llgada nhw wrth edrych i lens y camera. Deunaw oed ac yn rêl bois.

Er bod y ganol wedi deud bod fy enw i yn y papur, ar wefan y papur roedd o mewn gwirionedd. 'Dew, gad 'mi weld!' medda fi, yn gwthio 'nhrwyn yn nes at sgrin ei gliniadur glas. Roedd 'na glamp o lun o wal Cofiwch Dryweryn Llanrhystud a bachgen ifanc yn sefyll o'i blaen. Uwchben y llun roedd pennawd, o'i gyfieithu, yn deud, 'Myfyriwr lleol yn cael ei ganmol am ailbeintio murlun Cofiwch Dryweryn a oedd wedi cael ei ddifrodi.'

Oedd, wir, clamp o bennawd. Roedd y bachgen dwy ar hugain oed yn un o bump a benderfynodd ailbeintio'r gofeb ar ôl i rywun beintio 'Elvis' arni. Roeddan nhw'n meddwl bod y peth yn amharchus, yn wir, yn warthus. Myfyrwyr uwchraddedig yn Aberystwyth oeddan nhw. Mi aethon nhw i Lanrhystud ryw noson efo'u brwshys a'u bwcedi paent ac ailbeintio tra oedd ceir yn pasio ac yn canu'u cyrn i ddangos eu cefnogaeth iddyn nhw. Roedd Leanne Wood wedi'u llongyfarch nhw yn y Senedd, roedd Nigel Owens, dyfarnwr rygbi gora'r byd, a Huw Stephens, mab y boi nath beintio'r geiria oedd yno gynta, wedi eu llongyfarch nhw hefyd. Trydarodd Huw Stephens fod ei dad, Meic Stephens, yn ama mai dyma'r geiria pwysicaf iddo'u sgwennu erioed. Roedd hynny'n ddeud mawr achos bod Meic Stephens wedi cyhoeddi llond trol o lyfrau! Tua 160, meddan nhw. Oedd 'na rwbath yn bod efo'r boi?

Yn y paragraff olaf oedd fy enw i, mewn dyfyniad gan Cian i orffen yr erthygl. Fel hyn roedd o'n mynd, o'i gyfieithu, 'Mae'n rhan bwysig o ddiwylliant Cymru. Mae'n gysylltiedig â thrasiedi yn hanes Cymru y dysgais i amdani gan fy athro Cymraeg, Mr Jones. Wnaethon ni erioed feddwl y byddai'r holl beth yn mynd mor fawr â hyn.'

Chwara teg iddo fo. A chwara teg i'w dad a'i fam o hefyd, achos y diwrnod wedyn mi ddaeth 'na gerdyn a pharsel i'r tŷ. Yn y cerdyn roedd y geiria 'Diolch am radicaleiddio Cian!' Yn y parsel roedd crys-T Cowbois 'Cofiwch Dryweryn'. Llwyd oedd y crys-T a'r geiria'n felyn. Mi wisgais i'r crys bob dydd a nos am wythnos a mwy hyd nes i'r wraig ddeud bod yn well i mi gael crys glân rŵan.

Ro'n i wedi cael rwbath i'w ddangos am fy ymdrechion, yn toeddwn. Saith mlynedd yn ddiweddarach.

Taranau trofannol

Roedd y gwely yn stafell orau Hotel Nacional de Cuba yn anferthol. Hwnnw oedd y gwely mwyaf welis i erioed. Roeddan ni wedi cael y stafell orau un yn y gwesty i fod, ond er ei bod hi'n fawr roedd hi'n wyn ac yn oeraidd a doedd dim cip o lesni Gwlff Mecsico i'w weld drwy'r ffenest. Ystyriais fod safonau moethusrwydd Ciwba yn wahanol i'n safonau ni yn y byd gorllewinol. Beth oedd ei angen roedd rhywun yn ei gael yn fan hyn, dim ryw hen lol a mynd dros ben llestri. Ond pan ddechreuodd y peips dŵr poeth grynu a gwneud y sŵn mwyaf ofnadwy fel taranau trofannol ganol nos, doedd petha ddim yn ddigri. Pwy oedd y plymar, tybad? Doeddwn i ddim wedi clywad y ffasiwn sŵn mewn peips ers pan oeddan ni'n byw yn y mans yn y Llan ers talwm. Fronheulog oedd ei enw, a doedd neb yn ei alw fo'n 'mans'. System blymio Rwsiaidd oedd hi, ma' siŵr.

Pont Lloyd George

O, na! Roedd Miss Melyn wrthi eto yn y sgwrs grŵp. Isio gwybod pryd, lle, a phwy oedd ar gael. Doedd Mr Gwyrdd ddim am ddod yn agos i roi graffiti ar yr un bont reilffordd gan ei fod o'n gweithio i gwmni trenau. Felly roedd o am aros adra y tro yma. Roedd gen i sbrê coch ac roedd gan Miss Du bwced o baent gwyn. Roedd hi, Miss Du, wedi deud nad oedd hi am stopio peintio graffiti hyd nes bod ei bwced hi o baent gwyn yn wag. Gan mai'r llythrennau yn unig oedd mewn gwyn, roedd hynny'n lot fawr o beintio geiria.

Doedd Gŵyl Banc cyntaf Mai ddim yn adeg delfrydol i fynd liw nos at yr hen bont frics er mwyn peintio 'Cofiwch Dryweryn' yr ochr yma a 'Cymru Rydd' yr ochr draw. Y rheswm am hynny oedd bod 'na draffig trwm, pobol canolbarth Lloegr yn mynd yn un haid am eu carafanau ar lan y môr. Mi sychodd y sbrê coch yn go sydyn a dyma Miss Du yn dechra ar y llythrennu wedyn. Ond bob yn ail lythyren roedd yn rhaid i ni fynd i gyrcydu i'r llwyni a gadael iddyn nhw fynd heibio. Os welodd rhywun ni, roedd ganddyn nhw llgada da achos roeddan ni i gyd yn gwisgo du. Os welon nhw ni, falle'u bod nhw'n meddwl bod gynnon ni ryw synnwyr rhyw gwyrdroedig. Ond mae 'na rwbath rhywiol mewn gwneud rwbath nad ydach chi i fod i'w wneud, yn enwedig efo dwy ddynes mewn trowsusau tyn du. Meddyliais am rwbath arall.

Roeddan ni'n gobeithio na fyddai neb yn mynd â thrwyn ei gar ar ei ben i'r bont fel gwnaeth Lloyd George ers talwm. Gobeithio yr oeddan ni y byddai pawb, wrth ddychwelyd adra nos Lun, yn gorfod arafu i sylwi ar y neges goch a gwyn a sylweddoli iddyn nhw dreulio'u penwythnos mewn gwlad wahanol, gwlad ag iddi ei hanes a'i hiaith ei hun. Ar ôl rhoi cur pen i bawb, doedd Miss Melyn ddim wedi dod. Tybad ble oedd Miss Melyn?

Ar fy ngwar y tro cynta

Roedd y gwrych o flaen y tŷ a'r gwrych gyda thalcen y tŷ yn edrych yn dda ar ôl i mi ymosod arno efo'r peiriant Bosch newydd o'r siop fawr ar gyrion Wolverhampton. Roeddwn i wedi gweithio heb ymdroi ac roedd o fwy neu lai yn wastad. Ro'n i'n canu'r hen gân werin am fod yn ddeg ar hugain oed ac arnaf chwant priodi. Dim ond yn un lle roedd y gwrych yn dal yn flêr ac yn wyllt. Dim ond yn un lle roedd y gwrych yn llawer uwch na'r gweddill, ac roedd y lle hwnnw'n digwydd bod reit o flaen y tŷ. Deud y gwir, roedd o'n edrych yn hollol hurt, ond roedd gen i reswm pam nad oeddwn i wedi torri'r gwrych yn y fan honno. Bob tro y byddwn i'n mynd yn agos at y rhan honno o'r gwrych byddai gwenyn meirch yn saethu allan tuag ata i ac yn fy mhigo fi. Ac roedd o'n ffocin brifo. Doedd y gwenyn meirch ddim yn hofran o gwmpas ac yn gwneud sŵn bysian a ballu i rybuddio rhywun, dim ond dod amdana i ar eu hunion allan o'r deiliach a 'mhigo fi'n syth bìn. Ar fy ngwar ges i hi y tro cynta.

Pan stopiodd Huw-fyny'r-lôn am sgwrs am y byd a'i betha mi ddechreuodd wneud hwyl am ben y rhan o'r gwrych oedd yn flerach o lawer na'r gweddill.

'Pryd ti am orffan y joban 'ma?' medda fo, ar ôl diffodd injan y pic-yp. 'Hannar job ydy peth fel'na,' medda fo wedyn, a'i ben yn symud yn ara o ochr i ochr.

Mi ddeudis i wrtho fo 'mod i am dyfu'r rhan honno o'r gwrych yn uchel, uchel, ac am siapio'r deiliach i wneud aderyn fel paun neu eryr neu rwbath fel o'n i 'di weld mewn gerddi crand yng Nghastell Powys un tro.

Ar ôl iddo fo fynd mi fues i'n pendroni sut yr oeddwn i am goncro'r gwenyn meirch. Mae'n rhaid bod nyth yno, yng nghanol y gwrych. Roedd yr injan ar y peiriant Bosch newydd yn gwneud sŵn dros y lle ac yn rhybuddio'r gwenyn meirch a'u mêts i gyd fy mod i ar fy ffordd. Ro'n i'n meddwl amdanyn nhw fel rhes o beilotiaid kamikase yn sefyll ac yn dadlau pwy oedd yn cael mynd i ymosod gynta ar rywun a aethai'n rhy agos at eu nyth nhw. Pob un am y cynta i gael y clod, y mawl, y parch a'r bri a ddaethai o roi ei fywyd dros yr achos.

Roedd gan y gwenyn meirch eu traddodiad arwrol eu hunain. Dyna oedd gan y Brythoniaid yn yr Hen Ogledd ers talwm hefyd. Druan ohonyn nhw, ac Aneirin a Thaliesin yn sgwennu cerddi amdanyn nhw wedyn ac yn rhoi cip ar dragwyddoldeb iddyn nhw. Byddai eu henwau'n para am byth yn y cerddi ar ôl iddyn nhw gael eu lladd yn y frwydr ac roeddwn i'n brawf o hynny, yn sefyll yn yr ardd efo fy mheiriant torri gwrych yn adrodd awdl xxxi, lle mae Aneirin yn enwi hogia Mynyddog Mwynfawr.

Gwyr a grysiasannt, buant gydnaid,
Hoedl fyrion, meddwon uch medd hidlaid –
Gosgordd Fynyddog, enwog yn rhaid.
Gwerth eu gwledd o fedd fu eu henaid.
Caradawg a Madawg, Pyll ac Ieuan,
Gwgawn a Gwiawn, Gwynn a Chynfan,
Peredur arfau Dur, Gwawrddur ac Aeddan –
Achubiaid yng ngwawr, ysgwydawr anghyfan.
A chyd lleddesynt hwy laddasan;
Neb i ru tynmyr nid atgorsan.

Yr hogia wnaeth ymosod, roeddan nhw'n llamu ymlaen efo'i gilydd. Byr oedd eu bywyd nhw a meddw ar ôl yr holl fedd. Achubwyr mewn brwydr oeddan nhw a'u tarianau wedi'u malu. Ac er iddyn nhw gael eu lladd, mi wnaethon nhw ladd hefyd, ond ddaeth neb ohonyn nhw'n ôl i'w gwledydd.

Fel milwyr Japan ac fel Fflamddwyn, ma' siŵr, roedd y gelyn yn glyfar ac yn benderfynol iawn. Byddai'n rhaid i mi fod yn fwy llechwraidd. Byddai'n rhaid i mi fod yn ddistawach hefyd, a mynd yn ôl i'r ffordd hen ffasiwn o wneud petha.

Siswrn! Siswrn torri gwrych oedd yr ateb.

Cofiwch wraig Lot

Mi es i'n syth fyny i'r sied i nôl yr hen siswrn, y siswrn torri gwrych. Wel myn diawl i! Roedd 'na nyth gwenyn yn y sied hefyd. Un mawr crwn fel cragen lan y môr, a sŵn hisian yn dod ohono. Gafaelais yn sydyn yn y siswrn a'i baglu hi o'na fel shot. Wnes i ddim troi'n ôl i sbio fel nath gwraig Lot. Wnes i ddim cau drws y sied chwaith.

Mi sefais yno, yn yr ardd yn dal y siswrn ac yn meddwl am y gwŷr a aeth Gatraeth. Roeddan nhw'n yfad medd cyn mynd i frwydro. Mi es inna i weld oedd 'na botel o gwrw yng ngwaelod y ffrij. Oedd, myn diawl! Lagyr 1664. Oer neis.

'Twt, twt,' medda'r bychan, oedd yn trio estyn am y menyn, 'yfad eto!'

'Magu plwc ydw i,' medda fi, 'cyn mynd i frwydr.'

Mae'n rhaid ei fod o wedi arfer efo fi'n deud petha rhyfadd achos mi aeth o at ei dost heb ddeud dim.

'Paid â hel gormod ar dy fol,' medda fi, 'gawn ni swpar yn y munud.'

Yn ôl yn yr ardd mi yfais hannar y botel lagyr wrth feddwl am gynllun yr ymosodiad. Ro'n i am ddal y siswrn yn uchel o 'mlaen a'i agor led y pen, ac am gerdded mewn hannar cylch tuag at y rhan flêr o'r gwrych, cymryd toriad sydyn a mynd o'na'n sydyn hefyd.

Cegiad fach arall o fedd, potel yn ôl ar y bwrdd ac i ffwrdd â fi ... Jeronimo! I'r gad! Ffwcio chdi, Fflamddwyn! Mi ges i doriad gweddol ar yr ymdrech gynta, o feddwl 'mod i isio mynd o'na cyn i mi gyrraedd. Ond ar yr ail dro, a finna 'di meddwl ei dorri'n is a chael toriad gwell, be ddaeth allan ar ei union o'r deiliach oedd gwenynen farch kamikase. Pigodd hon fi ar fy moch dde. Os oedd y cynta'n ffocin brifo, roedd yr ail yn ffocin brifo'n waeth byth. Bron i mi ollwng y siswrn ar fy nhroed wrth ddawnsio fy ffordd 'nôl i'r tŷ dan felltithio.

'Be sy, Dad?' medda'r bychan oedd ar ei ail ddarn o dost.

'Gwenyn. Aw! Nath o 'mhigo fi ...' medda fi, wrth nôl cadach golchi llestri o'r sinc a'i roi dan y tap dŵr oer er mwyn ei ddal ar fy moch dde.

'Ga i weld?' medda'r bychan. 'Does na'm byd i weld yna, Dad. Ydy o'n brifo?'

'Ydy! Mae o'n brifo.'

'Ti'n siŵr bod o 'di dy bigo di?'

'Yndw!'

Ar ôl i srinj y wenynen dorri drwy'r croen roedd y boen yn lledu'n sydyn o'r canolbwynt hwnnw, a rwbath fel adrenalin yn trio gweithio yn ei erbyn o i leddfu chydig ar y boen fel rhyw anasthetig naturiol. 'Swn i 'di gwrando mwy ar y gwersi Biol 'swn i'n dallt mwy am be oedd yn digwydd, ma' siŵr.

Roedd y frwydr rhyngdda i a'r gwenyn meirch yn wahanol ar ôl i hyn ddigwydd. Es i allan a rhoi clec i weddill y 1664. Roedd y frwydr wedi troi'n un bersonol rŵan.

GIG

Roedd hi'n ddiwrnod glawog pan ddaeth 'na lythyr arall i'r wraig, i mi ei agor. Roedd pitran-patran y glaw ar ffenestri Velux y to yn gyfeiliant neis i'r ffordd roeddan ni'n dau'n teimlo y diwrnod hwnnw. Rhyw hen sŵn realaeth yng nghuriadau'r glaw. Natur yn cydymdeimlo efo ni. Yr hen fam. Llythyr oedd o gan y Gwasanaeth Iechyd Gwladol yn cadarnhau'r hyn yr oeddan ni'n ei ama ar ôl bod yn cael y trydydd neu'r pedwerydd sgan MRI. Ro'n i wedi colli cownt. Roeddan ni rŵan dan ofal Dr Singhi, yr arbenigwraig, a byddai ei hysgrifenyddes yn cysylltu efo ni'n fuan i ni gael mynd i'w gweld hi. Yr adeg honno, mi fyddwn ni'n trafod y peth gora i'w wneud o hynny ymlaen. Rydw i'n defnyddio'r lluosog 'ni' gan fy mod i isio dangos i'r wraig fy mod i efo hi yn hyn. Ydw, rydw i efo hi yn hyn er fy mod i'n gallu cerdded yn bell, a rhedag a neidio. A chamu'n iawn ar le anwastad. A dydy llestri byth bron yn mynd drwy fy nwylo i yn y gegin, nac yn torri'n deilchion ar lawr. Hyd yn oed y llestri gora melyn, rheiny brynon ni efo'n pres priodas. Maen nhw 'di stopio gwneud rhai'n union 'run fath â nhw rŵan.

Y cwt dal coed tân

Roedd fy nhad yng nghyfraith wedi gwneud cwt i ni gadw coed tân. Roedd angen un ar ôl i ni roi llosgwr coed yn y stafell fyw. Doedd dim lle tân yn y tŷ cyn hynny. Y syniad oedd bod y gwres canolog yn ddigon tebol i'n cadw ni'n gynnas a bod yr insiwleiddio a'r ffenestri gwydr tew o un o wledydd Llychlyn yn ddigon tebol i gadw'r gwres i mewn yn y tŷ. Roedd hynny'n ddigon gwir. Ond ro'n i wedi cael fy magu yn yr hen fans lle roedd 'na dân glo braf ac roedd y wraig hefyd wedi cael ei magu mewn tŷ efo tanllwyth o dân go iawn.

Pan ddaeth y llosgwr coed felly, a phan orffennodd yr hogia roi'r beipen allan drwy do'r stafell fyw a rhoi'r llechi'n ôl yn ddestlus, mi gawson ni gynnau tân yn y tŷ. Pan welson ni'r fflamau cynta rheiny'n estyn i fyny'n ara ac yn llyfu'r gwydr, roedd y ddau ohonan ni'n gytûn ac yn gynnas braf.

'Ma'r tŷ 'ma'n fwy gorffenedig ac yn fwy cynnas, dydy?'

'Ydy tad! Gynnon ni le tân ynddo fo rŵan, does!'

'Tŷ oedd oedd gynnon ni cynt, 'de, cartra sy gynnon ni rŵan,' meddan ni, a llongyfarch ein gilydd yn wresog ar gael y fraint o arfer yr hen ddefod oesol o glirio'r llwch ben bora a gwneud tân oer yn barod at gyda'r nos pan fyddan ni'n dod adra o'r gwaith. Wnaethon ni ddim sôn am y ffaith bod yn rhaid i ni agor ffenest achos ei bod hi'n rhy boeth i ni aros yn y stafell pan oedd y tân wedi bod yn llosgi am dair i bedair awr.

Beth bynnag, dwi'n crwydro rŵan. Cwt wedi'i wneud o wyth paled pren oedd y cwt dal coed tân a adeiladodd fy nhad yng nghyfraith i ni. Roedd o'n cael syniada clyfar fel hyn o hyd ac roedd rhai ohonyn nhw'n gweithio hefyd. Dau baled yn llawr i'r cwt, paled bob ochr yn ochra iddo fo, dau baled yn gefn iddo fo a dau baled yn do iddo fo. Wyth i gyd os ydy'n syms i'n iawn. Bagia plastig bwyd anifeiliaid wedyn wedi'u hagor a'u hoelio i'r palets, yn gwneud yn siŵr ei fod yn dal dŵr. Roedd y cwt wedi bod yn un da. Roedd o wedi para chydig flynyddoedd ond wedi dechra pydru erbyn hyn. Dros yr haf ro'n i wedi bod yn ei wagio fo'n dow-dow a mynd â llond berfa neu ddwy o'r coed i'r sied yn nhop yr ardd.

Wyth paled wedi dechra pydru ond wedi sychu rŵan a chrasu yn yr haul. Roedd 'na hoelion yn sticio allan ohonyn nhw'n bob man ond cariais nhw i flaen y tŷ i'w rhoi yn y trelar i fynd â nhw i'r cae i'w llosgi. Ond wei! Am funud bach! Syniad. Fflach o ysbrydoliaeth o rwla. Es i ag un ohonyn nhw rownd i gefn y tŷ a'i roi i lawr yn fflat ar y gwelltglaij. Es i nôl y sbrê wedyn a'i sbreio fo i gyd yn goch neis. Wedyn, ei roi i sefyll yn erbyn y ffens i sychu. Byddai'r hynaf yn cael llythrennu'r 'Cofiwch' arno fo a'r ganol wedyn yn cael gwneud y 'Dryweryn'. Ac i orffan, câi'r fenga sbwylio bob dim efo ebychnod blêr! Mi fyddan nhw wrth eu boddau. Ac wedyn, mi fyddai gan y Reservoir Dogs eu graffiti symudol eu hunain y gallen ni ei daflu i gefn car a'i adael o lle bynnag y mynnon ni. A byddai'r genhedlaeth nesa'n cael eu tynnu i mewn yn rhan o'r frwydr hefyd i wneud eu pwt bach nhw.

Brenhinoedd Bangor Uchaf

Mae llawer o'r lluniau sy'n cael eu taflu ata i o'r gorffennol yn mynd â fi'n ôl i Fangor Ucha. Mae'r lluniau o Fangor Ucha yn fflachio drwy fy mhen i. Pan fydda i'n mynd yn f'ôl yno go iawn weithia, fydda i ddim yn nabod yr un enaid byw yn y lle. Ond be fydda i'n neud ydy edrych ar garreg fawr mewn wal neu ar fricsan goch mewn simdde yn uchel uwch fy mhen, a meddwl bod y rheiny ym Mangor Ucha pan oeddan ni yno. Roedd y rheiny wedi bod yn dyst i'r holl hwyl gawson ni ers talwm. Dyna'r adeg pan o'n i'n teimlo'n rêl boi. Fi a'n ffrindia yn rêl bois yn y coleg, siŵr iawn. Weithia mi fydda i'n mynd yn ôl i'r adeg honno drwy'r lluniau 'ma sy'n dod yn ôl i mi mewn sioe sleidiau hen ffasiwn yn fy meddwl. Mae hynny'n lleddfu chydig ar y presennol wedyn. Pan dwi'n meddwl am y gorffennol fel hyn, mae fy iaith yn newid chydig bach. Yn mynd yn grandiach ... er nad ydw i'n sôn am betha mawr bywyd. Ond falle fy mod i hefyd. Falle 'mod i isio i fy iaith ddangos y parch sy gen i at yr adeg honno yn fy mywyd. A finna'n rêl boi.

Nyni yw Brenhinoedd Bangor Uchaf. Ein teyrnas ydy Ffordd Caergybi, Hill Street, Regent Street a'r sgwâr bach cachlyd 'na oddi ar Ffordd y Coleg. Y mae tegwch y Fenai o'n blaenau a chadernid Eryri y tu cefn i ni. Arlwyir gwleddoedd ger ein bron gan lawforynion Neuadd John Morris-Jones a gweinir danteithion i ni'n gyson gan Mr Wah o'i badell ffrio hudol yn Ying Wah, ac o sosbenni syfrdanol Mr Mia yn Tandoori Knights. Troediwn yn eofn drwy bapurau tships nos Sadwrn fach a phyllau chwd nos Sadwrn fawr.

Mi fyddwch ar ben eich digon o'n nabod ni. Mi gewch ddod efo ni i gael sglodion a chaws 'di toddi pan wrthodir eraill am iddi fod yn awr rhy annaearol o'r nos. Mi gewch gyfarchiad sychlyd gan fownsars y Belle Vue, sy'n fwy na chaiff pawb arall. Mi gewch chi, os ydych yn gydymaith i ni, ar nosweithiau prin a hynod ddethol, pan na fydd Wil a Mags yn y Glôb, aros yno am loc-in, dim ond ichi addo peidio â chyffwrdd y llenni caeedig, na gwneud sŵn, dim ond ista fel delwau'n sipian eich Trophy Bitter yn ddistaw bach a mynd allan i'r nos drwy'r drws cefn. Fe'ch dyrchefir felly i gwmni dethol, i gwmwl tystion y tai teras bach a'r llofftydd cefn, tamp lle tyf y madarch ar y muriau'n drwch.

Nyni yw Brenhinoedd Bangor Uchaf. Lleddfir ein llwnc gan Trophy Bitter am 72 ceiniog y peint ond mae si ei fod am godi i 79 ceiniog cyn bo hir, lagyr Wrecsam efo top neu lagyr Wrecsam efo leim am 5 ceiniog yn ychwanegol. Ond brenhinoedd ydyn ni, ein teyrnas sydd fawr a ffrwythlon ac nid oes lle i ni drafod ceiniogau. Mewn punnoedd y mae ein trafodaethau ni. Cannoedd o bunnoedd gan Gynghorwraig Ariannol biwis Banc y Midland wrth y cloc ar y stryd fawr, a chwmni anweledig Benthyciadau Myfyrwyr, y telir y cyfan yn ôl iddynt ar log isel unwaith y byddwch yn ennill cyflog ac yn gweithio bob dydd. Gweithio? Brenhinoedd Bangor Uchaf yn gweithio? Dydy brenhinoedd ddim yn gweithio, siŵr iawn.

Nyni yw'r rhai sy'n galw'r gân y mae'r dafarn i gyd yn ei chanu. Nyni yw'r rhai hyderus yn ein denim newydd cŵl a'n gwalltiau'n drwch tonnog braf ar ein pennau. Ein cyrff sydd ifanc a chryf a'n cymalau'n ystwyth braf. Ein crwyn sydd lân a hyfryd. Y mae'r rhianedd yn llys Brenhinoedd Bangor Uchaf yn dlws, yn walltog, yn fronnog, yn siapus-Gymreig. Ac ar nosweithiau Sadwrn dirifedi am chwech yn y Skerries a mlaen wedyn i fyny'r stryd fawr i'r Ship, Three Crowns, yr Albion, Fat Cat a'r Harp, mi fydden ni'n breuddwydio i bethau ddigwydd, a'r breuddwydion hynny, yn ein hyder a'n direidi, yn cael eu gwireddu. Dim ond i ni gadw rhag chwydu.

A dyna'r drws yn hyrddio ar agor i adael mwy i mewn o'r nos. A-ha! Dyma nhw! Dyma ddyfodiad y breninesau wedi dyfod i gwrdd â'u brenhinoedd ar ddiwedd nos fel hyn, a llwybrau cariadon yn cwrdd bob amser yn y Glôb, yn y goruwch-lys. A dyma nhw'n dod, yn walltiau sidanaidd, sgleiniog, yn landeg i gyd i eistedd ar liniau, i gofleidio, i gusanu'n awchus yng ngwydd pawb. Cusanu yng ngolwg haul yr hen lampau melynion a llygad goleuni. Mae amser yn fythol ifanc yng ngwydrau'r optics, yn y poteli lliwgar ac yng ngwydrau budron y bar.

A dyma nhw, ein breninesau ecsotig. Ar eu min mae acenion y deheubarth yn felys, felys ac am eu traed mae Converse All Stars cŵl, rhai gwynion a rhai cochion a lliwiau denim a gwyn eu brethyn yn toddi'n un â'u crwyn iachus a'u llygaid gleision, fflachiog llawn hwyl. Hwyl fel ers talwm, hen ffeiriau pentymor a'u direidi gogoneddus yn drybowndian o fur i fur a diodydd yn tasgu i bob man a neb yn malio dim. Mae hyd yn oed meddwon y bar 'di cael eu styrbio. Ylwch, myn diân i! Mae hyd yn oed Micky Chef a John Sbecs a Gwyn Bob Dim yn troi eu penna i weld mynediad seremonïol gwir anhygoel breninesau Brenhinoedd Bangor Uchaf. Mae Andy Rownd Bapur a chwaer Gwyn Bob Dim yn syllu ar eu harddwch hwy. Bydd siarad mawr amdanyn nhw yn chwedloniaeth Isfyd Bangor Uchaf.

'Shwt gawsoch chi le i ishte fan hyn?' hola fy mrenhines ar ôl i mi flasu'r gwin ar ei gwefusau, a chnau hallt, a hynny'n deud na welodd hi neb arall ar ei ffordd hyd stryd fawr Bangor y noson honno i'w gymharu â mi, a bod ei chalon hi'n eiddo i mi er gwaetha'r holl Pernod a jin a wnaeth i'w chlustiau gochi wrth i mi rowlio'i chlustdlysau rhwng fy mysedd. Mae ei llais yn uwch hefyd ar nos Sadwrn a'i hacen yn fy meddwi'n waeth, yn fy rhoi mewn rhyw baradwys goconytaidd a'r haul yn machlud ar draethell unig yn y Caribî, yn union fel honna ar y botel Malibu y tu ôl i'r bar.

Ac wedyn daw'r awr i bawb gael eu hel fel briwsion allan i'r nos, a'r Fenai'n dlos, a'r sêr yn eu tynerwch yn wincio ar ein tynerwch ninnau. A cherddwn fraich ym mraich i lawr Ffordd y Coleg, papurau tships yn y gwynt yn llusgo hyd y llawr ac yn codi ryw chydig weithia fel hen wylanod yn methu ag esgyn yn iawn i hedfan.

'Nosdawch hogia!' medda John Bara, y porthor. 'Well ti neud panad i dy lefran.'

Ogla disinffectant yn hongian uwch lloriau sgleiniog y neuadd, yn lân i gyd.

Mwya sydyn, 'dan ni yn Pamplona. Sŵn teirw gwylltion.

'Gwatsia dy hun!' medda fi, a dyma ni'n glynu'n sownd yn fflat yn erbyn wal Coronation Street, wrth i'r drws hyrddio ar ei golyn ac i'r hogia ffarm redag ar ôl ei gilydd, Ger Hafod gynta, 'di dwyn rwbath gan Rhodri Pentre, ac i ffwr' â nhw fel cath i gythrel a'u hacenion topie Hiraethog yn diasbedain dros y lle.

'Bang!' Y drws nesa i lawr yn ei chael hi.

A dwyn tamed o sgyrsiau nos Sadwrn wedyn wrth gerdded hyd y coridorau hirion ...

'Ma' Alun Blode 'di goro mynd i'r sbyty ar ôl chwyddo fel balŵn. Byta prawn korma yn y Light of Asia ...'

'Pwy sy 'di dwyn 'y nghaws i o'r ffrij?'

'Ma' Sion Llanast 'di cael 'i brethyleisio ar ôl byta majic myshrwms ... mi gollith ei leisans ...'

'Yfodd Daf Denne bedwar peint o White Lightning ...'

'Pwy sy 'di piso yn y ciosg?'
'Pwy sy 'di cachu yn y sinc?'
'Pwy nath ffrwydro wy yn y meicrowef?'
'Gwylan a tships?'
'Ia! Gwylan a tships! Dyna ddudodd Blaena oedd o isio yn Ying Wah! A dyna lle oedd Mr Wah yn sbio i fyny a lawr y meniw yn chwilio am y rhif iawn ac yn gofyn, "Agorcai? Agorcai?"!'
'Ffac! Fi'n sâl. Mae'r lla'th hyn 'di suro!'
'Paid yfed e, 'te!'
'Fi newydd yfed y ffacin peint cyfan!'

Sŵn nos Sadwrn a ninna'n gwlwm yn ein gilydd, yn cerdded yn ein blaenau rŵan ac yn ymbalfalu am y goriad. Y trafferth cyfarwydd efo twll y clo. Tynnu sgidia ydy'r peth mwyaf anodd yn y byd. A dyna chi, brenin a brenhines Bangor Ucha'n cysgu'n sownd, yn dynn yn ei gilydd yn y gwely sengl bach a'r byd i gyd yn hapus braf, yn gynnas yn ein gilydd tan y bora bach heb wneud drwg i neb. Ein llgada'n drwm, drwm a'r gola'n dal mlaen, a Bob Marley a Jim Morrison ar y wal yn gofalu amdanon ni. Ac ymlaen fyddai'r gola ar hyd y noson feddwol, wych hon, gan fwrw cysgodion ieuenctid ar walia stafell 101. Cysgodion ifanc, glandeg, cryfion, dyddia gwyn, dyddia da.

Herio'r gwenyn

Mi fues i'n cerdded tuag at y lle roedd y gwrych yn dal ac wedi tyfu'n wyllt. Do, mi fues i'n herio'r gwenyn meirch i ddod allan o'r nyth. Wedyn, troi'r ffordd arall yn sydyn. Bygwth mynd atyn nhw o'n i, a throi'n ôl rhag ofn i mi fynd yn ddigon agos i un o'r diawled ddod allan fel shot amdana i eto. Ro'n i'n meddwl 'mod i'n eu pryfocio nhw ac yn eu gwneud nhw'n anniddig. Ro'n i'n gobeithio 'mod i'n eu gwneud nhw'n wyllt gacwn. Falle'u bod nhw'n mynd i ffraeo ymysg ei gilydd a bod cythrwfl mawr yn y nyth ynglŷn â phwy oedd yn cael mynd ar yr ymgyrch kamikaze nesa. Wedyn, byddai 'na densiwn annioddefol pan fyddai cadfridog y gwenyn yn deud wrth y frenhines, a phob gwenyn arall, fod y gelyn wedi cilio ac nad oedd angen i neb ymosod wedi'r cwbl. Byddai hynny'n drysu pawb ac yn gwneud y morâl yn y nyth yn isel iawn. Dyna oeddwn i'n feddwl. Mi fasan nhw'n gorfod mynd yn ôl i wneud drils a ballu wedyn, yn lle ymladd go iawn.

Siarad am fyd natur a ballu

Daeth yr hynaf i lawr y grisia.

'Dwi'n gweithio yn y Llew Coch heno. Tacsi plis.'

'Iawn yn tad,' medda finna.

Doedd hyn ddim yn draffarth o gwbl ac roedd yr hynaf yn cael pres bach da yn y Llew Coch, a hwyl hefyd. Roedd cael joban fach yn gwneud lles iddi. Roedd yn gwneud lles i minna hefyd, ma' siŵr, gan fy mod i'n gorfod aros yn sobor er mwyn ei nôl hi'n nes mlaen.

'Mi oedd tad Lena yn cadw gwenyn,' medda hi, cyn diflannu'n ôl i'w theyrnas fach fyd-eang i fyny'r grisia.

'Be?'

Holais y wraig, 'Oedd Caradog yn arfer cadw gwenyn?'

'Oedd tad,' medda'r wraig.

'Reit,' medda finna, 'wela i di wedyn.' A dyma fi'n cerdded i lawr i'r pentra i weld a oedd Caradog adra. Rydw i'n nabod Caradog yn reit dda gan ei fod o'n hoff o'i beint ac yn hoff o siarad am fyd natur a ballu. Mae o'n hela llwynog bob dydd Sadwrn ac yn cerdded rownd y lle efo ffon fawr bren yn edrych 'run fath â Moses ym *Meibl y Plant*. Mae Caradog yn hel mwyar duon. Mae o'n hel cnau hefyd. Mae o'n gwybod yn iawn pryd fydd Llif Coch Awst ac yn gwybod enwa pob coedan a deryn a ballu. Unwaith, mi ddangosodd i mi yr olion yr oedd cynffona pysgod yn eu gwneud ar wely'r afon.

Fo, Caradog, fyddai'r boi i roi trefn ar y gwenyn fel fy mod i'n medru torri'r gwrych i gyd yn wastad. Fyddai Huw-fyny'r-lôn ddim yn medru chwerthin yn ei lawes wrth fynd heibio yn ei bic-yp gwyn wedyn.

Llygaid glas y wraig

Boi o'r enw Dafydd Rowlands sgwennodd y gerdd, a hon oedd fy hoff gerdd i, ar un adeg. Pan oedd y plant yn fach, dyma'r gerdd yr hoffwn i fod wedi ei sgwennu, ond bod y boi 'ma, Dafydd Rowlands, wedi'i sgwennu hi gynta. 'Dangosaf i ti Lendid' ydy enw'r gerdd ac yn y llyfr mae 'na lun du a gwyn o'r bardd yn mynd am dro ar hyd y mynydd efo'i hogyn bach. Mae o isio dangos holl ryfeddodau'r byd i'w fab ac mae o'n dechra yn ei fro ei hun, yn ei ardal ei hun. 'Dere, fy mab, i weld rhesymau dy genhedlu ...' Fel'na mae hi'n dechra. Wedyn mae o'n mynd i restru'r holl betha mae o am eu dangos iddo fo, petha fel y llusi'n drwch ar y mynydd a'r broga dan y garreg a'r defaid yn y caeau; cnau y gastanwydden a sut i wneud chwiban o frigau'r sycarmorwydden. Wel, mae hi'n gerdd gadarnhaol iawn, iawn, ac yn gorffen ar uchafbwynt efo'r peth glanaf a thlysaf un: 'dangosaf iti'r glendid sydd yn llygaid glas dy fam.'

Ges i lwmp yn fy ngwddw un tro wrth ddarllen y gerdd yna

efo'r dosbarth TGAU. Pan ofynnais i'r plant be fasan nhw'n ei basio mlaen i'w plant nhw, ges i atebion anhygoel. Mi wnes i feddwl am y petha roeddan ni wedi'u dangos i'n plant ni adra. Ro'n i'n iawn wrth feddwl am betha o fyd natur. Hel mwyar duon a hel fala oddi ar y goedan yn y cae gyferbyn â'r tŷ. Hel cnau hefyd. Enwa'r mynyddoedd a'r afonydd yn y dyffryn. Ond pan wnes i feddwl am y llinell olaf eto, 'y glendid sydd yn llygaid glas dy fam,' mi aeth y lwmpyn yn fy ngwddw yn fwy. Llygaid glas sydd gan y wraig hefyd. Roeddan nhw'n pefrio ar un adeg ond tydyn nhw ddim yn pefrio cymaint rŵan ein bod ni'n gorfod mynd i Wolverhampton a llefydd eraill i gael sgans. Cyn i'r lwmpyn yn fy ngwddw wthio'i ffordd allan fel deigryn yn fy llygad, a hynny o flaen set 1 blwyddyn 10, dyma fi'n chwara'n sydyn efo'r cyfrifiadur a dangos y cartŵn rhyfadd 'na sy'n cydfynd efo'r gerdd ar wefan CBAC. Mi ysgafnhaodd hwnnw betha.

Cawsom nyth i'w gadw

Mewn ryw ffordd ryfadd ro'n i'n edmygu'r gwenyn yn eu safiad diwyro i amddiffyn eu nyth. Eu tiriogaeth nhw. Cyn i'r mudiad Cymuned fynd i'r gwellt, 'Dal dy dir' oedd eu slogan nhw. Ydach chi'n cofio hwnnw? Mi es i fyny i neuadd Mynytho i gyfarfod i sefydlu'r mudiad lle roedd 'na ysbryd a theimlad gwladgarol mawr. Roedd 'na ffordd ymlaen hefyd yr adeg honno a syniada mawr mawr mewn llyfrau bychain gwyrddion. Yr unig 'Dal dy dir' wela i y dyddia yma ydy'r tatŵ ar wddw Alun. Mae o'n datŵ crand mewn sgrifen italig, gyrliog. Adeiladwr ydy Alun. Mae o wedi cael ei fanio o holl dafarndai'r dre. Mae'r tafarndai i gyd wedi uno yn erbyn Alun a cheith o ddim t'wllu'r un ohonyn nhw. Dyna pam mae o'n dod draw aton ni i'r pentra i gael peint neu ddau. Boi ifanc ydy o, yn ei ugeinia, a ganddo fo mae un o'r tatŵs gora welis i rioed. 'Dal dy dir,' yn fawr ac yn glir ar ei wddw. Uffar o foi.

Mi ddechreuis i feddwl am datŵs gwenyn, wedyn am wenyn efo tatŵs. Ro'n i isio torri'r gwrych yn wastad a stopio Huw-fyny'r-lôn rhag gwenu'n gam wrth fynd heibio.

Mae'n rhaid dod i adnabod dy elyn a dod i ddallt ei ffordd. Dyna pam y gwnes i dipyn o ymchwil arnyn nhw, y gwenyn. Gwenyn mêl ydy'r rhai sydd yn y nyth yn y gwrych reit o flaen y tŷ. Dyna ddwedodd Caradog. Pan fydd gwenyn mêl yn pigo rhywun dydy o ddim yn gallu tynnu'r colyn sydd ar linyn yn ôl allan. Tebyg i harpŵn hela morfil. Mae'n gadael y colyn a rhan o'i abdomen a'i bibell dreulio bwyd a chyhyrau a nerfau ar ôl. Mae'r difrod anferthol yma i abdomen y gwenyn mêl yn ei ladd o yn syth bìn. Gwenyn mêl ydy'r unig wenyn i farw ar ôl pigo rhywun.

Dyna ni felly. Roeddan nhw'n gelain ar ôl fy mhigo fi. Roedd y kamikase yn gyflawn, yr aberth dros yr achos wedi'i wneud. Byddai'r traddodiad arwrol yn parhau a byddai bardd nyth y gwenyn mêl yn canu clodydd y rhai a aeth allan o'r nyth i gwrdd â'r gelyn. 'Awn i gwrdd y gelyn, Bawb ag arfau glân, Uffern sydd i'n herbyn a'i phiccllau tân, Gwasgwn yn y rhengau, Ac edrychwn fry; Concrwr byd ac angau acw sydd o'n tu! Byddai coron fry i bob un sy'n ffyddlon. Haleliw ... Haleliwia ... Haleliw ... Haleliwia ...!' Ar YouTube mae Côr Meibion Cwmbach yn canu honna. Nhw ddaeth i fyny gynta pan edrychis i am eiria'r llinell ola. Maen nhw'n ei morio hi. Maen nhw'n ei chanu hi'n lot gwell na ni yn y dafarn yn y pentra. Doeddan ni ddim hannar cystal â Chôr Meibion Cwmbach, hyd yn oed pan ddaeth y tenor enwog aton ni.

Y noson pan ddaeth y tenor enwog draw

Llun mwy diweddar ydy hwn. Mae hwn yn fflachio hefyd yn fy isymwybod. Mae'r bobol sydd yn y llun yma yn dal o fy nghwmpas i bob dydd, er nad ydw i'n gweld rhyw lawer arnyn nhw. Heblaw pan dwi'n taro am beint bach. Dim ond mynd am beint distaw wnes i'r noson honno ond ddyla 'mod i'n gwybod yn well. Ma' pawb yn gwybod be sy'n digwydd pan ma' rhywun yn meddwl mynd am un bach sydyn. Tynnu at ddiwedd Awst oedd hi. Roedd mis y sioeau a'r Steddfod a sgota ar ôl y llif coch wedi cadw ei uchafbwynt yn ddistaw bach tan y diwedd un. *Finale* gwerth aros amdano. Doedd neb yn gwybod bod y tenor enwog yn dŵad draw. Ddigwyddodd bob dim heb i neb ddeud dim, na gwneud dim na gweld dim byd chwaith. Ddigwyddodd y peth yn hollol annisgwyl.

Roedd 'na sôn iddo fo gyrraedd y dafarn yn gynnar i gael pryd o fwyd efo'i ffrindia. Dyna pam fod y tenor enwog wedi dod i'r pentra yn y lle cynta, am fod ei ffrindia wedi symud yma aton ni. Clamp o stecsan gafodd o, meddan nhw, a saws pupur a brandi hufennog drosti i gyd. Madarch a nionod a sglodion a salad bach hefyd. Cwrw melyn roedd o'n ei yfad efo'i fwyd, a dyna fuodd o'n ei dollti i lawr ei gorn gwddw drwy'r nos wedyn.

Doedd dim rhaid i'r tenor enwog, na neb arall bron, boeni am y bora wedyn achos mai nos Wener oedd hi. Roedd y pentra bach yn ystwytho i fwrw penwythnos ola hir yr haf yn yr ardd, neu ar draeth neu … yn y dafarn. Mae hynny'n gwneud synnwyr perffaith unwaith yr ydach chi yn y dafarn. Byddai'r drws ar agor led y pen a gola'r haul mawr melyngoch yn llifo i mewn tan wedi saith gan wneud i'r llechi ar y llawr sgleinio ac i swigod bach ddawnsio yn niodydd pawb. Byddai'r gola'n rhy egwan yn nes ymlaen i loywi pren y byrddau ond byddai'n bwrw cysgodion drwy'r ffenest tan wedi wyth, a'r dydd wedyn yn diflannu'n farwydos dros y bryniau draw, a'r gorllewin yn gwrido i gyd.

Ar y fainc wrth y ffenest roedd y tenor enwog yn eistedd. Roedd o a'i ffrindia wedi ista wrth y bwrdd mawr pren, yr un ar y chwith wrth i chi fynd i mewn drwy'r drws. Mae pawb sy'n camu i fyny'r grisia carreg yn sbio'n reddfol i'r chwith i weld a ydyn nhw'n nabod rhywun yno i ddeud 'Iawn?' wrthyn nhw. Pawb heblaw Trish neu Tony, sy tu ôl i'r bar ac yn gweld eich silwét yn cerdded i mewn yng ngoleuni mawr ffrâm y drws. Wrth sbio i'r chwith fel'na y gwelodd bobol y pentra, wrth ddod i mewn fesul un a dau, y tenor enwog yn eu tafarn nhw. Roedd rhai yn rhy gwrtais i sbio ddwywaith ond roedd eraill, yn enwedig rhai o'r merched, isio gwneud yn saff mai fo oedd o. Fo, yr un roeddan nhw'n ei weld ar gloria CDs ac yn papur ac ar y teledu. Fo roeddan nhw'n ei glywad ar y radio. Ia, fo oedd o! Yr un efo'r gwallt tonnog tywyll.

Mi nath pawb eu gora i fygu eu syndod a'u rhyfeddod fod y tenor enwog wedi t'wyllu eu local nhw. Pawb yn siarad am y tywydd fel roeddan nhw'n arfer ei wneud. Roedd pawb yn dechra'u sgyrsia arferol am y traffig trwy'r pentra, ac yn tynnu coes y naill a'r llall am betha bach bob dydd. Ond pan ddaeth hi'n amser i'r gwybed bach ddod allan i chwara, roedd hi'n amser dod i mewn ar bawb oedd wedi bod allan ar y wal yn canlyn yr haul i'w wely.

I mewn y daethon nhw i gyd dan grafu. I mewn yn un fflyd lawen, swnllyd, hwyliog, hannar meddw, ma' siŵr, i godi twrw yn y bar ac i chwerthin dros y lle. Cnesu'r lle i gyd.

'Wyt ti am ganu, 'ta be?'

Llais un o'r merched. Cwestiwn yr oedd diferyn yn ormod

o jin wedi rhoi'r plwc iddi ei ofyn. Cwestiwn wnaeth i bawb wingo. Cwestiwn yr oedd pawb yn y lle isio'i ofyn.

Sythodd y tenor enwog ei gefn ar y fainc bren a throi ei olygon yn ara deg bach oddi wrth sgwrs ei ffrindia at y llais bach a ofynnodd y cwestiwn yr oedd pawb isio'i ofyn.

'Pa gân wyt ti isio'i chlywed?'

Cochodd yr un a ofynnodd y cwestiwn. Cochodd ei ffrindia i gyd rownd y bwrdd ...

'Wyt ti'n gwbod rwbath gan Robbie Williams?'

Tawelwch llethol. Atebodd y tenor enwog yn syth bìn ac efo steil ...

'Dwi'n gwbod cân am angel ...'

A dyna hi. Mi lenwodd ei lais mêl y stafell fach i gyd a phob enaid byw yn ymuno yn y cytgan wedyn ac yn ei morio hi. Ymbalfalu mawr mewn hambags am ffonau, a'r rheiny'n fflachio wedyn. Pawb isio'i lun a'i fideo a'i atgof bach ei hun o'r noson honno. Y noson y daeth y tenor enwog i'n tafarn ni.

'O na bawn i fel Efe!'

'Mi ganaf fel cana'r aderyn ...!'

'I bob un sy'n ffyddlon ...'

'Oes raid i ni ganu petha ysgol Sul?'

'OES!'

Emynau. Hen emynau. Maen nhw'n mynd â rhai yn ôl i hen ysgol Llanwrin a sefyll wrth y piano bob pnawn Iau. Iorwerth, sy'n eistedd ar y stôl uchel yn fanna, yn cael ei gario'n ôl i'r adeg pan gafodd o fod yn unawdydd efo côr yr Aelwyd. 'Mi glywaf dyner lais' oedd yr emyn. Mae o'n dal yn ei mwmian wrth siafio. Dydy Dyl ddim yn gwybod penillion yr hen ganeuon 'ma ond mae o wedi codi'r cytgan yn syth, siŵr iawn. Leah yn fanna, sydd mewn perlewyg o hyd ar ôl y gân gynta, yn cofio pnawniau

Sul yng nghapel Samma. Mae pawb wedi'u canu nhw mewn capel ryw dro – Hywel, yn 'rysgol Sul Maengwyn a'i fam yn mynnu ei fod o'n mynd er bod y plant eraill yn cael mynd i chwara ffwtbol ar fore Sul. Ken yng nghapel Nebo cyn iddo fo gau.

Hen emynau. Maen nhw yno yng nghilfachau'r cof, y rhannau hynny sydd fel hen festris llychlyd, tamp, yn ein hisymwybod ni. Maen nhw fel hen gydwybod. Maen nhw'n llawn argyhoeddiad. Mae eneiniad ynddyn nhw a ias a hen wironeddau mawr sy'n anodd eu dallt y dyddia yma. Sydd ddim i'w cael y dyddia yma. Mae ffrindia'r tenor enwog yn canu hefyd ac mae'r un sy'n ista gyferbyn â fo'n gwenu'n braf ac yn arwain pawb fel arweinydd côr. Mae ei ddwylo'n mynd i gyd ac yn pwyntio ymlaen fel clustia ci ar y noda uchel.

Mae hi'n dywyll rŵan y tu allan i'r dafarn. Mae ambell gar yn rhuo i'r nos ond mae dau gysgod yn ymddangos. A dau gysgod llai i'w canlyn. Nesta a Dafs ydy'r rhain, yn mynd â'u cŵn bach am eu tro nosweithiol. Mae Dafs yn stopio'n stond ac yn dal ei ben i'r ochr. Dydy Nesta ddim yn dallt ... ond mae hitha'n gwrando wedyn. Maen nhw'n clywad y canu mwyn ac yn sbio ar y gola melyn yn y ffenest heb weld dim, dim ond cysgodion, cysgodion ryw hen, hen ddiwygiad, ac maen nhw'n cael eu dal yno fel delwau, a'r ddau gi bach hefyd yn llonydd, llonydd tan i'r drws hyrddio ar agor er mwyn i rywun ddod allan i'r lle chwech. Mynd yn fân ac yn fuan maen nhw wedyn yn eu blaena, rhag ofn bod rhywun yn meddwl eu bod nhw'n stelcian y tu allan i hen dŷ tafarn.

'Bendigedig fyddo'r Iesu ...!'

'Glân geriwbiaid a seraffiaid ...!'

'I mewn i'r gôl! Gôl! I mewn i'r gôl!'

'Nid wy'n gofyn bywyd moethus ...!'

Ymlaen â'r gân.

'Trish! Nei di gau'r lle 'ma, wir? Fedra i ddim cael Mam adra!'

''Na i byth gyrradd sioe Cwm fory!'

Ymlaen â'r gân! Ymlaen hyd nes i leisia ddechra mynd yn gryg a'r syniada am ganeuon newydd da fynd yn brin. A hyd nes i bobol y pentra bach sbio i fyny ar wyneb yr hen gloc pren a dallt faint o'r gloch oedd hi.

'Iesgob annwyl!'

'Iesu!'

'Arglwy' mawr!'

A dyma fynd yn rhes herciog allan i'r fagddu. Roedd hi'n ddigon oer, a phawb 'di dod allan heb ei gôt.

'Diolch, Trish! Diolch, Tony.'

'Croeso! *See ya, love.*'

Trio gwneud tost neu banad. Agor can neu botel o win a newid meddwl. Oriau mân y bora yn y pentra bach a phawb, bron, mewn cwsg meddw a'r Iesu'n geidwad iddyn nhw, yn nofio ton, yn canu fel cana'r aderyn yn hapus yn ymyl y lli. Pawb yn gwenu yn eu trwmgwsg hyd y bora llawn brain.

'Be oedd yn y Prosecco 'na? Roedd nenfwd y llofft yn troi fel trobwll!'

'Ddeffres i rioed mor hwyr. Un ar ddeg godes i o'r gwely!'

'Does 'na'm tablets poen pen ar ôl yn siop Lou.'

'Noson dda, yn toedd hi!'

'Yr ora eto!'

'Fuodd Anne ni yn 'i gwely drwy dydd, dydd Sadwrn!'

A dyna drannoeth ymweliad y tenor enwog â'r dafarn, y noson pan o'n i 'mond 'di meddwl cael ryw beint bach tawel.

Picellau tân a sbrê lladd pryfed

Ro'n i'n meddwl bod dyn eira yn cerdded fyny'r lôn ond Caradog oedd o, yn ei ddillad trin gwenyn, bag Co-op yn un llaw a ffon Moses yn y llall. Oferôls gwyn a masg fel tasa fo'n mynd i ymladd yn erbyn rhywun efo cleddyf. Diolch i'r nefoedd, medda fi, mi ellith o symud y nyth i rwla arall a cha i 'mo fy mhigo eto am sbelan. Ac wedyn, mi ga i dorri'r gwrych o flaen y tŷ yn wastad a gallai Huw-fyny'r-lôn fynd i grafu. Fyddai o ddim yn medru crechwenu arna i wrth basio yn ei bic-yp gwyn.

O oedd! Roedd Caradog wedi dod i gwrdd â'r gelyn, ac yn ei fag Co-op roedd 'na arfau glân. Doedd o ddim mewn hwylia i sgwrsio ryw lawer. Roedd ei feddwl ar y ffeit. Roedd y diwrnod mawr wedi dod. Fyddai gornestau'r gorffennol yn ddim o'u cymharu â hon. Thrilla in Manilla, y Rymbl yn y Jyngl, o ddiawl! Mi es inna i mewn i'r tŷ yn reit handi a gweiddi ar y fenga i gau ffenest ei lofft. Wedyn, mi es i wylio bob dim drwy ffenest y gegin. Ar ôl cau'r ffenest, wrth gwrs.

Aeth Caradog yn agos at y nyth i ddechra a symud y deiliach i'r ochr iddo fo gael ei weld o'n iawn. Bobol bach, roedd o'n glamp o nyth, yn debyg i gragen lan môr, tua'r un maint â phêl rygbi. Tebyg i'r un yn y sied. Roedd hi'n anodd gweld a oedd y peilotiaid kamikaze yn dod o'r nyth amdano fo. Dim ond dal ati yn hollol ddidaro nath Caradog, a'i fenig gwynion a'i ddillad gwyn i gyd yn fy atgoffa o ryw raglen welis i am Chernobyl, a phawb yn y dillad gwynion 'ma yn trio delio efo'r adweithydd neu rwbath. Pan ddechreuodd Caradog brocio'r nyth efo'i ffon, mi o'n i'n disgwyl i gwmwl o wenyn heidio allan amdano fo, tebyg i'r cwmwl o fwg du ddaw allan o hen gar sy heb gael ei danio ers tro byd. Wedyn, mi aeth o i'w fag i nôl yr arfau.

Un arf oedd ganddo fo. Can o sbrê lladd pryfed. Roedd hi'n

ornest annheg. Cemegion artiffisial, gwenwynig yn erbyn gwenyn a byd natur. Mi welis i ambell un yn cwympo allan o'r nyth, yn neidio allan o'u 9/11 nhw. Dwn i'm lle roedd y peilotiaid kamikase. Ddaeth 'run ohonyn nhw allan am Caradog. Roedd o wedi'u lladd nhw i gyd. Roeddan nhw i gyd yn farw gelain ac mi allwn i fynd i dorri'r gwrych rŵan. Roedd y nyth yn ddarnau o haenau crynion fel *papier-mâché* llwyd ar y llawr. Roedd rhan ohono fo'n dal yn sownd yn y ffens.

'Diolch i ti, Caradog,' medda fi, 'mi bryna i beint i ti nos Wenar.'

'Clamp o nyth!' medda Caradog. 'Fel pêl rygbi, fachgen.'

Dwn i ddim be oeddwn i'n ddisgwyl i Caradog ei wneud efo'r gwenyn, ond doeddwn i ddim yn disgwyl iddo fo eu lladd nhw i gyd fel nath o. Maen nhw'n bwysig, tydyn, i gario paill i ni gael bwyd a ballu. Roedd 'na nyth gwenyn yn y gwrych yng nghefn y tŷ hefyd, ac uwchben drws y sied top ar y tu mewn. Ond wnes i ddim sôn gair wrth Caradog na lluoedd Duw a satan am y rheiny.

O na! Miss Melyn eto

'Dwi'n gorfod mynd yn ôl i'r coleg cyn bo hir,' oedd neges Miss Melyn yn y sgwrs grŵp. 'Oes 'na rywun yn gallu dod allan heno i wneud dan bont y rêlwe?'

Roedd y lleill wedi pingio negeseuon yn ôl yn sydyn yn deud nad oeddan nhw adra, bod y car gan y ferch a'i bod hi'n addo glaw mawr. Fi oedd yn byw agosa, felly mi ddeudis i y baswn i'n cwrdd â hi wrth y bont am hannar awr 'di naw. Mi faswn i'n cymryd un i'r tîm. Tîm y Reservoir Dogs. Doeddwn i ddim wedi bod allan yn peintio ers dipyn, ond ro'n i wedi gallu ffitio paled pren yng nghefn Polo y wraig a'i adael o mewn lle bach da, lle y byddai 'na lawer iawn o Saeson yn pasio heibio iddo ac yn cael pylia mawr a hirhoedlog o euogrwydd llethol ar ôl ei weld o! Go ffocin brin.

Miss Melyn, hannar awr 'di naw. Byddai'n dywyll bitsh erbyn hynny. Ac oedd, roedd gen i frwsh, a phaent gwyn, a byddwn, mi fyddwn i'n gwisgo dillad tywyll. Ychwanegais at y sgwrs grŵp y byddwn yn mynd â'r ci efo fi am dro ac yn ei glymu wrth y giât 'na i'r cae.

'Dwi'n mynd am dro,' medda fi dros y tŷ, achos do'n i ddim yn siŵr lle roedd pawb. Hen ddillad oedd amdana i, a bag efo fflachlamp heb fatris ynddo, un o'r rheiny rydach chi'n troi handlen fach ar ei hochr hi ac mae'r gola yn para'n reit dda wedyn. Roedd Miss Melyn yno o 'mlaen i mewn cap a siaced a throwsus llac, yn edrych 'run fath â hogyn.

'Gwyn 'ta coch gynta?' holodd hi.

'Coch,' medda fi. 'Mi sychith yn sydyn, wedyn gei di wneud y llythrennu gwyn.'

'Mae'r tun paent coch yn fama,' medda hi.

Daeth goleuadau car i'n cyfeiriad ni, a sgrialon ni'n dau i lechu at y ci wrth y giât agored i'r cae.

Mi fethon ni ag agor y tun paent coch. Doedd gynnon ni ddim sgriwdreifar na chyllall boced. Gan ein bod ni 'di cerdded doedd gynnon ni ddim goriad car chwaith. Mi dries i efo chydig o gerrig bach miniog ond doedd dim yn tycio.

Roeddan ni'n debyg, meddyliais, i'r tri aeth i losgi'r Ysgol Fomio. Be yn union oedd y stori? Oeddan nhw 'di anghofio matsys, 'ta'r matsys oedd wedi tampio?

Mi sgwennodd Miss Melyn y geiria dan bont y rêlwe efo'r paent gwyn. Wnes i ddim deud dim byd 'blaw bod yr 'W' yn 'cofiwch' yn fwy na'r llythrenna eraill a bod isio i'r ddwy 'R' a'r ddwy 'Y' yn yr ail air fod o gwmpas yr un maint. Daeth car arall, ac un arall wedyn, oddi ar y lôn fawr a rhuo mynd, fel nos Sadwrn ers talwm, i lawr y dyffryn.

Dynnon ni lun neu ddau a cherdded yn hamddenol efo'r ci yn ôl drwy'r pentra. Rhoddodd Miss Melyn y lluniau ar y sgwrs grŵp wedyn a chael clod mawr am ei hartistwaith dan bont y rêlwe gan bawb oedd ddim isio dod i beintio'r noson honno. Gawn ni i gyd lonydd am chydig rŵan, meddyliais.

Amlenni brown y DVLA

Mae'n gas gen i gael amlenni brown gan y DVLA drwy'r post. Maen nhw wastad yn cynnwys newyddion drwg o ryw fath. Yn fy atgoffa i fod angen trwydded newydd. Yn fy atgoffa i na wnes i gais am drwydded newydd ar ôl i'r llythyr atgoffa dwetha gael ei anfon. Ond roedd hwn yn wahanol. Allwn i ddim taflu'r un yma i'r fasged ailgylchu papur. Ffurflenni oedd yn yr amlen frown hon, ffurflenni i'w llenwi er mwyn deud bod y wraig yn dal i fedru gyrru'n iawn. Diolch byth am hynny. Byddai'n rhaid cael y doctor i'w harwyddo nhw a'u hanfon nhw ymlaen wedyn i dŵr mawr y DVLA yn Abertawe.

Gollwng ei dreigladau bob hyn a hyn

Ro'n i wedi bod yn brysur yn paratoi gwers i flwyddyn naw. Prysur yn paratoi sleidiau pwyntpwer iddyn nhw. Anaml yr ydw i'n paratoi petha newydd sbon erbyn hyn, dim ond defnyddio'r petha sy gen i neu betha parod sy ar wefan CBAC neu ar ryw wefan arall yn rwla. Mae YouTube yn handi hefyd ar ôl i'r sir ddeud ein bod ni'n cael ei ddefnyddio yn yr ysgolion rŵan. Dydw i ddim yn rhy hoff o ddefnyddio petha pobol eraill efo'r plant achos mae o'n gwneud y profiad o addysgu i mi yn brofiad ail law. Mae'n well gen i fod wedi creu y peth cychwynnol hwnnw fy hun ac mae'r plant wedyn, y disgyblion, yn gweld 'mod i'n fwy taer wrth eu dysgu nhw. Dwi'n siŵr 'mod i'n iawn yn deud hyn.

Beth bynnag, ddigwyddodd 'na rwbath nad ydy o'n digwydd yn aml iawn ar gwrs i athrawon fues i arno fo un tro. Y rwbath hwnnw oedd 'cael chydig o ysbrydoliaeth', ac mae o'n beth mor werthfawr ag aur y byd a'i berlau mân.

Yn aml, mae'r cyrsiau'n troi yn sesiynau grŵp therapi, pawb â'i gŵyn ydy hi, ond ddaeth 'na foi o Lundain i siarad efo ni, a gafodd o wrandawiad da. Proffesor oedd o, proffesor Addysg yn un o'r prifysgolion. Boi main, pryd tywyll, eitha byr o dras Cymreig, a chydig o ôl rhyw acen arno fo, Cwm Tawe falle, yn gollwng ei dreigladau bob hyn a hyn. Crys agored a gwasgod dywyll, yn debyg i glerc mewn hen ffilmiau. Roedd o ar draws yr hannar cant oed ac roedd ganddo glustdlws a golwg fel petai o wedi dod i'r byd 'ma i brofi ryw bwynt. Meddyliais amdano'n iau. Ei drwyn yn ei lyfra pan oedd pawb arall allan yn chwara rygbi ac yn gweiddi 'Use it! ... Use it!'

Ddysgodd y proffesor 'ma ryw chydig i ni am sut mae'r ymennydd yn gweithio. Soniodd am y niwronau sy'n gwneud cysylltiadau, ac wrth wneud cysylltiadau roedd y cysyniadau yn dod yn gliriach ac yn fwy parhaol yn ein meddylia ni wedyn. Mi addawodd anfon ei sleidiau clyfar i ni, bawb oedd eu hisio nhw, ac mi ddaethon nhw hefyd, myn diawl, chydig ddyddia wedyn. Es i ati'n reit sydyn i addasu'r rheiny a gwneud uffar o ddechra gwers dda i flwyddyn naw. Roedd dechra'r wers yn bwysig achos dyna be oedd y ddau athro arall yn ein Triawd Dysgu ac Addysgu ni'n dod i'w weld. Felly, fyddai'r stwff ddim yn hollol ail law gan fy mod i wedi ei addasu fy hun a'i aildrefnu i gael chydig bach o fi fy hun ar ddechra'r wers, yn de.

Siâp cryfaf byd natur

Mi wnes i ddangos rhai o'r sleidiau clyfar i ddechra, a diolch i'r nefoedd nad oedd neb wedi sylwi bod y llun o'r niwronau yn cwrdd yn debyg iawn i benbyliaid … neu i sberm. Mi es yn fy mlaen i gyflwyno'r syniad hansolo i'r dosbarth. Hecsagonau ydy hanfod y dull hansolo ac mae'r dosbarth yn cael llwyth o hecsagonau bach papur i wneud cysylltiadau rhyngddyn nhw. Yr agosaf yn y byd ydy'r hecsagonau bach at yr hecsagonau cychwynnol, y cryfaf yn y byd ydy'r cyswllt rhyngddyn nhw. Pan mae gwenyn yn gwneud hecsagonau yn eu nythod, mae'r siapiau chwe ochr yn ffitio'n berffaith yn ei gilydd. Maen nhw'n gallu dal wyau'r frenhines a storio'r paill a'r mêl mae'r gweithwyr yn ei gario i mewn i'r nyth. Fyddai cylchoedd ddim yn gweithio'n rhy dda. Byddai bylchau rhyngddyn nhw.

Erbyn diwedd y wers roedd gan bob grŵp glwstwr o hecsagonau fel y tu mewn i nyth gwenyn ar y byrddau o'u blaenau, ac mi es i o gwmpas y dosbarth i dynnu llun un pawb fel bod gen i gofnod digidol o'u cynnydd nhw. Doeddwn i ddim wir isio llun ond roedd o'n edrych yn dda. Roedd y ddau arall yn y Triawd yn canmol ryw chydig ond wnes i ddim gogrdroi yn hir. Mi es i'n reit handi am y stafell athrawon i gael panad cyn i'r llefrith gael ei ddefnyddio i gyd.

Mae'r plant fel plant pawb arall, ma' siŵr ...

Mae'r plant, fel plant pawb arall ma' siŵr, efo'u penna yn eu ffonau symudol rownd y ril. Dydyn nhw ddim yn diflasu arnyn nhw fel y diflason nhw ar eu dolis a'u gemau Wii. Gawson nhw lond bol ar y trampolîn, hyd yn oed, yn y diwedd, ond mae o'n dal i sefyll yn yr ardd yn unig ac yn llonydd fel sgerbwd rhyw hen long ofod o blaned bell i ffwrdd. Ond am y ffonau 'ma, maen nhw'n hollol gaeth iddyn nhw, ac arnon ni mae'r bai am eu prynu iddyn nhw yn y lle cynta. Ia, ni a ryw fasdads clyfar yn Silicon Fali sy'n dallt algorythmau a chylchoedd magnetig ac ymbelydredd. A sut i'n gwneud ni i gyd yn gaeth i betha a thalu ffortiwn wedyn am fod yn gaeth. Talu'n fisol am betha sy'n cymylu ein bod, yn gwneud lot ohonan ni'n ansicr ac yn boenus. Yn gwneud i ni fod isio mwy a mwy o hyd.

Mae'r hynaf yn gwybod sut i blesio, a be ddwedodd hi un diwrnod oedd,

'Dad, dwi 'di torri fy sgrin-teim lawr 44% ers wythnos dwetha.'

'Da, 'ngeneth i,' medda fi. 'Dydy o ddim yn llesol i ni, 'sti.'

Dwi wedi hen laru ar ddod adra o'r gwaith a gweld y ddwy yn syllu ar eu sgriniau a'r fenga yn sownd yn ei gêm ynta. Gwawl o oleuni gwyn o gylch eu hwynebau nhw o'u ffonau clyfar, yn creu eurgylch i'w sancteiddio a'u dwyfoli nhw. Dwi'n sbio ar y plant a'u hwynebau angylaidd, a'r goleuni gwyn o'u cwmpas. Maen nhw'n f'atgoffa o hen luniau'r Chiaroscuro, peintiadau'r Dadeni o Grist, y cysgodion tywyll yn amlygu'r goleuni a oleuai Ei wynepryd. Ond wedyn, dwi'n meddwl mai lleidr amser ydy'r ffonau 'ma. Unwaith maen nhw'n ifanc. Be am ddysgu ieithoedd? Canu mwy ar y piano? Dysgu cord arall ar y gitâr?

Dysgu enwa coed ac adar ... gwneud dens? Rwbath! Rwbath ffocin arall! Plis rŵan, blantos ...

Pylodd fy llygaid o achos gofid; aeth fy nghorff i gyd fel cysgod ...

Llenwi'r ffurflen DVLA

Mae ffurflenni iechyd y DVLA yn amhersonol iawn. Maen nhw bron yn rhy amhersonol i nodi petha mor bersonol arnyn nhw. Maen nhw'n realaeth ar bapur. Ticio bocsys bach. Llenwi bylchau. Cylchu petha perthnasol a chywir. Fel y daflen waith gymrais i oria i'w gwneud un nos Sul ers talwm, a'r dosbarth ar fore Llun yn ei chwblhau mewn saith munud. Gwers i mi'r adeg honno. Taflen waith am y *Titanic* oedd hi. Ond yn ôl at ffurflen y DVLA. Dechra'r symptomau. Dyddiad y diagnosis. Sgileffeithiau. Enw'r meddyg teulu. Y feddygfa leol. Yr ysbyty fawr. Cyfeiriad yr Ymgynghorydd. Effaith y symptomau ar y gallu i yrru cerbyd yn ofalus ar ffyrdd y wlad.

Yr adeg pan wnes i benderfyniad

Uffar o lun ydy hwn. Hwyrach mai hwn ydy'r gora ohonyn nhw i gyd. Yn y swyddfa ydw i yn y llun a ddaw yn ôl i mi. Roedd hyn flynyddoedd yn ôl pan oeddwn i a'm ffrindia'n ymfalchïo yn ein diffyg penderfyniad a'n diffyg cyfeiriad. Mewn sgyrsiau a thrafodaethau hir a meddw byddai ein llonyddwch a'n diffyg uchelgais yn ddoniol rywsut, a byddem yn darllen llyfrau am alcoholics fel Jeffrey Bernard, *Just the One*, ac yn chwerthin am ei ben yn rhoi nodyn yn y Spectator yn deud ei fod yn sâl pan nad oedd o wedi sgwennu'i golofn. Uffar o foi oedd o i ni ar y pryd. Fo y gwnaeth ei wraig ei adael o achos ei fod o wedi syrthio i drwmgwsg meddw pan oeddan nhw wrthi yn y gwely un noson. Roeddan ni'n hoffi cân Y Cyrff hefyd, honna sy'n deud bod bywyd ond yn ffordd o farw'n ara deg. Ifanc a hy' oeddan ni. Gwirion fyddai rhai yn ei alw fo, ma' siŵr.

Ond mi wnes i benderfyniad. Mi wnes i benderfyniad a sticio ato fo hefyd. A'r eiliad honno, yr eiliad y gwnes i'r penderfyniad, oedd anterth awr fy mywyd hyd at yr adeg honno. Yr amser pan oeddwn yn teimlo'n rêl boi, ac mae'r llun yn dod yn ôl i mi yn reit glir o'r adeg honno, a finna 'di ryw stiwio a stwyrian mor hir cyn gwneud.

Fanno, yn y swyddfa, y gwnes i'r penderfyniad yn y diwedd. Roeddwn i'n ista'n berffaith llonydd. Doeddwn i ddim yn symud yr un gewyn. Dim ond dau beth oedd yn symud yn fy swyddfa fechan wen, wen, oedd yn olwyn fach ym mheirianwaith anferth, Orwelaidd, y sefydliad y chwyswn chwartiau iddo'n feunyddiol. Dau beth oedd yn symud y mymryn lleiaf. Y saeth ar sgrin y cyfrifiadur oedd y peth cyntaf, y cyfrifiadur a ddaliai holl gyfrinachau'r sefydliad. Gwaith. Swydd. Fy joban go iawn gyntaf un. Ger wedi hen fynd am Lerpwl i fod yn gyw cyfrifydd a Marc yn ddyn ambiwlans erbyn hyn ac yn gorfod ymwneud â phob math o rabsgaliwns meddw ar nos Sadwrn ...

Ond yn ôl at y peth arall oedd yn symud yn fy swyddfa glinigol wen llawn calendrau a blwyddlyfrau a siartiau i gynllunio blwyddyn arall. Blwyddyn arall o fod yn gaeth i amser a lle a dyletswydd a phobol a chorfforaeth. Yr union beth y mae rhai dynion ifanc yn crefu amdano, yn ysu amdano fel y bydden nhw am gig. Ond nid fi. Y peth arall a symudai ryw fymryn oedd cangen y goedan fwnci oedd y tu allan i'r ffenest, a'r dail arni'n drwch. Y goedan a dyfodd yn dal ac yn gryf dros ganrif a mwy, a wreiddiodd y tu allan i adeilad y swyddfa. Gwreiddio a thyfu'n goedan gref, naturiol, dalsyth, yn sefyll y tu allan yn fanna yn yr awyr iach, yn y glaw a'r heulwen, ddydd a nos drwy'r gaeaf a'r haf a thro'r tymhorau.

Roeddwn i'n genfigennus o goedan, myn diawl! Dymunwn fod yn goedan gref, ganghennog, ddeiliog, wych ... a chefais sgwrs efo fi fy hun. Sgwrs go iawn. Hogia bach! Coedan! Wyt ti'n ffocin gall, dwed? Rwbath tebyg i hyn oedd y sgwrs.

Fi ar y pryd	Dwi'n genfigennus o goedan. Ydw i'n wallgo?
Fi arall ar y pryd	Ti angen mynd o fan hyn, washi.
Fi ar y pryd	Ond mae'n joban dda. Cyflog gwell na Ger sy'n gyw cyfrifydd yn Lerpwl a Marc sy'n baramedic ...
Fi arall y pryd	Cer! Cer o 'ma. Ti'n ifanc ac yn gryf ...
Fi ar y pryd	Mynd o 'ma? I ble, 'lly?
Fi arall y pryd	I rwla! Ti 'di hel celc bach go lew yn y banc wrth y cloc ar y stryd fawr a sgin ti ddim cyfrifoldeb o fath yn y byd ...
Fi ar y pryd	Fedra i'm rhoi fy notis i mewn. Hon ydy fy joban go iawn gynta erioed. Eith Dad yn nyts. Eith o'n gynddeiriog.
Fi arall ar y pryd	Fydd Dad ond yn difaru na nath o yr un fath.
Fi ar y pryd	Dwn i'm, wir. Lle ga i job arall?
Fi arall ar y pryd	Boi efo dy dalentau di? Gei di wynebu'r bont honno nes mlaen.
Fi ar y pryd	Pa dalentau?

Fi arall y pryd	Talentau? Witsia funud … wel … gin ti fop da o wallt, does … gin ti drwy dy oes i ista ar dy din ar dy gadair dro mewn swyddfa wen, wen gorfforacthol fatha hon …
Fi ar y pryd	O, reit! O, reit! Iesgob, ma' isio mynadd. Ond ges i stres cyn y cyfweliad, ti'n cofio? A gorfod gwneud profion a ballu … Ches i 'mo'r joban 'ma ar blât … a thair blynedd dwi 'di bod yma … falle, os arhosa i, ga i fy symud i wneud rwbath mwy diddorol a gwerth chweil …
Fi arall ar y pryd	Diddorol? Gwerth chweil? Fan hyn? Callia!
Fi ar y pryd	A rhoi pres i lawr ar dŷ. Tŷ ar Allt Glanrafon efo ffenestri mawr yn wynebu'r de a haul melyn y bora'n dod i mewn yn braf.
Fi arall ar y pryd	Tŷ? Hy! Sgin ti ddim hyd yn oed car eto a ti bron yn bump ar hugain. Beic sgin ti ac mae hwnnw'n ail law ar ôl rhywun o Fethesda.
Fi ar y pryd	Car. Tŷ. Mae gan Ger Nova coch sy'n mynd yn dda a Marc efo GTI, ia, yr hen deip, ond rheina ydy'r gora. Car bach ac wedyn … tŷ …
Fi arall ar y pryd	Car? Tŷ? Ti'n genfigennus o goedan!
Fi ar y pryd	Be am y pres a'r pensiwn? Mi ddwedodd y Dyn Pres a Phensiwn …
Fi arall ar y pryd	Paid â gwrando ar y cotsyn hwnnw. Pluo ei nyth ei hun mae o.
Fi ar y pryd	Ond …
Fi arall ar y pryd	Ond be? Ti'n genfigennus o goedan. Mae'n bryd i ti fynd, 'sti!
Fi ar y pryd	O'i roi o fel'na, siŵr dy fod ti'n llygad dy le.

Fi arall ar y pryd	O'r diwedd! Wnei di ddim difaru. Ble'r ei di?
Fi ar y pryd	Ddim rhy bell i ddechra rhag ofn i mi gael hiraeth mawr a hiraeth creulon.
Fi arall ar y pryd	Be sy'n symud yn y lle 'ma?
Fi ar y pryd	Dau beth wela i. Y ffocin saeth 'na ar sgrin y cyfrifiadur a ffocin cysgod y goeden fawr 'na tu allan.
Fi arall ar y pryd	Ddyle bod y cysgod 'na'n gliw i ti lle dylet ti fynd.
Fi ar y pryd	Gwranda'r cwd! Dwi'n trio geirio fy llythyr notis yn fama – sgin i ddim amser i feddwl lle dwi am fynd wedyn … mi ddilyna i fy nhrwyn.
Fi arall ar y pryd	Dydy o ddim yn rhy gam. Ei di ddim rownd mewn cylchoedd.
Fi ar y pryd	Ha!
Fi arall ar y pryd	Cysgod y goedan. Cysgod dy wlad dy hun …?
Fi ar y pryd	Patagonia? Ond ti ofn dy gysgod, Jones bach!
Fi arall ar y pryd	Mi fydd dy gysgod yn gwmni da i chdi.
Fi ar y pryd	Be? Ar fy mhen fy hun dwi am fynd?
Fi arall ar y pryd	Ia! Amdani! Mae dy ffrindia di i gyd yn sefydlu'u hunain yn eu swyddi cynta … go brin y perswadi di 'run ohonyn nhw i ddod efo ti, 'sti. Ond mi fydda i efo ti, siŵr Dduw.
Fi ar y pryd	Cysur Jôb! i dot 'ta u bedol sydd yn 'notis'?
Fi arall ar y pryd	Ma' Geiriadur Bruce a Dafydd Glyn ar y silff yn fanna gen ti.

Mae gan Dad ddigon o lechi

Ro'n i wedi bod yn brysur yn deud hanes boddi Capel Celyn wrth fy nosbarth blwyddyn 8, a dangos lluniau a hen fideos du a gwyn iddyn nhw. A dyma fi'n sôn bod Lerpwl angen dŵr ar ôl cael ei fflatnio yn yr Ail Ryfel Byd. Roedd gen i fap mawr ar y bwrdd gwyn yn dangos lleoliad Capel Celyn mewn perthynas efo dinas fawr Lerpwl. Roedd y map yn dangos Llyn Tegid hefyd, y llyn oedd yn cyfeirio awyrennau'r Luftwaffe i gyfeiriad Lerpwl os oedd hi'n noson glir a gola'r lleuad yn taro dŵr y llyn. Dyna glywis i, beth bynnag.

Ro'n i wrth fy modd efo'r wers hon – dangos yr hen lunia du a gwyn o bobol yn gadael eu cartrefi am y tro ola. Tybad be sy'n mynd drwy'u meddylia nhw? Y llun o'r dosbarth yn yr ysgol a'r plant bach yn eistedd efo'r athrawes. Yr orsaf drenau. Swyddfa'r post. Y capel. Y fynwent. O bob dim mae rhywun yn trio'i ddysgu i blant am Gapel Celyn, mae un peth yn aros efo nhw o hyd. Gair newydd sbon iddyn nhw hefyd: datgladdu. Maen nhw'n sbio'n syn pan glywan nhw'r gair. Wedyn, dangos yr hen lun hwnnw o ddynion yn tyllu o dan ryw fath o ganopi plastig. Llun pwerus ydy hwnna.

'Mr Jones, be os oedd eich nain a'ch taid chi 'di cael eu claddu yn y fynwent?'

'Mr Jones, roedd Mr Hughes yn deud eu bod nhw wedi rhoi concrit dros rai o'r beddau.'

'Mr Jones, ddefnyddion nhw gerrig rhai o'r tai i adeiladu'r argae.'

'Do, do, do. Rŵan 'ta, pwy sy wedi bod yn Aberystwyth? Pwy sy wedi bod ymhellach i lawr yr arfordir i Aberaeron? Dyna i chi le braf.'

'Gynnon ni garafán yna!'

'Fanno ydy'r lle efo tai bob lliw?'

'Fanna ma'r siop tships neis 'na!'

'Braf iawn! Ia. Ia. Wel, cyn dod i Aberaeron mae 'na le o'r enw Llanrhystud ac wrth ymyl fanno mae'r graffiti 'ma ...'

'Dwi 'di weld o!'

'Dwi 'di bod yna!'

'Graffiti da ma' Mam yn galw hwnna.'

'Graffiti da! Ia, dyna ti. Dyna be ydy o. Graffiti da efo coch yn gefndir iddo fo a'r llythrennau mawr mewn gwyn. Drychwch!' Dangos ar y map eto. Llun arall iddyn nhw.

'Ond mae fanna'n bell o Gapel Celyn!'

'Ydy.' Digon gwir.

'Gawn ni beintio un fel'na ar wal yr ysgol?'

'Gewch chi ddod â llechi bach i mewn.'

'Mae gan Dad ddigon o lechi. Ddo i â rhai i bawb. Hen rai 'di torri. Dim rhai newydd.'

'Diolch yn fawr i ti. Wythnos nesa, 'ta. Dydd Mawrth. Ti fydd efo'r bag tryma yn yr ysgol!'

'Ia!'

'Paid â lladd neb ar y bws efo fo!'

''Wrach neith Dad ddod â fi i'r ysgol yn y fan.'

'Gofynna'n glên iddo fo, 'ta!'

Peth cynta yn y bora

Ro'n i wedi sylwi bod y wraig yn cael traffarth i roi un droed ar ôl y llall yng nghoes ei throwsus, y peth cynta yn y bora. Dwi wedi bod yn trio cuddio'r ffaith 'mod i wedi sylwi. Mae hi'n gorfod pwyso ar y gwely neu ar y cwpwrdd i gadw balans. Os nad ydy hi'n gwneud hynny mae hi'n syrthio'n ôl ar y gwely.

Mae gwisgo ei sana wrth iddi sefyll yn anodd iawn hefyd. Bron yn amhosib. Roedd Dr Singhi yn Wolverhampton wedi gofyn iddi gerdded mewn llinell syth. Roedd hynny'n anodd. Dyna un prawf pendant, medda Dr Singhi.

Cerdded mewn llinell syth. Dyna'r prawf yn Americia i weld a ydy rhywun wedi meddwi, 'de. Mae 'na lwyth o raglenni diawledig yn dangos y cops yn cael traffarth stopio ryw Chevrolet a'r gyrrwr yn syrthio allan ar ôl i'r cops agor y drws. Ia! Syrthio allan achos ei fod o mor feddw a nhwtha wedi bod yn mynd fel cath i gythraul ar hyd y lôn fawr. Does gan rai o'r rheiny ddim gobaith cerdded yn syth ar linell wen.

Merched yn gwneud gwalltiau'i gilydd

Gwalltiau golau sydd gan ein merched ni ond mae'r mab yn dywyllach. Mae'r ddwy yn tynnu ar ôl y wraig yn hynny o beth. Mae gwallt yr hynaf yn llaes, heibio ei hysgwyddau hi, ac yn felyn efo gwawr gochlyd ynddo fo. Mae o'n wallt tew amhosib cael crib trwyddo fo. Pan oedd hi'n hogan fach byddai'n gwingo wrth i'w mam drio brwsio drwy'r cyrls, gwingo cymaint hyd nes i'w mam roi'r gorau i drio un diwrnod. Canlyniad hynny oedd bod heddwch yn y tŷ, ac roedd eu perthynas yn llawer gwell oherwydd hynny. Dyna oedd y peth da. Y peth drwg oedd bod caglau mawr wedi datblygu yn y mop o wallt melyn efo gwawr goch ynddo. A llau pen hefyd. Caglau fel Bob Marley a'i ffrindia o Jamaica. Bu'n rhaid prynu brwshys gwallt o faint diwydiannol i'w ddatglymu, a galwyni o siampŵ datod clymau, i drio cael pen y fechan yn ôl i drefn. Mae gwallt y ganol yn oleuach ac yn esmwyth braf ac felly mae'n haws cael crib drwyddo.

Mi ddwedodd Bob Marley lawer o betha, ond yn y papur y

diwrnod o'r blaen roedd 'na ddyfyniad ganddo fo, rwbath tebyg i hyn, o'i gyfieithu: 'Mae'n well i chi farw yn ymladd dros ryddid na bod yn garcharor holl ddyddiau eich einioes.' Un da oedd Bob Marley. Mi fyddwn i wastad yn rhoi dwy neu dair o'i ganeuon o ar y jiwcbocs pan oeddan ni allan ar nos Sadwrn ers talwm, i fyny'r stryd fawr. *No woman, no cry* ... bam bam bam ... *no woman* ... *no cry* ... dim dynes, dim traffarth ... Dwn i'm am hynny, chwaith.

Cofio'r ugain brwsh

Ro'n i'n teimlo'n rêl drong. Ro'n i wedi cofio'r set o ugain brwsh i'r plant beintio'r llechi yn 'rysgol ond wedi gadael y potia paent yng nghefn y car. Er mwyn arbed arian a bod yn wyrddach a ballu ro'n i'n rhannu lifft i'r ysgol efo Gerald a Dezza, dau athro Mathemateg oedd wedi symud i Gymru i fyw. Yng nghar Gerald yr oeddan ni wedi dod heddiw. Nid fy mhaent i oedd o chwaith, tasa hi'n dod i hynny. Paent Miss Melyn oedd o. Roedd o'n dal yng nghefn fy nghar i ers i ni beintio pont y rêlwe. Wedi'i guddio fo yn fanno o'n i, allan o'r ffordd. Doedd dim amdani ond deud wrth y dosbarth blwyddyn 8 nad oedd y paent gen i ...

'Mi gawn ni baent gan Mr Harris Celf,' meddan nhw.

'Mi allwn ni ofyn yn neis,' medda finna. 'Tamzin! Cer di a Ffion i ofyn gawn ni ddefnyddio paent coch a gwyn yr adran Gelf 'ta. Tra dach chi yno, gofynnwch gawn ni fynd i'r stafell Gelf i wneud hyn neu mi fydd 'na lanast dros bob man!'

Mi ddaeth y ddwy yn ôl yn fân ac yn fuan, yn deud bod Mr Harris yn deud bod croeso i ni fynd yno. Ro'n i'n gwybod bod y dasg o beintio llechi wrth eu bodda nhw. Y rheswm am hynny oedd eu bod nhw wedi dod yn ôl yn syth bìn heb din-droi a heb fynd rownd y ffordd hir i'r lle Celf.

'Gwych! Ydy Mr Harris yn gwybod pa ddosbarth ydach chi?' medda fi wrth Mrs Roberts, y cymhorthydd dosbarth, i ni gael chydig o hwyl. Roedd Mrs Roberts wedi dod â charreg ei hun i'w pheintio. Nath hi ddim deud wrth y plant ond mi ddwedodd wrtha i ar y ffordd i'r lle Celf bod ei thad wedi mynd â hi i Gapel Celyn cyn i'r lle gael ei foddi. 'Rargian fawr!' medda fi.

Roedd blwyddyn 8 wrthi'n rêl bois yn peintio'r llechi, yn union fel ro'n i wedi disgwyl. Rhai yn orofalus, rhai yn sblasio paent fel dwn i'm be. Diolch byth ein bod ni yn y lle Celf, meddyliais, efo ffedoga, neu 'sa byrdda a llawr y stafell Gymraeg yn llanast. A dillad ysgol y plant hefyd. Mi fasa 'na gwynion gan rieni yn deud bod jympyr las hwn a hwn neu hon a hon wedi troi'n jympyr goch ac mai Mr Jones Cymraeg oedd yn gyfrifol ...

Er i ni gael ymarfer sillafu'r geiria ar bapur yn y wers ddwetha, roedd ffitio'r ddau air ar lechan y tu hwnt i 25% o'r dosbarth. Roedd y C O F I yn edrych yn dda, ond gan nad oedd digon o le i'r W C H roeddan nhw'r petha lleia welsoch chi erioed. Yr un fath efo'r ail air: D R Y W gwych iawn, ond E R Y N wedi ei wasgu'n fach i'r lle prin oedd ar ôl. Carreg Mrs Roberts drodd allan orau. Roedd hi wedi dechra efo'r llythrenna yng nghanol y ddau air a gweithio'i ffordd tuag allan, a'r ddau air wedi ffitio'n hyfryd ganddi. Ond chwara teg, roedd 90% o'r dosbarth wedi rhoi cynnig digon del arni. Un neu ddau amser cinio eto ac mi fyddwn yn barod i dynnu lluniau i'w rhoi ar dudalen we yr ysgol a ballu.

'Mr Jones! Dwi 'di gorfod peintio dros y llythrenna gwyn achos roeddan nhw'n rhy fawr, a rŵan mae fy llechan i 'di troi'n binc.'

'Mr Jones! Ga i ddod yn ôl amser cinio? Rhaid i fi adael iddo fo sychu.'

'Syr! Lle ma' Mr Harris isio i ni adael nhw rŵan?'

'Yn y cefn yn fanna, Mr Jones! Neith y tro yn iawn,' medda Mr Harris.

CBAC v Jones

Mae 'na lawer o bobol lwcus yng Nghymru nad oes ganddyn nhw unrhyw glem am be mae CBAC yn sefyll. Gallai o, am a wyddon nhw, fod yn rwbath mae Aborigini yn ei weiddi wrth daflu bwmerang. Neu mi allai fod yn rwbath mae ffarmwr yn ei weiddi ar ei gi defaid. 'Cwm-bai' a 'c-bac'. Ond na, acronym ydy o am Gyd-bwyllgor Addysg Cymru. Dyma'r bobol sy'n deud wrth athrawon be ddylen nhw ei ddysgu ar eu cyrsiau, ac maen nhw'n trefnu cyfarfodydd i ddeud sut mae papurau arholiad yn cael eu marcio ac ati. Yn un o'r cyfarfodydd hynny yr oeddwn i, Jones, flynyddoedd yn ôl cyn i'r bancwyr ddwyn pres pawb, a chyn y clo mawr hefyd, pan oedd CBAC yn gallu fforddio cynnal cyfarfodydd fel hyn, un yn y gogledd ac un yn y de. Mewn gwesty dienaid yn ochra'r Wyddgrug yr oeddan nhw'n cael eu cynnal yn y gogledd. Roeddan ni mewn stafell reit fawr efo nenfwd isel yn ista wrth fyrddau crynion yn gwrando ar y Prif Arholwr Ail Iaith Lefel A yn mynd drwy'i betha. Roedd o wedi bod yn sôn am y gwaith cwrs a ballu, ac am y gerdd 'Climeri' gan y Prifardd Gerallt Lloyd Owen. Dim ond tri dyn oedd ar y cwrs, a hannar cant o ferched. Beth bynnag, rhyw ddechra pendwmpian o'n i pan ddechreuodd y Prif Arholwr sôn am y cerddi roedd yn rhaid i'r criw Ail Iaith Lefel A fynd i'r afael â nhw.

Ro'n i wedi clocio'r holl athrawesau del a lle'r oeddan nhw'n ista. Roedd hynny'n un peth da am gyrsiau Cymraeg CBAC – y ratio merched/dynion. Mi ddwedodd fod 'Cilmeri' yn gerdd gaeth. Iesgob mawr! Fasa hynna ddim yn ypsetio 99.99% o bobol Cymru, ond mi ymsythais yn fy nghadair a deud wrtho 'mod i wedi bod yn deud mai cerdd rydd gynganeddol oedd y 'Cilmeri' ar y cwrs. Roedd 'na Gilmeri arall, siŵr iawn, sef ei awdl fawr O, yn de. Mi ddwedodd O fod llunio'r awdl honno bron iawn â'i ladd. Byddai ei blant yn ei glywad yn cerdded yn ôl a mlaen i fyny'r grisia am oria, yn symud, symud wrth farddoni. Ond cerdd fer oedd yr un yr oeddan ni'n sôn amdani ar y cwrs. Fel hyn mae hi'n dechra:

Fin nos fan hyn
Lladdwyd Llywelyn
Fyth nid anghofiaf hyn ...

Roedd y Prif Arholwr yn edrych yn syn ac yn mynnu mai cerdd gaeth oedd hi, a gofynnodd i bawb yn y stafell a oedd rhywun yn cytuno efo fi, Jones. Rhyw sbio i lawr ar eu nodiada wnaeth y merched a deud dim. Rhai da oedd y ddau ddyn ar y cwrs, un yn pigo'i drwyn a'r llall yn rhwbio'i lygaid, wedi laru. Mi gymrodd y Prif Arholwr felly nad oedd neb yn cytuno efo fi, ac aeth yn ei flaen wedyn at rwbath arall.

Y noson honno, ar ôl mynd adra, mi benderfynais fynd yn syth at lygad y ffynnon drwy anfon llythyr at *grand master* barddoniaeth gaeth Cymru, Gerallt ei hun, i ofyn pwy oedd yn iawn: ai CBAC Gaerdyddaidd neu myfi, Jones. Roeddwn i'n o saff mai fi oedd yn iawn, a dyma fynd amdani felly i sgwennu llythyr yn fy sgwennu gora a'i gyfeirio fel hyn:

Y Prifardd Gerallt Lloyd Owen,
Pentre Llandwrog,
Ochra Caernarfon,
Gwynedd,
Cymru.

Cuddio yn y twll dan grisia

Llun poenus oedd hwn ar y pryd. Ond mae amser yn gallu lleddfu petha, ma' siŵr, achos erbyn hyn mae o'n llun sy'n rhoi gwên ar fy wyneb i. Ar ôl y busnas bod yn genfigennus o goedan a rhoi fy notis i mewn a gweithio'r notis hwnnw, doeddwn i ddim yn teimlo'n gymaint o foi ag yr oeddwn i pan wnes i'r penderfyniad i roi'r gorau i fy joban yn y lle cynta. Fuodd yn rhaid i mi ddeud gair o flaen pawb yn y swyddfa ac ateb lot o gwestiyna am hyn a'r llall ac arall. Dangos diddordeb oedd pawb, siŵr iawn, a theimlo'n genfigennus gan fy mod i'n ifanc a bod gen i ryddid i ddilyn fy ngreddfau ac i wneud beth bynnag ddiawl yr oeddwn i am ei wneud. Mynd am dro fel Bruce Chatwin ro'n i am ei wneud, i Batagonia.

Dyna oeddwn i wedi ei ddeud wrth bawb. Mynd am dro i Batagonia. Ond doeddwn i ddim yn rhy siŵr am y peth. Roedd o'n bell, yn doedd, i fynd ar fy mhen fy hun bach a 'run o 'nhraed i wedi bod y tu hwnt i gyfandir Ewrop o'r blaen. Ond roedd hi'n rhy hwyr i ddechra difaru rŵan. Byddai'n rhaid i mi godi fy mhac a mynd i rwla, a finna wedi rhoi'r gora i fy joban ac wedi deud wrth bob enaid byw hyd y lle 'mod i am fynd i ffwrdd. Be wnawn i os nad awn i? Cuddio yn nhwll dan grisia Mam a darllen pentwr o lyfra am wledydd pell yng ngola cannwyll i gael sôn wrth bawb amdanyn nhw wedyn? Cogio bach 'mod i wedi bod yn gweld y byd?

Toc wedi un ar ddeg o'r gloch oedd hi ar fy nydd Iau olaf un yn y gwaith. Canodd ffôn y swyddfa. Llais Muriel.

'Rhywun yma i dy weld di.'

'Pwy?'

'Y Dyn Pres a Phensiwn.'

'Y Dyn Pres a Phensiwn?'

'Ia.'

'O ffocsê– ... sori Muriel. Oes raid i mi 'i weld o?'

'Oes!'

Mi oedd y Dyn Pres a Phensiwn wedi bygwth dod draw ers talwm. Cnoc ar y drws a finna isio mynd i guddio dan y ddesg, ond cerddodd i mewn yn union fel petai wedi cael ei raglennu, ac eistedd fel lord efo'i gês bach du a'i ffôn a'i bapura a'i rifa a'i ystadega'n chwyrlïo hyd y lle i gyd, hyd nes bod pen rhywun yn troi. Ond braf oedd cael deud wrtho fo fel hyn, yn ara deg bach,

'Rydw i, Jones, yn rhoi'r gora i'r joban ac am fyw ar fy mloneg am dipyn bach.'

Doedd o ddim yn siŵr iawn be oedd bloneg. Sbiodd o arna i'n syn. Mi gododd a throi ar sawdl ei sgidia sgleiniog duon a cherdded allan yn gyfrifllyd i gyd, gan yngan,

'Eich cwymp fydd fawr, Jones,' ac ailadrodd yr un geiria eto er mwyn effaith, 'eich cwymp fydd fawr.' Pwy fyddai'n deud peth felly? Geiria rhywun fel Thomas Charles o'r Bala, yn siarad efo ryw feddwyn ar y stryd fawr, tu allan i'r Lion, y Llew Gwyn, falle, ryw ddwy ganrif yn ôl. Doedd Dyn Pres a Phensiwn ddim i fod i ddeud geiria fel'na, siŵr iawn. Ac allan yr aeth o i'r stryd a chymylau bychain llwydion yn hofran fry yn yr awyr uwch ei ben. Cymylau yr un lliw â siwt a meddylfryd y Dyn Pres a Phensiwn.

Swnio chydig fel Usain Bolt

Bob, neu Bob Marley, oedd y cynta i ddechra siarad efo fi. Gyda'r nos oedd hi, a phawb ond fi yn cysgu'n sownd. Sgrins yn segur. Tîm Real Madrid a phawb ar FIFA yn chwyrnu'n braf. Roedd Bob yn swnio chydig bach fel Usain Bolt, ond roedd Bob yn siarad Cymraeg. Cymraeg croyw efo rhyw dinc Jamaicaidd. Cŵl, 'de. Ar ôl i ni holi sut roeddan ni'n dau a ballu mi ofynnais i iddo fo fel hyn,

'Sut uffar wyt ti'n siarad Cymraeg, Bob?'

'Dwi yn Zion ... sori, Seion ...' medda fo, 'ac ma' Gerallt a Dafydd ap a Gwerfyl a Kate a Iolo a William Williams yma efo fi. Ddysgais i Gymraeg yn reit sydyn ganddyn nhw ac mi wnes inna eu dysgu nhw i wneud rôlis, ond dydy'r rôlis 'ma'n gwneud dim lles i ni, deud y gwir, 'de. 'Dan ni'n smocio fel stemars ac mi aeth John Boi yn swp sâl ddoe ar ôl i ni ei berswadio fo i gymryd mygyn bach am y tro cynta.'

'John Boi?' medda fi. 'Pa John? John Charles?'

'Naci,' medda Bob. 'Mae John Charles yma efo ni yn Seion ond mae o isio cicio pêl drwy'r amser. Fydda i'n mynd efo fo weithia!'

'John Davies Mallwyd?' medda fi, yn methu dallt am ba John roedd o, Bob, yn sôn.

'Naci,' medda Bob eto. 'John Morris-Jones, siŵr iawn ... mae o'n dechra hoffi reggae 'fyd.'

Dau lygad disglair fel dwy em

Dau lygad disglair fel dwy em
 Sydd i'm hanwylyd i,
Ond na bu em belydrai 'rioed
 Mor fwyn â'i llygad hi.

Mae holl dyneraf liwiau'r rhos
 Yn hofran ar ei grudd;
Mae'i gwefus fel pe cawsai'i lliw
 O waed y grawnwin rhudd.

A chain y seinia'r hen Gymraeg
 Yn ei hyfrydlais hi;
Mae iaith bereiddia'r ddaear hon
 Ar enau 'nghariad i.

Mae 'na benillion eraill hefyd ond dydw i ddim yn cofio'r rheiny rŵan a sgin i ddim mynadd chwilio ar y we waeth pa mor rhwydd ydy gwneud hynny. Mae gan y wraig ddau lygad disglair hefyd ac maen nhw'n fwyn. Mae ei gwefusau hi'n rhudd hefyd. Cochlyd ydy hynny, 'de. Ac mae hi'n siarad iaith bereiddia'r ddaear hon. Ydy siŵr. Byddai John Morris-Jones, fel finna, yn gweld y wraig yn bishyn go handi. Lwcus ei fod o yn Seion efo Bob.

CBAC 0 – 1 JONES

Llandwrog,
Mercher 18 Medi 2013.

Annwyl Jones,
Diolch am eich llythyr ynghylch 'Cilmeri'. Yr ydych yn iawn ar y ddau gownt. Nid yw ar unrhyw un o'r mesurau traddodiadol er ei bod, o ran natur, yn fras seiliedig ar yr Englyn Milwr h.y. tair llinell odledig. Ond yn wahanol i'r englyn milwr nid yw'r mesur yn rheolaidd, sef tair llinell seithsill o gynghanedd gyflawn. Yma, mae'r llinellau'n amrywio o ran hyd:

Fin nos fan hyn (4)
Lladdwyd Llywelyn (5)
Fyth nid anghofiaf hyn. (6)

Ceir cynghanedd gyflawn yn llinell 1 a 3 ond cyflythreniad yn unig sydd yn yr ail (Lladdwyd / Llywelyn).

Felly, mi ddwedwn i eich bod yn hollol gywir yn ei galw'n gerdd rydd ac ynddi gynghanedd (gan amlaf). O'r 15 llinell, mae cynghanedd gyflawn ym mhob un ac eithrio Lladdwyd Llywelyn / Camodd ar y cerrig hyn / Lle bu'i wallt ar welltyn / Fan hyn sy'n anadal inni.

Diolch am ddod i lygad y ffynnon. Mi wn o brofiad fod rhai athrawon Cymraeg yn dweud pethau rhyfedd am fy ngherddi!

Gyda chofion caredig,

Gerallt Lloyd Owen.

Iesgob! Sgwennu twt oedd gan y bardd

Sgwennu anghyffredin o fân a thwt oedd gan y bardd. Pob llinell yn unionsyth er nad oedd 'na linellau ar y papur. Roedd o wedi rhoi stamp coch dosbarth cyntaf ar yr amlen. Roedd pen y frenhines yn wynebu'r ffordd gywir i fyny hefyd. Weithiau, byddai gwladgarwyr a chenedlaetholwyr yn rhoi'r stamp ar ei ben i lawr. Ma' siŵr ei bod hi'n anodd iawn i Gerallt Lloyd Owen roi stamp efo llun brenhines Lloegr arno ar amlen. Ma' siŵr ei fod yn ei frifo. Ma' siŵr ei fod yn gofyn i rywun arall wneud drosto. Neu efallai nad oedd yn ei boeni yr un llwchyn gan ei fod o wedi hen arfer eu gweld nhw. Efallai ei fod o'n gweld ryw eirioni yn y peth. Dwn i'm. Mae'r llythyr gen i o hyd yn y drôr petha pwysig. Drôr y cwpwrdd bach wrth ochr y gwely. Yno hefyd mae'r llythyra dwi ddim isio'u cael o ysbytai Wolverhampton a Queen Elizabeth Birmingham.

Gola neon o'r lle kebab

Ar fy niwrnod olaf yn y gwaith, flynyddoedd mawr yn ôl, mi es i stafell y bòs cyn gadael i ddiolch iddi am bob cyngor a gair doeth a gefais tra o'n i dan ei hadain hi, math o beth. Mi rois i dusw o floda bob lliw dan ei thrwyn, am ei bod hi wrth ei bodd efo bloda. A phlannu cusan ar ei boch.

'Jones!' galwodd hi, a finna'n drymlwythog ar waelod y grisia ar fin mynd drwy'r drws am y tro olaf am byth bythoedd, Amen.

'Ia?' medda fi.

'Mae'r canol llonydd yn dal gynnoch chi, tydy?'

'Dwi'n gobeithio'i fod o!' atebais inna, yn rhyw led-ama i mi ei golli y tu allan i'r hen dai potes rheiny tua gwaelodion y Stryd Fawr ryw nos Sadwrn y gaeaf cynt. Mi o'n i'n dychmygu fy nghanol llonydd yn tincial wrth iddo ddisgyn i'r llawr wrth fy nhraed, yn fflachio'n sydyn fel pishyn deg ceiniog yn y gola neon o'r lle kebab ac yn rowlio oddi wrtha i i'r gwyll. I lawr y draen, 'wrach.

'Dwi'n gwbod ei fod o,' medda hi, yn gwenu ac yn sbio'n ddifrifddwys ar yr un pryd. 'Pob hwyl i chi, 'ngwas i,' medda hi, 'pob hwyl i chi.'

Chwara teg iddi, meddyliais, un dda oedd y bòs.

Lion yn Zion

A finna i fyny'r grisia yn fy ngwely, a'r wraig yn anadlu'n ysgafn yn ei chwsg, roedd gan Bob rwbath i'w ddeud wrtha i eto. Ro'n i'n ei weld o'n gliriach o lawer, ond yn lle sgwrsio efo fi, roedd o'n canu 'Lion yn Zion' yn Gymraeg ar ei ben ei hun efo'i gitâr, ei lygaid ar gau a'i wallt Rasta fo'n gaglau trymion bob ochr i'w ben. Nid 'Llew' roedd o'n ei ddeud, ond 'Lion' mewn ffordd Gymreigaidd iawn, fel ma' nhw'n ddeud yn y Bala. 'Leion' er mwyn odli efo 'Seion', siŵr iawn.

Ar y nodyn ola, roedd 'na fonllefau mawr a sŵn clapio, a dyma fi'n craffu i edrych pwy arall oedd yno efo fo. Ar fy marw, roeddan nhw i gyd yn ista rownd ryw hen fwrdd pren tebyg i'r un yn y bar top yn Llew Coch, Dinas Mawddwy – y bwrdd hwnnw sy'n bedwar cant oed ac yn geinciau a chreithiau i gyd. Mi wnes i englyn i'r bwrdd hwnnw un tro a chael deg marc gan Twm Morys amdano fo. Fel hyn mae o'n mynd:

Bwrdd hynafol y Llew Coch, Dinas Mawddwy

> Estyn wyneb anwastad – yn y bar,
> I beint yn o ansad,
> Cnotiog, ystaeniog ei stad,
> A'i siâr o greithiau'n siarad.

Ia, eistedd roeddan nhw rownd ryw fwrdd tebyg i hwnnw yn Llew Coch, Dinas. Doeddwn i ddim wedi sylwi cynt eu bod nhw i gyd yn gwisgo'r un dillad. Gynau gwynion oedd amdanyn nhw, a rhimyn euraid i'r goler gron ac i'r lawes fer. Oll yn eu gynau gwynion ... Craffais. Gwelwn Gerallt a Dafydd ap Gwilym. Ia, Dafydd ap oedd o, reit siŵr. Roedd gwallt Dafydd ap yn fodrwyau golau a phethau tebyg i rubanau wedi'u clymu ynddo fo, nid yn hollol annhebyg i wallt Bob. Dim rhyfadd eu bod nhw'n dod mlaen efo'i gilydd mor dda yn Seion, medda fi wrtha i fy hun. Roedd Iolo Morganwg a William Williams yn drachtio o ryw lestri piwtar. Cwrw coch oedd ynddyn nhw, ro'n i'n meddwl, ond allwn i ddim deud yn iawn. Ro'n i'n cofio am Christmas Evans a'r rheiny'n yfad cwrw coch cyn mynd i fyny i'r pulpud i bregethu tân a brwmstan ers talwm.

'If you know your history, you will know where you're coming from,' medda Bob. 'Jones, sut fasat ti'n deud hynna yn Gymraeg?'

'Ydy o fod i odli?' medda fi.

'Os fedri di,' medda fo.

'Rhaid i ti wbod hanas dy wlad, er mwyn dallt o ble ti'n dwad,' medda fi reit handi.

'10 marc!' medda Gerallt, ar draws. 'Rargol annwyl! Roedd o wedi mynd yn feuryn hael iawn yn Seion. Ond pam oedd Bob yn gofyn i mi, a fynta efo Gerallt a'r beirdd eraill 'na i gyd yn Seion? A Kate Roberts. Tybad pwy arall oedd yno? medda fi wrtha i fy hun eto, gan feddwl 'mod i'n rêl boi 'di cael deg marc gan Twm ers talwm a deg marc gan Gerallt rŵan hefyd.

Y lleuad fel twll yn yr awyr

Wnaeth y wraig ddim cysgu'n rhy dda y noson honno.

'Pam oeddat ti mor aflonydd? Ti wedi bod yn troi ac yn trosi ac yn cicio yn dy gwsg! Oeddat ti'n breuddwydio am rywun yn rhedag ar d'ôl di? Oeddat ti'n dianc am dy fywyd rhag rwbath?'

Bod isio dianc ydy fy hanes i, medda fi wrtha i fy hun.

'Sori,' medda fi wrth y wraig. 'Gysgis i'n reit braf ond mi wnes i godi tua'r pump 'ma i fynd i'r tŷ bach.' Ro'n i'n cofio gweld y lleuad yn ola, yn edrych fel twll yn yr awyr, a chysgodion y bleinds ar lawr teils y tŷ bach.

'Mae 'mraich chwith i'n boenus bora 'ma,' medda hi, yn gorwedd ar ei hyd ar y gwely. 'Mae hi'n ddiffrwyth,' medda hi, 'ma' hyn yn niwsans, paid â sôn.'

'Wyt ti'n ddigon da i fynd i dy waith?' medda fi.

'Ydw,' medda hi. 'Bydd raid i mi fynd.'

Dau dwlsyn o Americia

O'r lluniau sy'n dod yn ôl i mi, a finna'n teimlo'n rêl boi, mae un arall ohona i yn ista mewn bar yn Amsterdam a pheint oer o Amstel ar y bwrdd o 'mlaen. Gwylio'r cychod yn mynd ac yn dŵad ar y camlesi ydw i. Yr unig beth sy'n difetha'r llun ydy'r ddau dwlsyn 'na o Americia, Shane a Travis, yr o'n i wedi cwrdd â nhw yn hostel rata'r ddinas. Roeddan nhw'u dau wedi cael dod i Ewrop am chwe wythnos yn eu Spring Break, gan wario dipyn o bres ar docyn bob un i hedfan i Amsterdam ac i hedfan yn ôl adra wedyn o'r un ddinas chwe wythnos yn ddiweddarach. Roedd y ddau hefyd wedi gwario ffortiwn ar docynnau i fynd ar drenau o un brifddinas i'r llall ac i weld Ewrop i gyd. I *wneud* Ewrop i gyd, fel roeddan nhw'n ei ddeud yn eu hiaith eu hunain. Roedd eu chwe wythnos nhw bron ar ben, a dach chi'n gwybod be roeddan nhw wedi'i weld? Dim. Dim byd. Dim ond wedi aros yn Amsterdam a mynd bob dydd i'r caffis mwg drwg ac wedyn i'r clybia drwg. Roeddan nhw wedi gweld digon o dinau a thethi noethion i bara am byth, meddan nhw.

Petai Travis a Shane wedi mentro allan o ardal y gola coch, a gadael merched y nos sydd allan yn y dydd yn Amsterdam o'u holau, mi fyddai'r ddau wedi medru gweld tŷ Ann Frank druan a mynd i'r amgueddfa 'na i weld lluniau Van Goch. Mi welis i'r llun o flodau'r haul. 'Harddwch y byd sydd yn torri ei galon, peintiwr coch a'i ganfas garw ...' medda Meic. Roedd 'na feics ym mhobman yn Amsterdam – wedi'u clymu wrth bontydd a pholion a reilings. Adeg y rhyfal, roedd y Natsïaid wedi dwyn beics y ddinas i gyd a'u toddi nhw i mewn i'w peiriant rhyfel i wneud tancia neu rwbath. 'Sa Travis a Shane wedi medru benthyg beic bob un i fynd rownd y ddinas. Ond wnaethon nhw ddim byd fel'na. Dau dwlsyn o Americia oeddan nhw, 'de.

Lobsgóws

Roedd gen i dasg rifedd i fy nosbath blwyddyn 8 yn y wers Gymraeg. Y syniad dyddia yma ydy eu bod nhw'n gwneud syms yn eu gwersi Cymraeg ac yn gwneud chydig o sgwennu yn eu gwersi Maths. Does neb yn tshecio bod yr athro iaith yn gallu gwneud syms a bod yr athro Maths yn gallu treiglo a rhedag arddodiaid yn iawn.

Doedd hi ddim yn anodd meddwl am chydig o syms am Dryweryn. Mi ddechreuon ni efo faint o flynyddoedd yn ôl roedd y penderfyniad wedi cael ei wneud, a faint oedd ers y boddi ei hun. Wedyn, mi rifon ni faint cyfartalog y deuddeg fferm, sydd o dan y dŵr, o ran erwau, a'i dalgrynnu i'r deg agosaf. Y dasg wedyn oedd darganfod cymedr y ffermydd. I orffen, mi wnaethon ni syms i weld faint o filiynau o litrau o ddŵr oedd yn y gronfa. Ffocin gormod oedd yr ateb o'n i isio'i roi i ddechra, ond mi gawson ni'r ateb cywir yn y diwedd gan Lewis. Lewis sy'n licio rhifau.

Iesgob! Cymraeg da oedd gan Bob

Unwaith eto, a hitha'n awr annaearol o'r nos, roedd Bob yn siarad efo fi a'r lleill yn ista rownd y bwrdd mawr pren cnotiog a cheinciog. Roedd sŵn cân yn dod i ben ac yn distewi, ac roedd y llais yn gyfarwydd. Llais Merêd oedd o, yn canu ryw gân hiraethus, a dyma fi'n sylweddoli be roeddan nhw i gyd yn neud yn Seion. Cael Noson Lawen oeddan nhw, siŵr iawn, a phawb yn cymryd rhan yn ei dro.

'Noson Lawen dach chi'n ei gael?' medda fi wrth Bob.

'Ia, tad,' medda Bob, 'bob nos yma ym Mharadwys.'

'Be?' medda fi, 'ym Mharadwys? Ro'n i'n meddwl mai Seion oeddach chi'n galw'r lle dach chi ynddo fo?'

'Ia, ia,' medda Bob, 'Paradwys ydy enw'r dafarn yn Seion. Fan yma 'dan ni'n dŵad bob nos a thrwy'r dydd ar ddydd Sadwrn. Ond dydan ni ddim yn twllu'r lle ar ddyddia Sul ers i Howell Harris a Griffith Jones Llanddowror a Tom Nefyn gael eu ffordd. Roedd Betty Campbell yn cytuno efo nhw 'fyd. Ond mi achosodd hynny gynnen fawr yma.'

Cynnen fawr! Iesgob! Cymraeg da oedd gan Bob.

'Do!' medda fo wedyn, 'diawl o gynnen a ffraeo. Yr Hen Fois a Buddug oedd y rhai aeth fwya o'u coea achos bod eu trefn nhw ers canrifoedd wedi cael ei styrbio, ti'n gweld.'

'Buddug ... Boudicca, ia? Ond yr Hen Fois?' medda fi. 'Pwy ydy'r Hen Fois, dŵad?'

'Aneirin a Taliesin,' medda Bob. 'A dydy Llywarch Hen ddim yn rhyw hapus iawn chwaith – teimlo bod Buddug a'r Hen Fois ac ynta wedi cael cam. Ma' nhw wedi arfer cael medd bob dydd a doedd o ddim yn gwneud lles iddyn nhw fynd hebddo bob seithfed dydd. Roeddan nhw'n methu'n lân â mynd i gysgu, meddan nhw. Roedd y peth yn hollol annheg.'

'Be ddigwyddodd?' holais inna.

'Cania,' oedd yr ateb. 'Mi drefnodd rywun yn ddistaw bach i fynd â chan neu ddau o fedd iddyn nhw'n slei ar nos Sul.' Chwarddodd Bob dros y lle, a'i gagla Rastafferian o'n ysgwyd i gyd. 'Cania o fedd!' medda fo wedyn. 'Lle da ydy'r Seion 'ma, Jones,' medda fo, a sbio i fyw fy llygaid i. 'Lle da! Gwna di'n siŵr dy fod ti'n cael dod yma ... dwyt ti ddim isio mynd i'r lle arall. Mae'r lle arall yn llawn llofruddion a lladron, bradwyr a bancwyr, gwleidyddion llwgr, twyllwyr a phobol dda i ffyc-ôl nath ddim siarad Cymraeg efo'u plant a'u hwyrion er y basan nhw wedi medru gwneud ...'

Do'n i ddim isio torri ar draws Bob a fynta'n mynd drwy ei betha, ond roedd yn rhaid i mi ofyn ...

'Be ydy enw'r lle arall?'

'Enw'r lle arall?' medda Bob mewn llais dwfn, dwfn, gan sibrwd yn lle bod Nansi Richards, Merêd a Gerallt a'r rheiny'n ei glywad o. 'Enw'r lle arall ydy ... Abu Ghraib ... y lle gwaetha yn dy fyd di, a'r lle gwaetha yn ein dimensiwn ninna hefyd. Mae o'n croesi'r ddau le ...'

Abu Ghraib ... roedd sŵn enw'r lle yn codi ofn arna i, myn diawl. Byddai'n rhaid i mi fyw'n dda i gael mynd i Seion at Bob Marley. Uffarn dân, do'n i ddim isio mynd i 'run Abu Ghraib ... dim ffiars o beryg.

'Bob?' medda fi eto, yn teimlo'n rêl hen swnyn. 'Bob? Fedri di ddod i ... ti'n gwbod lle, ar yr adeg dwi 'di ddeud?'

'Mi fydda i yno,' medda Bob yn bendant, cyn diflannu i ryw niwl fyny fanna yn Seion.

Gitâr gan Meic

'Na chi foi a hannar ydw i yn y llun ohona i yng nghegin Meic. Meic Stevens dwi'n feddwl rŵan. Y canwr o Solfach. Nid y boi efo'r un enw â fo nath sgwennu 'Cofiwch Dryweryn' ar y wal 'na am y tro cyntaf erioed. Fanno ydw i, yn sefyll wrth fwrdd y gegin, y gegin yn nhŷ Meic, a thŷ Meic yn Sblot, a Sblot yng Nghaerdydd, a Chaerdydd yn y sowth a'r sowth yng Nghymru a Chymru yn Ewrop 'radeg honno, ac Ewrop ar y ddaear a'r ddaear ar ddim. Ffeind a braf oedd y gegin, lle safais ers talwm.

Beth bynnag, ar y wal tu ôl i mi mae llun Walter, perthynas Meic gafodd ei ladd yn y rhyfal. Ar long danfor oedd o. Diawl o beth. Mi nath Meic banad o goffi i ni, nid mewn cwpan ond mewn powlan efo handlan. Ro'n i'n meddwl ei fod o'n gwneud hynny achos bod 'na ddim llestri glân, ond dim dyna be oedd y rheswm go iawn. Mewn powlan fel'na ma' nhw'n yfad coffi yn Llydaw, 'de. Mi brynis i'r gitâr ro'n i isio gan Meic. Roedd Mam 'di rhoi canpunt i mi at yr achos, neu faswn i ddim yn gallu ei fforddio hi. Be oedd yn rhyfadd oedd bod 'na fiwsig mawr tecno yn dod o fyny grisia lle roedd un o hogia Meic yn ei lofft. Mi oedd canllaw y grisia'n crynu, a llawr y tŷ hefyd.

'Fi am roi dwy arall i ti, Jones!' medda Meic wrth i mi fynd i'r car. Ro'n i 'di parcio ar y pafin o flaen y tŷ. Roedd y gitâr mewn cas neis, calad, a dyma fi'n ei rhoi hi yn y bŵt mawr. Bŵt anferth y Vauxhall Vectra lle roedd prams a holl nialwch y plant yn gallu ffitio'n ddidraffarth. 'Ie! Dwy arall, ond nid hon!' medda fo, am y gitâr oedd yn hongian rownd ei wddw. 'Beti yw hon. Ar ôl Mam. Fi moyn hon i whare yn Clwb Cymry Llunden fory, achan.'

Aeth yn ôl mewn i'r tŷ a dod â gitâr drydan i mi efo penglogau arni. Byddai'r plant yn 'rysgol wrth eu bodda efo honna. A dyma fo'n rhoi un arall las i mi hefyd. A dau gas du i roi'r ddwy gitâr ynddyn nhw.

'Iesgo! Diolch yn fawr 'de, Meic!' medda fi.

'Siwrne saff!' medda Meic wrth i mi drio gyrru'n ofalus oddi ar y palmant rhag crafu alois y car. Roedd gen i gywilydd o'r car, y car gora i mi ei gael hyd hynny: SRi, 150bhp. Teimlo cywilydd achos bod gen i gar a doedd Meic erioed wedi cael car. Doedd o erioed wedi dreifio. Pan steddodd o yn y car ar ôl i mi ei nôl o o'r Conway roedd o'n edrych yn chwithig i gyd. Fo a'i het gantal a'i gitâr bren. Fel rhyw anachronism mewn denim. Llithriad amser. Y boi oesol, di-amser yn ista wrth fy ochr mewn car metal modern yn yr unfed ganrif ar hugain.

Mi stopiais ar gyrion Aberhonddu ar y ffordd adra i agor y bŵt. Roedd hi 'di hen basio un o'r gloch y bora. Roedd hi'n meinws 9 ar thermomedr y car. Ffocin oer. Gweld bod y gitârs yn dal yna o'n i isio'i wneud, siŵr. Dim rhag ofn bod rywun wedi'u dwyn nhw, ond i drio coelio 'mod i 'di cael tair o hen gitârs Meic a'u bod nhw yng nghefn fy nghar i, 'de.

Dŵr oer sy'n cysgu yn Nhryweryn

Mae ymateb y plant yn ddoniol pan fydda i'n chwara cân iddyn nhw yn y dosbarth. Dwi wedi bod ym myd addysg yn ddigon hir i gofio mynd â records LP i mewn i'w chwara iddyn nhw, wedyn tapia, wedyn CDs. Rŵan, 'mond isio mynd ar y we sy. Ond rhaid i un o'r plant ddod i osod y *speakers* yn iawn fel arfer. Ymateb y plant i fiwsig yn y stafell Gymraeg. Mae 'na rai yn cau'u llgada i wrando. Mae 'na rai eraill yn agor eu llgada led y pen i'w helpu nhw i wrando'n well. Ond mae rhai eraill isio chwerthin. Ac mae'r rheiny'n gwneud i finna fod isio chwerthin. Mae hynny'n gwneud i mi feddwl bod 'na fwy o gynneddf plentyn ynddai i na chynneddf athro. Callia, Jones. PLIS!

Cân dwi'n licio'i chwara i flynyddoedd 8 a 9 ydy hon gan Meic. Mae 'na un fersiwn o'r gân lle mae llif llifio pren yn cael ei ddefnyddio i wneud sŵn dŵr yn llepian. Mae'r plant yn licio'r fersiwn honno. Rydan ni'n edrych ar y geiria trist ac wedyn yn sylwi ar yr odli a'r personoli. Mae set 2 yn cael gwneud lluniau i fynd efo pob pennill. 'Blodau yn yr ardd yn hardd' yn y pennill cyntaf. 'Pysgod yn y llyn yn wyn' yn yr ail bennill. 'Mae'r dail yn cwmpo lawr, mae'r bobol wedi mynd, mae'r blodau ar y llawr' yn y pennill olaf. Mae ambell un yn cael traffarth i ddarlunio'r cytgan. 'Dŵr oer sy'n cysgu yn Nhryweryn'. Un ffordd allan ohoni ydy tynnu llun llyn a gwneud emojis cysgu ZZZ wrth ei ymyl. Set 2 sy'n gwneud hynna, ond dim set 2 dwi'n eu galw nhw. Y dosbarth cŵl dwi'n eu galw nhw. Mae o'n lot gwell na deud set 2. Ma' nhw'n licio hynny hefyd.

Pitran-patran

Codais yng nghanol y nos i agor ffenest y llofft. Yn ofalus. Ro'n i isio chydig o wynt ond roedd sŵn pitran-patran metalig y glaw ar doeau'r ddau gar o flaen y tŷ yn fy nghadw'n effro. Wedyn, mi nath hi ddechra bwrw'n drymach a'r glaw i'w glywad yn llifo i gafnau'r bargod ac i mewn i'r draeniau. Ro'n i 'di blino'n lân ond yn gorwedd ar fy nghefn efo fy llgada ar agor led y pen. Ymystwyriodd y wraig yn y gwely a throi ar ei hochr. Wedyn, dyma hi'n symud y dillad gwely i un ochr.

'Be ti'n neud?' medda fi.

'Dwn i'm yn iawn.'

'Ydy dy fraich di'n well? Fedra i neud rwbath?' medda fi.

'Na 'lli. 'Na i jyst 'i dal hi fyny fel hyn am funud.'

Ymhen hir a hwyr mi roddodd ei braich yn ôl dan y cwrlid, troi ar ei hochr a mynd yn ôl i gysgu.

Bws mini Ticky Lloyd

Roedd gen i bob ffydd yn Bob. Roedd o 'di deud yn bendant y byddai o yno, a doeddwn i ddim yn ama'i air o gwbl. Mi wnes i ddilyn fy nghynllun yn ofalus a'i chychwyn hi am lay-by Llanrhystud am hannar nos ar y dot. Ro'n i wedi cael llogi bws mini gan Lloyds Coaches, ac er iddyn nhw fynnu bod un o'u gyrwyr nhw yn mynd â ni, mi ddeudis na fyddai angen hynny. Ro'n i wedi pasio'r prawf gyrru bws mini yn yr ysgol a dangosais fy nhystysgrif iddyn nhw. Ond roedd yn rhaid i mi lofnodi llwyth o ffurflenni yswiriant a ballu, ac ro'n i yno am hir. Wnaeth Ticky hyd yn oed eistedd yn y bws mini efo fi a gwneud i mi yrru lawr i Derwenlas a throi'n ôl wedyn i wneud yn siŵr 'mod i'n ddigon tebol. Ro'n i wedi gyrru'n ofalus ac yn hyderus. Mae'n rhaid ei fod o'n hapus achos pan neidiodd o allan mi ddwedodd, 'Wela i di fory, 'te!' Ac i ffwrdd â fo yn ôl i'r swyddfa a gweiddi wrth fynd heibio'r boi bach oedd yn golchi'r bysys, 'Mwy o eli penelin! Ty'd o 'na!'

Roedd edrych ar y bws mini llwyd a'r sgwennu coch arno wedi ei barcio'n dwt y tu allan i'n tŷ ni yn gwneud i mi feddwl am le y bws mini hwnnw yn hanes Cymru. Dyma'r cerbyd fyddai'n mynd â ni'r holl ffordd o Lanrhystud i Lyn Celyn. Mynd â fi a fy ffrindia o Seion. Byddai iddo le anrhydeddus yn y llyfrau hanes am byth bythoedd. Byddai mewn amgueddfa ryw ddiwrnod, yn debyg i gwch Che a Fidel yn Havana, neu'r Landrofyr hwnnw efo'i ochrau'n rhidyll o dyllau bwledi. Y cwch 'na efo'r enw Saesneg *Granma* arno a'r Landrofyr wnaeth chwara rhan bwysig yn y chwyldro. Ia, bws mini Lloyds Coaches! Daeth dy awr!

Roedd hi'n dywyll fel bol buwch ddu pan es i allan drwy'r drws ffrynt i mewn i'r bws mini. Ro'n i wedi bod yn pwyllgora'n hir iawn efo Fidel, Glyndŵr ac Oppenheimer ac yn llwyr sylweddoli mai gweithred filitaraidd oedd hon, a bod cadw at yr eiliad ar y cloc yn hollbwysig. Eisteddais yn y bws mini llwyd, felly, am dri munud ac ugain eiliad yn aros am yr amser cywir i danio'r injan.

Bagiais allan i'r ffordd cyn ddistawed ag y gallwn, ychydig

yn bryderus y byddai dwndwr yr injan ddisel fawr yn deffro'r wraig a'r plant a'i dirgryniadau yn gyrru tonnau i fyny waliau'r tŷ ac ar hyd y lloriau. Gyrrais i lawr wedyn at y ffordd fawr am Fachynlleth a throi i'r chwith wrth y cloc am Aberystwyth. Roedd hi wedi troi hannar nos, a dyma fi'n rhoi'r radio mlaen a'i throi hi ffwrdd wedyn. Mi gymrais y cyfle i fynd dros bob dim yn fy mhen. Pob cam wedi ei drefnu. Roedd y cwbl wedi ei ragordeinio, fyddai dim rhaid i mi boeni'n ormodol, ond doeddwn i ddim isio gwneud ffŵl ohona i fy hun o flaen Bob a Fidel a Glyndŵr. Tybad fyddai Guto Ffowc yn dod efo nhw? A be am Kate a Buddug? Tybad fyddai Gruffydd Young yno? A be am Gerallt a Merêd a'r Hen Fois? Curai fy nghalon yn gyflym. Roedd ymateb fy nghorff yn union yr un fath â'r hyn sy'n digwydd mewn stori arswyd. Cynhwysion stori arswyd fydda i'n eu galw nhw efo'r plant yn yr ysgol, a gwneud llun crochan mawr iddyn nhw i roi'r cynhwysion ynddo a'i liwio fo'n wyrdd wedyn. Chwys oer. Ceg sych. Iasau i lawr y cefn. Lleuad yn olau. Cysgodion coed? Oedd! Tylluanod ac ystlumod? Oedd, ma' siŵr!

Prin iawn oedd y ceir ar y ffordd. Daeth un i 'nghwfwr yn Cletwr ac un arall, tacsi, ymhellach mlaen yn Rhydypennau. Doedd y Glas ddim i'w gweld yn unman, hyd yn oed yn Aberystwyth. Falle'u bod nhw 'di cael eu tynnu i rywle arall, meddyliais. Ffeit ar y pier 'wrach, ncu ryw nytar mcddw yn neidio efo'r tonnau ar y traeth wrth y Bandstand yn fanna. Da iawn fo!

Mi es i drwy Lanfarian heb orfod brecio dim. Roedd hi mor dawel a hitha'n tynnu at un o'r gloch. Dim siw na miw. Ffos y ffin yn nes mlaen, lle roedd Dafydd Dafis ar ochr y ffordd yn sefyllian fel petai wedi llenwi'i drowsus.

'Gwnewch eich gore,' medda fo, 'gwnewch eich gore. Fi'n ffaelu dod achos fi'n dal i whilo allwedd fy nhwll tin!' Diolchais iddo am y dymuniadau da, ond trodd yn flin a deud, 'Iaffach, Jones! Be ti'n wneud fan hyn, ta beth? Ma' pawb arall yn dishgwl amdanot ti yn y lay-by yn Llanrhystud.'

'Ffac!' medda fi, a diolch i ysbryd Dafydd Dafis am ddeud wrtha i 'mod i wedi mynd yn rhy bell. Trawais fy nhroed ar y brêc a throi rownd yn sydyn a mynd yn ôl am Lanrhystud. Sut uffar o'n i 'di pasio'r lle? Ro'n i 'di bod yno sawl gwaith yn tynnu lluniau efo'r plant a ballu, ac yn nabod y ffordd yn reit dda gan ein bod ni'n mynd i Mwnt bob haf.

Ro'n i wedi colli munudau ac eiliadau prin ac roedd holl amseru militaraidd Fidel wedi mynd i'r gwellt rŵan. Gobeithiwn nad oedd o'n mynd i fynd o'i go! Ro'n i'n meddwl y byddai Bob yn fwy ystyriol gan mai fo sy'n canu, 'Peidiwch poeni ... am ddim byd, 'chos ma' pob peth bach ... yn mynd i fod yn iawn!' Ond rhoddais fy nhroed i lawr a rhuo'n ôl drwy Aberaeron i drio cyrraedd cyn gynted â phosib. Gwell hwyr na hwyrach, 'de.

Golygfa anhygoel oedd yr un a arhosai amdanaf yn lay-by Llanrhystud. Rhes o gerbydau o bob lliw a llun a'u perchnogion gwelw naill ai'n gogrdroi wrth eu hymyl neu'n eistedd y tu mewn iddyn nhw. Camper VW oren oedd gan Bob. Roedd Fidel a Glyndŵr efo fo, a Fidel yn edrych ar ei oriawr. Y cwbl boerodd o oedd, 'Amaturiaid!'.

Y camper oedd y cyntaf yn y rhes, ac roedd Bob wedi gadael lle bach i mi dynnu i mewn efo'r bws mini o'i flaen. Y tu ôl i Bob roedd John Morris-Jones mewn Ford Model T ac y tu ôl iddo yntau roedd T. H. Parry-Williams ar ei foto-beic KC 16. Yn eistedd y tu ôl i hwnnw, hefyd yn gwisgo gogls, yr oedd Bardd yr Haf, R. Williams Parry. Doeddwn i ddim yn rhy siŵr pwy oedd y ddau foi anferth y tu ôl iddyn nhw ar ddau sgwter trydan, ond pan es i'n nes atyn nhw cefais dipyn o sioc. Nid dynion oeddan nhw ond dwy ddynes. Roedd y picwarch ar y llawr wrth un o'r sgwters yn gliw da. Jemima Niclas, myn diawl! Ac efo hi roedd Mari Fawr Trelech. Mi wnes i benderfyniad gweithredol yn y fan a'r lle: doeddwn i ddim am ddadlau efo 'run o'r ddwy yma. Y tu ôl iddyn nhw wedyn roedd D. J., Saunders a Valentine, mewn hwyliau ardderchog.

'Jones!' meddan nhw, 'mae gynnon ni fatsys da heno os bydd eu hangen nhw arnon ni. Mi gawson ni gam gwag ym Mhenyberth ers talwm, yn do!'

Daeth chwerthin mawr aflafar o gefn y Jaguar SS 100 3.5 litr Roadster. Valentine oedd wrth y llyw a'r lleill fel hogia drwg yn cadw reiat yn y cefn.

Ar glamp o farch tywyll roedd William Williams Pantycelyn.

'Jones!' medda fo, 'goleued ddaear, goleued ddaear lydan, ddweden i.'

A dyma fi'n ei ateb o fel hyn, 'Ie wir, William Williams! Goleued ddaear! Bydd goleuo mawr yn y man.'

Ro'n i'n fwy nerfus yn siarad efo Williams Williams na 'run o'r lleill, am ryw reswm, ac yn deud petha na faswn i'n eu deud fel arfer, gan drio siarad yr un fath â fo. Ro'n i'n meddwl 'mod i'n swnio fel Cath Jones o *Pobol y Cwm*. Yr eiliad honno, sbonciodd Oppenheimer o'i Sprinter Fan a oedd y tu ôl i farch William Williams. Gan wgu dros ei sbectol gron, gofynnodd i William Williams Pantycelyn glymu ei geffyl wrth bostyn y ffens, gan fod yr amser wedi dod yn awr i ni gychwyn ar ein taith.

A dyna i chi'r criw a ddaeth o Seion i lay-by Llanrhystud y

noson honno. Roedd o'n hen ddigon, yn fy marn i. Yn ddistaw bach ro'n i'n falch nad oedd yr Hen Fois wedi dod er gwaetha'u siarad mawr am ei rhoi hi i Fflamddwyn. Bydden nhw'n siŵr o gael yr hanes yn llawn ar ôl i bawb fynd yn ôl i Seion, yn ystod loc-in ym Mharadwys, falle. Ro'n i wedi hannar disgwyl i Guto Ffowc fod yno, ond efo'i record o am ffrwydro petha, debyg ei bod hi'n well ei fod o wedi aros lle roedd o am heno.

'Agora gefn y bws mini 'ma, wnei di'r lowt!' gorchmynnodd Oppenheimer yn siarp, 'a ty'd i fy helpu i gario'r ffrwydron i gyd o gefn y Sprinter 'ma . A chitha'ch dau efo'r gogls ...'

'Ni ein dau?' gofynnodd T. H. a Williams Parry, wedi dychryn.

'Ia! Chi'ch dau. Cariwch chi'r ffiwsys.'

Roedd Glyndŵr a Fidel yn gweld bod gwaith i'w wneud ac wedi tynnu'r olwyn sbâr a'r tŵls newid olwyn o gefn y bws mini er mwyn cael mwy o le i'r ffrwydron.

Gallwn glywad peth o'u sgwrs. Glyndŵr oedd yn holi Fidel fel hyn, 'Pa ddeunydd ydy'r croen du caled sydd am yr olwyn?'

'Rwber ydy o. Deunydd tu hwnt o ddefnyddiol i bob math o betha yn y bywyd modern. O deiars i yrru ar y ffordd i ddeunydd atal cenhedlu. Tarddu o blanhigyn mae o,' eglurodd Fidel, 'ond mae pobol yn gallu gwneud rwber synthetig rŵan, heb y planhigyn.'

'Ydy'r planhigyn i'w gael ar ucheldir Cymru?' holodd Glyndŵr.

Daeth Che allan o gefn camper VW Bob, wedi bod yn cael napan bach. Mi helpodd o wedyn efo gweddill y ffrwydron tra oedd Oppenheimer yn ein gwylio ni'n graff dros ei sbectol ac yn gwneud yn siŵr ein bod yn pacio'r ffrwydron yn dynn, dynn yn ei gilydd yng nghefn bws mini Lloyds Coaches. Gobeithio y cyrhaeddwn ni'n iawn, meddyliais, achos ro'n i 'di addo'r bws mini yn ôl i Ticky heb yr un crafiad arno fo. Roedd digon o ffrwydron i'n chwythu ni i gyd i ebargofiant. A thu hwnt.

Roedd T.H. ac R. Wiliams Parry yn lwcus o gael help Jemima a Mari, a ddwedodd fel hyn, 'Mas o'r ffordd!' a chario yn eu hafflau ddwywaith gymaint o ffiwsys â'r ddau fardd.

Roedd William Williams wedi clymu'r march i bostyn y ffens wrth ymyl yr arwydd Cofiwch Dryweryn. Chwythai'r march gymylau gwynion drwy ei ffroenau ac roedd ei gôt yn sgleinio'n ddu yng ngola'r lleuad, yn sgleinio mwy na phaent metalig Mercedes Sprinter Oppenheimer. Rowliodd Fidel yr olwyn sbâr draw at y ceffyl a'i chodi dros y ffens i'r cae gan golli ei gap wrth wneud. Cap FWA oedd o'n ei wisgo. Mi wnaeth Glyndŵr yr un peth efo'r twls newid olwyn, a rhoi ryw ddeiliach a brwgaits drostyn nhw fel eu bod nhw o'r golwg yn llwyr.

Efo clec a wnaeth i bawb arall neidio o'u crwyn, caeodd Oppenheimer gefn y bws mini. Gwnaeth hynny efo gwên foddhaus ar ei wyneb. Roedd o'n hoffi clecian, yn toedd. Roedd hynny'n arwydd i ni i gyd i wneud ein ffordd at ddrws blaen y bws, a sylwais ar Glyndŵr yn dilyn Che a Fidel yn betrus, a William Williams yntau yn eu dilyn nhw ac yn dringo'r grisia yn ei ŵn llaes, tywyll a'i goleri gwynion. Roedd ei wallt yn reit llaes hefyd, a chofiais i mi weld cudyn o'i wallt un tro wedi ei gadw'n ofalus mewn amlen yn y Llyfrgell Genedlaethol yn Aberystwyth. Byddai gwyddonwyr yn gallu cael hyd i'w DNA felly, a'i glônio fo. Hei presto, diwygiad arall a mwy o emynau a neuadd breswyl arall Gymraeg ei hiaith. Roedd Jemima a Mari wedi bachu'r sêt gefn i gael mwy o le, a golwg syber iawn arnyn nhw. Druan o'r sysbension ôl.

Roedd pawb wedi'i hel hi am y bws, a fi oedd yr olaf. Bu

bron i mi gael ffit pan welis i pwy oedd yn sêt y gyrrwr. Roedd Syr John Morris-Jones wedi eistedd yno, gan achub y blaen arna i. Ffac! Be oedd o'n drio'i wneud? Chwara'n wirion oedd o, falle? Dechreuodd o siarad.

'Mae arnaf ofn, frawd, nad ydw i yn deithiwr hwylus mewn na cherbyd na chwch nac, ysywaeth, ar long. Mae natur mynd yn benysgafn arnaf yn anad dim pan fwyf yn teithio mewn cerbyd fel hyn, ond rwyf yn iawn ar gerbydres. Os nad wyf i wrth y llyw, caf boenau yn fy ymysgaroedd.'

Sylweddolais yn reit handi mai camgymeriad fyddai mynd i ddadlau efo John Morris-Jones, er bod y Ford Model T a yrrodd i Lanrhystud yn wahanol iawn i fws modern Lloyds Coaches. Eisteddais wrth ymyl Saunders reit yn y blaen a gadael i John Morris-Jones drio tanio'r bws mini. Fyddai o ddim yn medru. Gafaelodd yn y llyw. Cymerodd ochenaid fawr. Cododd ac aeth allan i edrych ar flaen y bws mini. Daeth yn ei ôl.

'Nid wyf yn medru rhoi fy llaw ar y deffrowr ... y *choke*,' medda fo. 'Mae wedi ei leoli ar y ffendar dde ar fy nghar i ...'

'Grasusau!' ebychodd Gerallt.

'Chyrhaeddwn ni ddim yn y fuchedd hon,' ychwanegodd Saunders.

'Jones!' medda Che o'r sêt olaf ond un yn y cefn, lle roedd yr hogia drwg yn ista,

'Jones! Ti sy'n gyrru. *Vamos*, Jones, *vamos!*'

'Hones sy'n ein gyrru ni yno,' medda Fidel. Fel'na roedd o'n deud J, fel 'H'. 'Hones! Nid John Morris-Hones. Pam fod cymaint o Honesiaid ...?'

'Ymddiheuriadau llaes i chi, gyfeillion,' medda John Morris-Jones ar ôl dod yn ei ôl i mewn. 'Sylweddolaf yn awr mai ffôl oedd fy ymgais i yrru cerbyd mawr, modern fel hwn. Ond fe'ch rhybuddiaf nad wyf yn deithiwr hwylus, a ...'

'Stedda lawr, y rwdlyn!' medda Oppenheimer. 'Mae gynnon ni waith mawr i'w wneud heno! Mi ofynnais i Iolo ddod efo ni, pam na ddaeth o?'

'Mae Iolo a Dafydd ap wedi aros yn Seion,' medda Bob. 'Nos Iau ydy noson ioga.'

'Byddai Gwenllïan wedi gallu cymryd y dosbarth yn ei le am heno, siawns,' medda Oppenheimer. 'Mae hi wedi dysgu Cymraeg cystal â neb, tydy.'

'Ioga, wir!' medda Jemima Niclas dros y lle o'r cefn. 'Chlywes i riôd shwd beth!'

Rhoddais y bws mini mewn gêr a'i chychwyn hi am Aberystwyth. Pa Gwenllïan oedd hon, tybad? Merch Llywelyn ein Llyw Olaf, dyfalais. Bobol annwyl! Hi gafodd ei symud i Sempringham ar ôl be ddigwyddodd yng Nghilmeri yn 1282.

Roedd Bob efo'i gitâr yn y cefn yn rwla, a dechreuodd strymio cordiau *Songs of Freedom* – Caneuon Rhyddid fel yr oedd o'n ddeud bellach – ac wrth i ni fynd heibio Lletty Parc a throi wedyn am Gelli Angharad ac ymlaen am Bow Street, roedd pawb yn canu.

Caneuon rhyddid, yw'r cyfan wyddon ni ... Caneuon rhyddid ... la la la la la ...

Trelew

Er fy mod i'n teimlo'n rêl boi, ac yn ymdrybaeddu yn fy rhyddid newydd, ogla reit ddrwg ydy'r ogla dwi'n ei gofio yn y llun ohona i yn Hotel Conquistador, Trelew. Mae'r llun wedi pylu dipyn bach, falle achos bod yr haul yn gryfach lawr ffor'na. Ro'n i 'di cyrraedd yn oriau mân y bora ar ôl taith o ugain awr a mwy o Buenos Aires. Roeddwn i ym Mhatagonia go iawn rŵan, efo cur yn fy mhen a phangfeydd yn fy stumog. Hwn oedd gwesty rhata Trelew, a thwll o le oedd o hefyd. Deffroais yn anfoddog a thynnu'r llenni i adael i olau melyn amser cinio ddod i mewn drwy'r rhwyd stopio mosgitos. Ro'n i i fod wedi gadael ers hannar awr 'di deg. Ddim yn bell oddi wrtha i, roedd delw Lewis Jones. A myn uffarn i, roedd 'na dri hogyn bach wedi dod oddi ar eu beics ac yn piso ar ei waelod o! Oeddan nhw'n trio deud rwbath wrtha i? Y diawlad bach.

Wrth ddechra dadebru ges i lond ceg yn Sbaeneg gan y ddynes lanhau wrth ei phasio hi a'i bwced a'i mop ar y coridor cul, felly es i o 'na'n reit handi a mynd ar f'union am yr *estacion de autobuses* i ddal y bws i Gaiman. Dwn i'm o'n i'n dal i hannar cysgu 'ta be, ond mi es i ar y bws i Gaiman a gofyn yn Gymraeg fel hyn i'r gyrrwr, 'Ga i docyn i Gaiman, plis?' Roedd o fel gofyn am docyn o Gaernarfon i Groeslon.

Mi sbiodd y gyrrwr arna i'n hurt a throi at y bobol eraill oedd ar y bws a deud fel hyn wrth dwtsiad ei ben, 'El Galenso!' a dyma nhwytha, y bobol ar y bws, yn rhyw biffian chwerthin. Dwi'n meddwl mai 'Cymro twp' mae *el Galenso* yn feddwl. Do'n i ddim yn rêl boi y diwrnod hwnnw, ond mae'r lluniau yn dod yn ôl o hyd. Maen nhw'n ddoniol i mi erbyn hyn. Er, mi hoffwn i ofyn i Michael D. Jones a Lewis Jones pan na fasan nhw 'di mynd â phawb i Galiffornia.

Saetha fi, Callum!

Dydw i ddim yn cofio gofyn i neb fy saethu i o'r blaen. Yn sicr, dim i hogyn ysgol pymtheg oed. Dydy o ddim y math o beth fasa rywun yn ei wneud, nac'dy. Ond roedd gen i reswm pam fy mod i wedi gofyn i Callum Frazer 11G fy saethu, ac mi wnes i nodi hynny ar waelod ei bapur arholiad. Ei ffug arholiad. Yr arholiad olaf cyn yr un go iawn. Y rheswm 'mod i isio iddo fo fy saethu i oedd achos 'mod i'n teimlo'n gyfrifol am ei ddiffyg treiglo trwynol. Roedd beth oedd Callum wedi'i sgwennu yn yr arholiad yn reit dda o ran ei gynnwys. Roedd gan yr hogyn ddychymyg. Ond y broblem oedd ei fod o'n anghofio'r TT fel bod ei ymson yn llawn o 'fy pen' a 'fy beic' a 'fy cariad.'

Roedd gan Callum ddychymyg ac roedd ganddo synnwyr digrifwch da hefyd. Ro'n i'n gwybod y basa fo'n chwerthin wrth weld fy sylwadau ac yn dangos ei bapur i Tomos a Lewis a'r rheiny a eisteddai wrth ei ymyl. Byddai hwyl garw.

Ar ddiwedd y wers drannoeth, roedd Callum yn rhyw gicio'i sodla yn lle mynd allan efo'r lleill.

'Mr Jones,' medda fo, 'dwi 'di gwneud y dasg sgwennu eto. Dyma chi!'

Roedd o wedi ei theipio'n dwt a'i rhoi mewn poced blastig. Ro'n i wrth fy modd yn gweld gwaith mewn pocedi plastig. Roedd hynny'n dangos bod gan yr hogyn barch mawr at yr hyn roedd o wedi'i greu.

'Wel, gwych iawn, Callum!' medda fi, yn chwerthin wrth weld teitl y stori, 'Y noson saethais Mr Jones!' ac i ffwrdd â fo yn falch iawn ohono'i hun. Roedd o wedi cyflawni rwbath ac wedi cael hwyl yn ei wneud o. A dach chi'n gwybod be? Roedd pob treiglad trwynol yn berffaith yn y stori. Ambell dreiglad meddal oedd ar goll rŵan, ond ta waeth! Ro'n i'n gwybod y byddai Callum yn cael y treiglad trwynol yn gywir yn yr arholiad go iawn. Gobeithio y gallai ei gael yn gywir allan yn fanna, yn y byd mawr, mawr hefyd. Mae'r stori yn dal gen i. Ar y silff yn y swyddfa yn y tŷ. Mae hi'n golygu llawer iawn i mi, honna.

Yr ystad gyd-rhwng

Mae ein hen chwedlau wedi'u britho efo'r hyn mae pobol glyfar yn ei alw'n 'ystad gyd-rhwng'. Rhyw stad o fodolaeth sydd ddim yn un peth na'r llall. Yr enghraifft rydw i'n ei chofio o hyn ydy pan mae Gronw Pebr yn lladd Lleu Llaw Gyffes yn y Mabinogi. Mae troed Gronw ar lawr ac eto dydy hi ddim chwaith. Mae o y tu allan, ond eto, mae 'na do uwch ei ben o hefyd. Mae o'n anelu at Lleu efo'i waywffon, ond dydy o ddim yn edrych arno fo chwaith. Rydw i wedi mynd i feddwl ein bod ni sy'n dysgu plant bach Cymru bob dydd mewn ryw stad gyd-rhwng hefyd. Maen nhw'n siarad Cymraeg efo fi, ac eto, dydyn nhw ddim yn siarad Cymraeg efo'i gilydd yn aml iawn. Maen nhw'n dallt Cymraeg ond mae iaith y byd mawr y tu allan yn wahanol. Mae 'na ddylanwad Cymraeg arnyn nhw yn yr ysgol, ond mae bron pob dylanwad arall arnyn nhw y tu allan yn yr iaith fain.

Dyna pam rydw i'n deud fel hyn wrthyn nhw, y plant, os oes un ohonyn nhw'n siarad iaith Amwythig yn fy ngwers. 'Cer allan, rho dy swits Cymraeg ymlaen a ty'd 'nôl i mewn.' Mae gorfod codi fel'na a symud a chogio rhoi swits dychmygol ymlaen ar eu gwar, gan amlaf, yn help iddyn nhw gofio siarad Cymraeg. Ond rydw inna'n cofio eu bod nhw wedi siarad iaith arall dros eu huwd y bora hwnnw a 'mod inna'n disgwyl iddyn nhw newid yn sydyn fel'na. A dyna pam rydw i'n meddwl 'mod i, a'u bod hwytha, mewn ryw ystad gyd-rhwng fel Gronw Pebr a phobol eraill yn ein hen, hen chwedlau ni.

Y tro nesa y bydd rhyw Gyngor yn rhywle'n crafu'i ben am enw i stad newydd o dai, byddai Stad Gyd-Rhwng yn enw da achos dyna be fydd hi o ran y Gymraeg, a dyna sut mae hi yng Nghymru hefyd bellach. Bodoli mewn stad sydd ddim yn un peth na'r llall. Senedd mewn enw. Hawl i wneud rhai cyfreithiau. Codi rhai trethi. Galla i ei weld o ar arwydd bach rŵan a llythyren T glas a choch wrth ei ymyl yn deud mai *cul-de-sac* ydy'r stad newydd a'r enw Saesneg o dan y Gymraeg er mwyn bod yn fythol ddwyieithog: In-between Estate. Y tu ôl i'r arwydd wedyn mi fyddai glaswellt gwyrdd a thai pâr bach twt mewn brics coch yn union fel pentra Lego a phobol o ffwrdd yn dod iddyn nhw i fyw eu bywydau stad cyd-rhwng hwytha.

Rhannu baich

A finna'n ddyn yn f'oed a f'amser mi wnes i rwbath bora heddiw na wnes i ers ugain mlynedd a mwy. Rhag fy nghywilydd! Ro'n i'n rhannu tŷ yn yr Wyddgrug efo fy nghyfaill, Brynford, pan wnes i o ddwetha, ugain mlynedd yn ôl. Y peth hwnnw nad oeddwn i wedi ei wneud ers hynny oedd smwddio, gan fod y wraig yn cwyno bod y plant byth yn ei helpu hi.

Byddai'n rhaid i ni gysylltu efo ysgrifenyddes Dr Singhi. Ro'n i'n trio, ond roedd angen i mi wneud mwy eto i helpu. Roedd hi wedi gofyn am ganllaw bach i'w gwneud hi'n haws iddi fynd i fyny'r tair gris sydd gynnon ni i fynd i'r stafell lle mae'r tân coed newydd. Dwi 'di sôn wrthoch chi am y tân o'r blaen.

Mae crysa'n boen i'w smwddio, tydyn, ond mae cyfyrs

gobennydd yn reit hawdd. Mi wnes i eu hongian nhw wedyn ar y peth dal dillad a phan ddaeth y ganol i lawr o'i theyrnas fach fyd-eang, mi ddwedodd fel hyn,

'Wow! Profiad newydd i ti, Dad. Wyt ti isio i fi drio smwddio'r crysa 'na?'

'Dwi *wedi* eu smwddio nhw, y tinllach bach digywilydd!' medda fi, yn fwy blin nag yr oeddwn i wedi'i fwriadu.

Gawn ni fynd i fyny Bwlch yr Oerddrws?

Cyn i ni gyrraedd y cloc ym Machynlleth mi welis i Glyndŵr yn camu o'i sêt yn betrus iawn a gwneud ei ffordd yn sigledig tuag ata i ym mhen blaen y bws. Roedd y gŵr hwn a aeth yn gorwynt drwy drefi a dinasoedd y canol oesoedd yn edrych yn bryderus iawn wrth gerdded i lawr canol y bws mini. Roedd ei gleddyf yn edrych yn reit drwm.

'Jones!' medda fo. 'Gawn ni fynd drwy Fallwyd ac i fyny Bwlch yr Oerddrws, os gweli di'n dda?'

Trodd, ac aeth yn ôl i eistedd at Fidel. Isio gweld ei senedd-dy oedd o, yn fy marn i, ond eto, wnaeth o ddim deud hynny. Troais innau'r bws mini i'r dde a'i gwneud hi am Benegoes a Glantwymyn cyn gyrru i fyny Bwlch yr Oerddrws fel y dwedodd fy arwr wrtha i am wneud. Wrth ddod i lawr yr ochr draw i'r bwlch, troais i gyfeiriad Brithdir, a dyna pryd y sylwais fod John Morris-Jones wedi newid ei liw. Roedd o'n wyn fel y galchen. Stopiais yn y fan a'r lle, yn fanno, iddo fo gael chydig o awyr iach. Mi ddaeth mwy o liw i'w wyneb o wedyn ar ôl i ni fynd rownd y troadau drwg 'na i gyd a chyrraedd y ffordd fawr am y Bala. Roedd o'n well erbyn i ni fynd drwy'r Bala ac yn holliach erbyn i ni fynd drwy Fron-goch a chyrraedd Llyn Celyn ei hun.

Ymunodd efo pawb arall i biso i mewn i'r llyn. Gwnaeth hynny i mi feddwl am yr hogia yn ffosydd y Rhyfal Byd Cynta yn gwagio'u pledrenni cyn mynd dros y top. Mae o yn y ffilm *Hedd Wyn*.

Rŵan, ni oedd yn mynd i ryfal. O fath.

Roedd Fidel ar bigau'r drain

Roedd Fidel yn edrych ar ei oriawr. Roedd o'n cerdded yn ôl ac ymlaen. Gan ei fod o'n gwneud hynny roeddan ni i gyd yn teimlo'n reit nerfus.

'Pedair awr tan y wawr,' cyhoeddodd Fidel. 'Mi fyddan nhw yma mewn deng munud.'

Nhw? Pwy, meddyliais, oedd yn mynd i gyrraedd mewn deng munud? Doedd neb arall yn holi nac yn cwestiynu dim, felly roeddan nhw'n amlwg yn gwybod pwy oedd yn dod aton ni i'n helpu ni efo'r joban fawr oedd gynnon ni o'n blaena. Peth rhyfadd nad o'n i wedi cael gwybod. Do'n i ddim am holi Fidel rhag ofn i mi gael llond ceg, felly es i at y gofeb wrth lan y llyn a sefyllian efo'r lleill. Roedd pawb yn ddigon tawedog ac wedi blino ar yr awr annaearol hon o'r nos.

Pawb ond Oppenheimer. Roedd o'n moesymgrymu o flaen bws mini Lloyds Coaches. Roedd o 'di mynnu gadael y gola ymlaen arno fo, ac ro'n i'n gobeithio i'r nefoedd na fasa'r batri'n mynd yn fflat neu mi fasa Ticky yn flin efo fi. Beth bynnag, roedd gan Oppenheimer helmed â thortsh arni hefyd, yn debyg i be sy gan löwr i fynd dan ddaear, a gwybed bach a gwyfynod mawr yn hofran rownd ei ben o yn y gola. Roedd o ar ei benglinia ar lawr yn edrych ar fapiau mawr o'r ardal, yn gosod pinnau bach ar un map ac yn arwain edau o un pìn i un arall, yn ôl ac ymlaen a thrwy'i gilydd i gyd. Ffag yn ei geg, ac yn chwythu llinell hir o fwg gwyn bob hyn a hyn. Iesgob! Roedd y boi'n smocio fel stemar.

'Be ti isio?' medda fo wrtha i'n reit flin drwy gornal ei geg.

Wnes i 'mo'i ateb o, y cotsyn blin, dim ond mynd wysg fy nhin yn ôl at y lleill oedd yn rhyw hannar eistedd ar y llawr, a llepian y tonnau ar y llyn i'w clywad fel sibrwd hen ysbrydion yn y gwyll, yn ddigon i hel iasau oer i lawr cefn rhywun.

'Pum munud nes y byddan nhw yma!' medda Fidel, yn dal i edrych ar ei oriawr goch o Rwsia.

Mi bwysais ar ysgwydd Bob a chodi ar fy nhraed. Roedd y lle'n codi'r cryd arna i. Llepian y dŵr mawr llwyd a'r cymylau isel o niwl yn dod tuag aton ni oddi ar y llyn, yn hofran fel hen fwganod yn chwara mig efo ni, i'w gweld yn glir un munud ac yna'n diflannu wedyn i ddim. Ro'n i wedi bod yn y fan yma ddwywaith neu dair o'r blaen efo'r Chweched Dosbarth cyn mynd ymlaen wedyn at Gerald yn yr Ysgwrn. Byddai Gerald bob amser yn falch o'n gweld ni ac yn holi a oeddan ni'n gwybod be oedd y peth i ddal cannwyll frwyn a ballu. Un tro, mi ofynnodd un o'r merched ail iaith be oedd i fyny'r grisia, ac mi atebodd Gerald, 'Ty'd efo fi ac mi ddangosa i i ti!' Roedd hynny 'di digwydd cyn i'r lle gael ei ail-wneud i edrych fel roedd o yn y lle cyntaf. Ond beth bynnag, am y llyn ro'n i'n sôn. Heno, roedd y lle'n wahanol rywsut. Roedd ochr draw'r llyn i'w weld yn fwy mynyddig am ryw reswm, a rhyw ddyfnderoedd o gysgodion mawr, tywyll yr ochr draw. Silwét mynyddoedd mawr nad oeddwn i'n cofio'u gweld nhw o'r blaen, ond roeddan nhw yno'n reit siŵr, jyst bod petha'n edrych yn wahanol yn yr oriau tywyllaf fel hyn, yr oriau tywyllaf cyn y wawr.

Arhosa'n llonydd

Pwniodd y wraig fi ganol nos.

'Nei di nôl gwydraid o ddŵr i mi, plis?'

'Iawn, siŵr,' medda fi rhwng cwsg ac effro.

'Mae gen i homar o gur pen.'

'Ti isio'r tabledi na 'fyd?'

'Nagoes, ma' nhw gen i'n fama. 'Mond dŵr, plis.'

'Iawn ...'

'A Jones ...'

'Be?'

'Arhosa'n llonydd, bendith tad i ti.'

Sŵn traed yn trampio

'Maen nhw'n dyfod,' medda Glyndŵr, 'fe'u clywaf yn troedio drwy'r crawcwellt.'

'Clustia da gen ti,' medda Fidel, 'clustia clywad bob dim.'

'Mi wela i rwbeth fan 'co!' medda Mari Fawr Trelech.

Dringodd Che i ben ryw goeden, un oedd heb gael ei thorri i lawr adeg gwneud y gronfa. Craffodd i'r pellter a chododd ei fawd i ddangos ei fod o'n gweld rwbath hefyd.

'Llgada da gen ti,' medda Bob.

'Llgada gweld bob dim,' medda Che, ar ôl neidio i lawr o ben y goeden. 'Mae 'na fyddin o gysgodion yn nesu.'

'Wedes i!' medda Mari.

Ymsythodd Jemima Niclas a dal ei phicwarch o'i blaen. Safodd Mari wrth ei hochr yn gadarn. Roedd y ddwy'n barod am unrhyw beth.

Ac ar fy marw, pwy ddoth i'r golwg mewn ryw ddau neu dri

munud wedyn, a dim siw na miw i'w glywad ond sŵn eu traed nhw'n trampio ar hyd y lôn, oedd Harri Webb, o bawb, yn arwain byddin o ddynion tuag aton ni a'r rheiny'n gorymdeithio mewn rhesi o bedwar fel soldiwrs. Ond dim soldiwrs go iawn oeddan nhw achos rhawiau a cheibiau oedd ganddyn nhw ar eu hysgwyddau chwith, nid gynnau.

Ro'n i'n nabod Harri Webb gan fod ei lyfr o gen i ar y silff yn 'rysgol, *No Half-Way House*, a llun ohono fo ar y clawr mewn gwisg drwsiadus. Mi oedd bob dim a sgwennodd Harri Webb erioed yn sôn am Gymru a Chymreictod. Cyn i CBAC dynnu ei gerdd 'Colli Iaith' oddi ar y cwricwlwm, mi fyddwn i'n dangos llun y bardd i'r dosbarth TGAU. Ddwedodd neb erioed ei fod o'n edrych yn llond ei groen. Fi oedd yn meddwl hynny, mae'n rhaid. Mae hi'n gerdd *suicidal*, yn gwneud i rywun fod isio ffonio'r Samariaid neu MIND Cymru neu rywun, tan y pennill olaf siŵr iawn. Cymru'n dechra ar ei hymdaith a llais Heather Jones yn glir fel cloch a phawb ym mlwyddyn 11 yn teimlo'n rhyfadd ... 'Croeso i chi fenthyg hwn i'w roi o ar eich ffonau symudol,' medda fi. 'Ho! Ho! Ho!'

Mi wnaeth Fidel ryw fath o salíwt ac mi nath Harri Webb yr un fath. Wedyn ymlaciodd y dynion i gyd, y fyddin o gysgodion, chwedl Che, ac ista ar y llawr fel rhes hir o ddominos. Mae'n rhaid bod 'na ddau gant a mwy o ddynion yno, yn edrych fel tasan nhw wedi bod yn gweithio drwy'r dydd y diwrnod cynt a thrwy'r nos hefyd tan rŵan.

'Henffych, gomrad!' medda Harri Webb. 'Rydyn ni wedi gwneud ein gwaith.'

'Da was!' medda Fidel a gweiddi, 'diolch trŵps!' dros y lle i gyd hyd nes bod ei lais yn atseinio i lawr y dyffryn. Cododd y dynion eu dyrnau tua'r awyr ond ddwedon nhw ddim byd chwaith. Wedyn, gofynnodd Harri Webb gwestiwn i Fidel a wnaeth i Oppenheimer fynd yn wyllt o'i go. Dyma'r cwestiwn:

'Ydach chi wedi dod ag Alfred Nobel, dyn y deinameit, efo chi?'

Cyn i Fidel ateb roedd Oppenheimer wedi sboncio ar ei draed a thaflu ei ffag o'r neilltu. Rhuthrodd at Harri Webb a chwifio'r map o flaen ei drwyn o.

'Gwranda, washi!' medda fo, 'nid gemau hogia bach ydy hyn! Nid chwara efo ryw ffiws a deinameit! Nid rhech mewn potel ydan ni isio fan hyn. Nage wir! Rydw i am ddefnyddio grym yr atom i chwythu'r argae 'na i ebargofiant!' Stwffiodd ei wyneb i wyneb Harri Webb gan fytheirio. 'Dallt?'

'Odw, odw!' medda Harri Webb, wedi ei siglo ryw chydig. 'Dal sownd, nawr.'

Gerallt

Tra oedd hyn i gyd yn digwydd roedd Gerallt wrthi'n adrodd englyn i Bob a Glyndŵr a'r rheiny oedd yn ista fel teiliwrs wrth y gofeb.

'Dywed yr englyn, frawd,' medda John Morris-Jones.

'Ia, ty'd â fo reit handi,' medda Bob.

'Cofia Dryweryn,' medda Gerallt yn ei lais cryg a'i fegin yn gwichian ryw chydig fel roedd hi ers talwm ar y radio bob nos Sul. Tynnodd ei sbectol a chodi'i olygon i gyfeiriad y llyn wrth adrodd ei waith. 'Dim ond dŵr, dŵr didaro ...'

Roedd D. J., Saunders a Valentine wrth eu bodda ac yn Amenio fel dwn i'm be, a William Williams yn canmol ac yn curo cefn Gerallt. Sbio i'r gorwel pell oedd Glyndŵr â rhyw olwg benderfynol ar ei wyneb.

'Da, grwt!' medda Mari Fawr Trelech wrth Gerallt, ond dim ond sefyll yn stond wnaeth Jemima, a'i sgert hi'n gwneud sŵn fel pabell yn clepian yn y gwynt.

Daliodd rwbath fy llygad. Yr ochr draw i'r llyn. Rhyw symudiad yn yr haenau o dywyllwch y tu hwnt i'r dŵr mawr llwyd. Tywyllwch tywyll fel y fagddu, y porffor tywylla'n bod, a rhyw lwyd llwyd iawn yn y llwydwyll. Ond mi welis i ryw symudiad yn y lliwiau tywyll, rhyw symudiad sydyn fel petai'r lliwiau hynny wedi ymgymysgu am hannar eiliad, tebyg i inc yn corddi ac wedyn yn lledu ar draws y cwm i gyd. Rhyw ymystwyrian ym mhlygion y creigiau a'r bryniau yr ochr draw. Mae hi'n dechra goleuo, medda fi wrtha i fy hun. Ac eto, roedd dwy awr arall tan hynny yn ôl yr oriawr goch Sofietaidd ar arddwrn Fidel. Ro'n i'n cymryd bod honno'n cadw amser yn iawn ac o wneuthuriad gwell na Moskvitch Yncl Hefin ers talwm.

Un rhyfadd iawn oedd Oppenheimer

Un rhyfadd iawn oedd Oppenheimer ond pan welis i o'n dringo i ben to bws mini Lloyds Coaches ro'n i'n meddwl ei fod o wedi mynd yn hollol wallgo. Be nath o oedd hollti distawrwydd y cwm drwy ganu corn y bws mini dros y lle, a fflachio'r goleuadau fel dwn i'm be, ac wedyn, ar ôl cael sylw pawb, dringo efo ffag yn ei geg i ben to'r bws a gola blaen ei ffag o yn unig i'w weld. Roedd yn union fel petai 'na ddrychiolaeth yn cyhwfan uwch ben to'r bws ac yn smocio.

Rhoddodd Fidel orchymyn i ddynion Harri Webb, ac i ninna i gyd a oedd wrth y gofeb, ddod at y bws mini a ffurfio hannar cylch mawr wrth ei ymyl. Dyna pryd y sylweddolais mai

Gwyddelod oedd y dynion a oedd efo Harri Webb ac mai nhw oedd y dynion a wnaeth y gwaith o ddymchwel Capel Celyn a pharatoi'r gronfa. 'Dynion gweithgar a gonest' oedd y rhain yn ôl Gwen Prysor ar ddechra'r llyfr sy'n cynnwys lluniau o'r holl graffiti dros Gymru i gyd. Roeddan nhw wedi dod yn eu hola o Seion, neu lle bynnag yr oeddan nhw, i wneud iawn am be ddigwyddodd yn y pumdegau a'r chwedegau. Pan ddaeth cynffon yr orymdaith o ddau gant o ddynion i fyny tuag at y bws mi welis i fod 'na ddyn a dynes yn eu dilyn nhw, yn union fel mae athrawon yn cerdded efo rhes hir o blant ysgol, rhai ar y blaen ac un neu ddau wedyn reit y tu ôl iddyn nhw. Mi welodd Gerallt nhw hefyd, a dyma fo'n codi'n syth ac yn mynd ar ei union i'w cyfarch nhw ac roedd ysgwyd llaw mawr rhwng y tri ohonyn nhw.

Mi ges i wybod yn syth pwy oeddan nhw, cyn dechra dyfalu.

'Croeso i chi!' medda Gerallt. 'Mae'n dda gen i eich gweld chi, Dafydd Roberts, a chitha, Nell Roberts.'

Dafydd Roberts, Cadeirydd Pwyllgor Amddiffyn Capel Celyn. Arwr arall.

Cododd Oppenheimer ei ddwy fraich yn debyg i Grist Corcovado, ac er bod pawb yn reit ddistaw cyn hynny, mi aeth pawb yn ddistawach fyth, a dim ond hen lepian y tonnau y tu ôl i ni oedd ar glyw pawb. Yna, mi ddechreuodd ei bregeth ar y bws mini, nid y bregeth ar y mynydd.

'Gyfeillion!' medda fo, yn fwy ffurfiol nag yr oedd o'n siarad fel arfer. 'Rydw i am ddechra drwy ddeud gair bach amdana i fy hun. Ffisegydd a pheiriannydd ydw i. Graddiais yn Harvard cyn mynd yn fy mlaen i Gaergrawnt ac wedyn Göttingen yn yr Almaen lle cefais fy noethuriaeth.'

'Pedigri go dda felly,' medda Saunders gan sibrwd yng nghlust D. J..

'Bûm yn Gyfarwyddwr Labordy Los Alomos, ac yn gweithio ar y Manhattan Project i greu'r bom atomig. Do, dwi wedi chwythu llawer o betha'n chwilfriw yn fy oes, a dyna pam y byddaf yn cael fy nghofio am fod yn ddinistriwr bydoedd, dim llai! Ond mae 'na broblem efo chwythu'r argae 'ma. Dwi'n gobeithio eich bod chi'n ddigon call i ddeall hynny.'

'Mae o 'di cael 'i fildio'n reit dda!' medda un o'r Gwyddelod a phiffian chwerthin.

'Gallwn barcio'r bws mini hwn sy'n llawn ffrwydron ar le penodol ar yr argae. Fe allwn ni gael digon o TNT i greu twll mawr ynddo fo a fyddai'n gadael i'r dŵr i gyd lifo ohono ...'

'Ond boddi tre'r Bala a'r pentrefi cyfagos wnaiff hynny,' protestiodd T. H. Parry-Williams.

'Rydach yn llygad eich lle, gyfaill,' atebodd Oppenheimer, 'dydan ni ddim isio gwneud hynny am sawl rheswm. Mae fy hoff siop tships yn y dre honno a dydan ni ddim isio dinsitrio holl stoc newydd dillad pêl-droed SO58. Rŵan, gwrandewch! Rydw i wedi bod yn cael trafodaethau hir efo Albert am y ffordd ymlaen ... mae hon yn broblem, nid bychan, ac rydw i'n ymddiheuro i Harri Webb a'r dynion sydd wedi bod yn chwysu chwartia yn creu'r sianel bridd i'r dŵr lifo tuag at ddinas Caer. Mae eich llafur yn cael ei werthfawrogi. Yn ôl ein cyfrifon, ein graffiau a'n hafaliadau ni, mae'n bosib y gallai'r cynllwyn deinameit a disgyrchiant hwn weithio, dim ond i ni greu ton i deithio at aber afon Dyfrdwy ac i fyny afon Merswy tuag at Lerpwl. Byddai llawer o ddifrod anuniongyrchol o hynny – waeth i ni ffarwelio â Fflint a Chei Conna ddim ...' Oedodd wrth i rai o'i gynulleidfa fwmian siarad oddi tano. 'Buon ni'n dau, ar ôl ennill pyb-cwis Paradwys am y canfed tro y noson o'r blaen, yn edrych dros fapiau dirifedi. Camlas Llangollen ydy'r unig ffordd arall y medrwn ni feddwl amdani ar gyfer y cynllwyn deinameit a disgyrchiant. Mae'r dŵr yn dod allan o afon Dyfrdwy yn fanno ac yn mynd i Loegr yn rhywle o gwmpas y Shropshire Union Canal ...'

'Cadwa'n ddigon pell o Lyndyfrdwy a Llangollen, Oppenheimer!' gorchmynnodd Glyndŵr mewn llais a wnaeth i mi arswydo.

'Iawn, Owain!' medda Oppenheimer. 'Ond deud oeddwn i fod y rhwydwaith camlesi'n siŵr o fod yn cysylltu efo'r Manchester Ship Canal, sy'n cysylltu, yn ei dro, efo afon Merswy. Mae hyn yn golygu tipyn o dric yn dechnegol, fel y gallwch feddwl ...'

'Un cynnig ar hyn sydd gynnon ni,' medda Fidel. 'Mae'n rhaid i ti ac Albert fod yn credu yn y peth gant y cant. Does dim lle i unrhyw amheuaeth o gwbl. Roedd dinas Lerpwl isio dŵr, a be mae hi'n mynd i'w gael?' gofynnodd Fidel, gan ddangos ei sgiliau cynhyrfu ac ysbrydoli pobol drwy ofyn y cwestiwn eto yn uwch, a deud nad oedd o yn ein clywad ni. 'Ydach chi'n gwybod be mae dinas Lerpwl yn mynd i'w gael ...?

'Dŵr!' medda pawb efo'i gilydd a gweiddi eto fel un, 'dŵr, dŵr, dŵr!'

'Ia!' medda Fidel. 'Dŵr! Be mae dinas Lerpwl yn mynd i'w gael? Dydw i ddim yn eich clywad chi?'

'Dŵr!' meddan ni i gyd eto, a phawb y tro yma'n codi eu dyrnau i'r awyr.

'Unwaith eto!' medda Fidel cyn ailadrodd, 'be mae dinas Lerpwl yn mynd i'w gael?'

'Dŵŵŵŵŵŵr!' medda pawb efo'i gilydd fel un côr, nes roedd ein lleisiau'n diasbedain i lawr y dyffryn ac yn atseinio oddi ar bob carreg ateb.

Mi wnaeth Oppenheimer ei freichia Crist Rio de Janeiro eto a thawelu pawb.

'Mae 'na ffordd amgenach!'

Ffordd amgenach? Iesgob, Cymraeg da oedd gan Oppenheimer hefyd.

'Mae gynnon ni ail ffordd, neu ail gynllwyn, sydd ddim yn ddibynnol ar rym deinameit na disgyrchiant. Yn hytrach, mae'n ddibynnol ar anweddu a chyddwyso.'

'Hogia bach!' medda Che.

Oedd Oppenheimer o ddifrif? Roedd 'na filiynau o alwyni o ddŵr yn y gronfa. Sut fyddai'n bosib anweddu cymaint â hynny o'r stwff gwlyb?

Alexa

Doeddwn i ddim isio cyfadda, ond anrheg chydig bach yn egosentrig gafodd y ganol ar ei phen blwydd. Alexa. Roedd dau reswm pam 'mod isio iddi gael un o'r rheiny. Y rheswm cynta oedd 'mod i isio iddi siarad mwy o Saesneg ac ymarfer deud petha a gofyn am betha yn yr iaith honno. Ro'n i'n falch iawn ohona i fy hun – 'mod i'n meddwl fel'na. Wedi'r cwbl, mae hi bron yn chwartar ffordd drwy'r unfed ganrif ar hugain rŵan dydy, a dydy fy mhlant ddim yn rhugl yn Saesneg eto. Yr ail reswm oedd bod radio'r gegin yn dda i ddim ac mi fydden ni'n cael radio ddigidol efo sain clir fel cloch ar Alexa os fasa'r ganol yn ei gadael hi yn y gegin yn lle mynd â hi fyny i'r llofft.

'Alexa!' medda'r fenga, 'say banana in Welsh.'

'Banana in Welsh ...' medda Alexa, ' ...is ban-an-na.' Mwya sydyn, roedd Alexa'n dod o Gellilydan ac roedd pawb yn chwerthin. Rhwng Alexa a'r ast, ro'n i a'r fenga yn byw efo pump o fenywod erbyn hyn.

Pwy sy'n cicio rŵan?

Fi oedd yn cael llond ceg am droi a throsi fel arfer, ond y wraig oedd yn fy nghicio i ganol nos rŵan. Dyma fi'n anwybyddu'r peth am sbelan ond bob tro ro'n i'n mynd yn ôl i gysgu ro'n i'n cael cic fach arall ...

'Be sy?' medda fi, 'ti isio dŵr neu rwbath?'

'Be?' medda hi gan ista i fyny'n sydyn, fel mae rhywun weithia wrth gael ei ddeffro o drwmgwsg.

'Ti isio dŵr neu rwbath?' medda fi eto.

'Ma' 'nghoes i'n binne bach i gyd,' medda hi. 'Sgin i ddim teimlad ynddi.'

'Ti 'di bod yn rhoi cic i mi bob hyn a hyn ers sbelan.'

'Gin i ofn nad oes i gen i reolaeth drosti, 'sti ...'

Twnelu Cwantwm

'Mae hwn yn rwbath anodd i'w egluro,' medda'r ffisegydd enwog wrtha i ar ôl i Bob ein cyflwyno ni'n dau un noson, a'r wraig 'di syrthio i gysgu'n braf wrth fy ochr yn y gwely. 'Wyt ti'n dallt rwbath am ffisics?' gofynnodd i mi.

'Wel,' medda fi, 'ges i D yn TGAU ers talwm. Ac ailsefyll a chael D eto!'

'Wela i,' medda'r ffisegydd enwog, 'mi gadwa i betha'n syml, syml felly, fachgen.'

'Diolch i chi!' medda fi. A dyma fo'n dechra arni a mynd ffwl-sbid ...

'O ran rheolau ffiseg glasurol, byddai rhai gronynnau, er enghraifft protonau, yn methu â dod yn rhy agos at ei gilydd ... maen nhw'n gwrthod dod at ei gilydd, fel trio gwthio dau fagned at ei gilydd ... wrth iddyn nhw ddod yn nes mae'r grym yn cryfhau i'w gwthio i ffwrdd oddi wrth ei gilydd ... ond gyda rheolau cwantwm mae siawns weithiau i'r ddau ronyn oresgyn a dod yn agos iawn at ei gilydd. Dyma ydy twnelu cwantwm ... rheolau sy'n fwy seiliedig ar siawns a hap na'r hen reolau lle nad oedd siawns o gwbl i'r ddau ronyn gwrdd. Ti'n dal efo fi, Jones? ... Jones?'

'Yndw tad,' medda fi, yn trio meddwl am rwbath call i'w ddeud yn ôl wrth Oppenheimer. Ac ro'n i isio matsys o rwla i ddal fy llgada ar agor. 'Hap a siawns?' medda fi, 'dwi ddim yn siŵr iawn am hynna. Mae'n swnio fel bod 'na chydig o risg yn y peth ac mi ydan ni isio i'r cynllun weithio'n iawn, yn does, i symud y dŵr i gyd o Lyn Celyn ...'

'Oes! Oes!' medda Oppenheimer. 'Mmm ... hap a siawns ... mi fydd yn rhaid i mi gael cynhadledd ... nage ... cyfarfod efo Albert i drafod hyn yn iawn.'

'Wela i,' medda fi.

'Ond Jones!' medda Oppenheimer, 'Jones! Wyddost ti faint o foleciwlau sydd yn Llyn Celyn?'

'Moleciwlau?' medda fi'n syn. 'Gin i syniad faint o litrau achos fues i'n siarad am hynny efo'r plant yn 'rysgol.'

'Litrau be, dŵad, Joncs?' medda fo, 'mewn moleciwlau rydan ni'n delio yn y cynllun Bose-Einstein yma, siŵr Dduw!'

'Faint 'ta?' medda fi, yn ddigon didaro, a dyma Oppenheimer yn tynnu pensal o rwla a llyfr nodiada bach o'i bocad din. Wedyn, dyma fo'n sgwennu'r rhif mwya welis i erioed. Roedd o'n dechra efo'r rhif tri ac wedyn roedd 'na un ...

dau ... tri ... pedwar ... pump ... deg ... un deg pump ... dau ddeg ... dau ddeg pump ... tri deg ... tri deg pump 'o' neu sero, ar ei ôl o. Oedd, myn diawl!

'Triliwn triliwn ydy hwnna, Jones! Dyna faint o foleciwlau sydd yn y llyn!' medda fo. Taniodd sigarét, tynnu arni'n galad a chwythu cwmwl o fwg gwyn allan cyn deud, 'ac rydan ni am gael y llyn cyfan i fihafio fel un gronyn cwantwm anferthol, a dilyn rheolau hap cwantwm i dwnelu ...'

Wedyn, mi ddiflannodd i rwla a gadael Bob ar ôl. Dechra strymio'i gitâr nath Bob, cordia cyfarwydd.

'Paid â phoeni am ddim byd ... achos ma' bob un dim am fod yn iawn ... tri deryn bach ... dyma fy negas i ti-i-i ...'

Bron baglu

'Fuodd bron iawn i mi faglu pnawn 'ma,' medda'r wraig ar ôl i ni gael swpar ac ar ôl i'r plant ddiflannu o lech i lwyn i gael sbario clirio'r llestri.

'Iesgob! Yn lle?'

'Jyst o flaen y tŷ yn fanna.'

'Be? O flaen tŷ ni, 'lly?'

'Ia.'

'Be? Ar stepan y drws?'

'Naci.'

'Lle 'ta?'

'Ar y llechi 'na. Maen nhw'n edrych yn wastad ond ma' cornel un yn codi chydig ...'

'Pa un? Ty'd i ddangos i mi ... rŵan ...'

Cododd y ddau ohonon ni a mynd at y drws ffrynt i sbio allan ar y llechi o flaen y tŷ.

'Honna, sbia!' medda'r wraig, yn pwyntio at y llechan lle bu bron iddi faglu.

'Hon?' medda fi.

'Naci, honna yn fanna.'

'Hon?' medda fi, yn sefyll ar lechan dipyn o faint oedd ryw dri neu bedwar o gamau oddi wrth y drws ffrynt.

'Ia! Sbia arni. Mae'r gornal 'di codi, do.'

Roedd y wraig yn iawn. Roedd y gornal wedi codi, ond dim llawer chwaith. Faswn i rioed wedi sylwi blaw bod hi 'di deud.

'Iawn, wel, bydda'n ofalus 'ta. Mi wna i ei chodi hi a'i rhoi hi'n ôl yn ei lle penwsnos 'ma.'

'Jones y bildar!' medda'r wraig.

'Ia!' medda fi, yn meddwl pwy uffar 'sa'n dod i fy helpu i gymysgu sment.

Y diwrnod wnes i feddwl 'mod i ddim yn bod

Llun go ryfadd ydy hwn. Ond mae o'n reit glir. Dyna lle ydw i, yn sefyll mewn bys-stop wrth stadiwm bêl-droed Boca Juniors. Hen dîm Diego Maradona. Ro'n i wedi penderfynu gwneud rwbath am y peth, y diwrnod hwnnw wnes i feddwl 'mod i ddim yn bod. Do'n i ddim wedi siarad yn iawn efo neb ers pedwar neu bum diwrnod, dim ond siarad efo fi fy hun a byw a bod yn fy myd bach fy hun. Roedd hynny'n hawdd achos ro'n i yn Buenos Aires, yn nabod diawl o neb a ddim yn gallu deud ryw lawer iawn yn Sbaeneg chwaith. Wnes i ddim meddwl 'mod i'n unig nes i ryw hogan ddel ar y stryd ddal fy llygad a rhoi darn o bapur yn fy llaw. Llgada tywyll, gwallt tywyll, croen llyfn ... 'ogia bach. Ro'n i'n falch o gael rhywun yn edrych i fyw fy llygaid ac yn falch o gael edrych yn ôl i fyw ei llygaid hi hefyd. Mi ges i fy arwain mewn rhyw freuddwyd at y bwyty roedd hi'n hel pobol iddo fo. Roedd o'n lot rhy grand i mi gael cinio ynddo fo. Lot rhy ddrud hefyd. Napcins go iawn a phob dim ... ond dyma fi'n sylwi bod y lle bron yn llawn felly mae'n rhaid ei fod o'n lle da. Mi sylwais hefyd fod pawb yn clebran efo'i gilydd a'u sgwrs nhw'n swnio'n fyddarol o fyrlymus a swnllyd.

Beth bynnag, wrth sbio drwy'r ffenest a gweld yr hogan ddel oedd wedi fy nal a fy hudo yn rhy hawdd o lawer efo'i llgada, yn cerdded yn ôl i fyny'r stryd ac yn trio rhoi'r papur bach i bobol eraill i'w cymell i ddod i'r bwyty, mi wnes i deimlo 'mod i ar ben fy hun bach mewn dinas o bymtheg miliwn a mwy. Fy adlewyrchiad yn y ffenest oedd yr unig gysur oedd gen i, myn diawl. Jones bach mewn megalopolis anferth.

Dyma fi'n sbio o 'nghwmpas wedyn ac roedd pawb arall yn ista efo rywun gyferbyn â nhw wrth y byrddau. Fesul dau, neu dri neu bedwar, neu fwy. Dim ond fi oedd ar ei ben ei hun yn y bwyty i gyd.

Mi dalais am fy molonês a thrio deud wrth yr hogan ar y stryd fod y bwyd yn neis ond doedd hi ddim wir isio gwybod, jyst deud rwbath am fory ... ac wrth fynd i fyny'r stryd mi wnes i ddechra meddwl a oedd be oedd newydd ddigwydd wedi digwydd go iawn. Yr unig brawf oedd gen i oedd y blas garlleg yn fy ngheg ... ac wrth grwydro rownd La Boca ... *your tips will keep the tango alive* ... mi ddes i at stadiwm Boca Juniors a theimlo'n anweledig wrth grwydro hyd y lle. Oedd hyn yn digwydd ... oeddwn i yma ... oeddwn i'n bod? Ai fi oedd wedi dychmygu hyn i gyd? Ai fi oedd awdur pob dim? Roedd yn rhaid i mi neud rwbath am y peth.

Dal bws oedd yr ateb. Sefyll mewn lle dal bws a phetai'r bws yn stopio, wel, mi oeddwn i'n bod, yn toeddwn, achos roedd y gyrrwr wedi 'ngweld i, siŵr iawn, ac wedi stopio'r bws er mwyn fy nghodi. Felly, ro'n i am sefyll i aros am fws i rwla doeddwn i ddim isio mynd iddo fo er mwyn gweld a oeddwn i'n bod go iawn.

Mi welis i'r bws yn dod o bell, a do, mi stopiodd o ... ond roedd o am stopio beth bynnag, achos bod rhyw hen ddyn efo trowsus rhy fawr iddo fo isio cael ei ollwng i lawr yno. Damia! Mi gerddis i ac mi gerddis i ar hyd y palmentydd llydan yn ôl i Hostel Maipu, y rhata yn y ddinas i gyd, ond jyst cyn mynd i mewn drwy'r drysau mawr, tal, steil y gwladychwr, daeth rwbath drosta i a dyma fi'n neidio i ganol y lôn o flaen tacsi du a melyn. Do tad, neidio i ganol y lôn ac mi nath y boi tacsi orfod gwasgu'i frêcs i'r llawr i stopio'n sydyn ac agor ffenest a rhoi ei ben allan a gweiddi 'LOCO!' arna i ... Hwrê! Mi oeddwn i'n bodoli, roedd y tacsi wedi 'ngweld i ac wedi gorfod gwasgu'i frêcs i'r llawr.

Yn y llun arall sy'n dod yn ôl i mi o'r diwrnod hwnnw, dwi'n teimlo'n rêl boi unwaith eto ac yn deud 'Hola! Cómo estás!' wrth hen ŵr yr hostel ac yn gwrando'n ofalus iawn arno'n fy ateb yn ei lais tawel, cryg. Ac wedyn, dwi'n mynd i fyny'r grisia ac yn gorwedd ar y fatras dena ac yn teimlo'n rêl boi achos fy mod i'n bodoli wedi'r cyfan.

Ailgylchu gwasanaeth

Lwcus 'mod i 'di gallu ailgylchu gwasanaeth oedd ar y co' bach. Jyst iawn i mi gael hartan pan gyrhaeddis i'r ysgol. Fy nhro i oedd hi i fod yng ngofal gwasanaeth yr ysgol hŷn. Do'n i'n cofio ffocin dim am y peth. Syllais ar y rhestr yn y stafell athrawon, yn methu credu creulondeb y llythrennau duon ar y papur gwyn oedd wedi cael ei flŵ-tacio ar y wal ers misoedd. Mewn deng munud byddai'n rhaid i mi sefyll o flaen pedwar cant o blant oedd ddim isio bod yno, a staff piwis hefyd, a deud rwbath call. Deud rwbath call am ddeng munud. Rhoi rhyw wers iddyn nhw fyddai'n aros efo nhw am weddill eu bywyda ... yn newid eu bywyda ... Does 'na ddim teimlad tebyg i'ch deffro chi'r peth cynta yn y bora.

O ffac! Meddylia'n strategol, Jones bach, medda fi wrtha i fy hun wrth redag fel melltan lawr y coridor a deud wrth y plant am gerdded. Cnoc sydyn ac agor drws y technegwyr nyrdi.

'Ga i'r sgrin a'r projector yn y neuadd plis, Neil? Dwi'n gwneud y gwasanaeth!'

'Be? Wsnos nesa?'

'Naci, Neil, mewn saith munud!' medda fi, a diflannu fel shot cyn i mi ei glywad o yn fy rhegi i.

Ffwrdd â fi i'm stafell ym mhen arall yr ysgol i chwilio am y co' bach yn nrôr top y ddesg ... aaa ... pa go' bach oedd o? Hwn? Plis ... c'mon ... agora, gyfrifiadur gwirion, neu mi dafla i di yn erbyn y wal, a ...

'Be sy'n bod, syr?' medda genod clên y dosbarth cofrestru wrtha i, yn llawn consérn mamol.

'Fi sy'n gwneud y gwasanaeth bora 'ma!' medda fi.

'O!' Gigls mawr.

'Jyst deudwch wrth bawb am fynd yn syth i'r neuadd bore 'ma. Fydda i ddim yn eich cofrestru chi fan hyn, iawn?'

'Iawn! Nawn ni ddeud wrth bawb. Pob lwc, syr.'

Chwara teg iddyn nhw! Clên oeddan nhw, 'de, ond ro'n i'n teimlo'n fwy nerfus ar ôl clywad y geiria 'pob lwc' fel tasa 'na ryw bwysa ychwanegol arna i.

Roedd Sant Neil yn aros amdana i yn y neuadd efo eurgylch uwch ei ben a chêbl fel neidar hir i gysylltu'r cyfrifiadur i'r taflunydd ar y bwrdd ... ac roedd blynyddoedd 10 ac 11 yn dod i mewn yn eu rhesi drwy'r drws yn nhu blaen y neuadd, a'r Chweched Dosbarth yn llusgo'u ffordd i mewn drwy'r drws yn y cefn. Roedd y lle'n llenwi efo cyrff a thensiwn ac ysbryd a bywyd a'r teimlad yna dach chi'n ei gael o egni mawr pan mae 'na lot o bobol yn hel efo'i gilydd mewn un lle. Rheoli'r egni hwnnw oedd yn rhaid i ni ei wneud yn yr ysgol, a …

'Bore da. Mae'r gwasanaeth y bore 'ma yng ngofal Mr Jones,' medda'r brifathrawes, gan godi i ddeud y geiria ac ista i lawr yn ôl yn syth bìn. Dyma hi'n codi ei phen yn ara deg wedyn i sbio dros ei sbectol ar y boi a benododd hi dros bymtheng mlynedd ynghynt i fod yn athro yn ei hysgol.

Mi gliciais ar y ffeil 'Man gwyn man draw / Ddy gras is grînyr' a mynd yn fy mlaen i fwydro'n rêl boi am yr adeg pan oeddwn i'n iau a'r gwynt yn fy ngwallt a phan o'n i hyd yn oed yn fwy *good looking* nag o'n i rŵan, a ballu. Maen nhw'n licio honna ac yn gwrando'n well wedyn rhag ofn bod 'na fwy o jôcs. Roedd gen i fap ar y sleids yn dangos y gwledydd ro'n i 'di ymweld â nhw, a dyma fi'n gofyn cwestiwn rhethregol i bawb fel hyn:

'Ond pam? Pam wnes i benderfynu mynd i ffwrdd ar fy mhen fy hun bach am fisoedd i weld gwledydd y byd?'

Daeth llais o rwla hannar ffordd i fyny ochr chwith y neuadd.

'I weld gwledydd y byd!' medda Isaac achos ei fod o isio ateb a ddim yn gwybod be ydy cwestiwn rhethregol. Damia.

'Ia, siŵr iawn,' medda fi wrth Isaac a'r tri chant naw deg naw o blant eraill, a'r staff. 'I weld gwledydd y byd.' Stopiais yn ddramatig cyn ychwanegu, 'Pa reswm arall tybad? Wel? Oeddwn i isio dod yn ôl adra efo llwyth o brofiada newydd a gwraig secsi o Brasil? Falle!' Chwerthin eto. Wel, roeddan nhw'n dal i wrando. 'Mi ddweda i wrthach chi sut deimlad ges i ar ôl bod i ffwrdd o Gymru am fisoedd ar fisoedd. Teimlad o golled ... colli gweld fy nheulu a fy ffrindia ... colli bwyd neis a chwcio Mam ... colli clywad yr iaith Gymraeg ...' A dyna oedd y neges wedyn – trio rhoi'r iaith mewn cyd-destun byd-eang yn lle un Prydeinig a thrio gwneud iddyn nhw sylweddoli mai trysor sy gynnon ni, sydd ganddyn nhw, fan hyn, a ... wel, bod 'na ddim ffasiwn beth â man gwyn man draw. Ddy gras is not grînyr on ddi yddyr said.

Mi ges i glap! Ar fy marw, mi roddon nhw glap i mi. Yn holl ddyddia fy einioes erioed, chlywis i neb yn rhoi clap i rywun am wneud gwasanaeth o'r blaen.

'Diolch am wrando,' medda fi, a mynd yn reit handi i dynnu cêbl Neil o din y cyfrifiadur wrth i'r staff fynd ati i wneud eu cyhoeddiada tragwyddol – ymarfer hoci amser cinio ... drafft cyntaf ffurflenni UCAS i fod i mewn ... nyrs ar gael heddiw os oes rhywun isio siarad efo hi ...

Diwrnod a hannar oedd hwnnw

Diwrnod a hannar oedd hwnnw. Y diwrnod pan oedd raid i mi ailgylchu gwasanaeth ro'n i wedi'i neud o'r blaen. Roedd hi'n teimlo fel amser cinio erbyn amser egwyl, ac yn teimlo fel diwedd y diwrnod amser cinio. Erbyn cloch hannar awr 'di tri ro'n i'n barod i fynd am adra heb aros i farcio nac i hel fy nhrugareddau erbyn y diwrnod wedyn. Jyst mynd. Digon i'r diwrnod ei ddrwg ei hun, medda fi wrth fynd y ffordd gynta am adra.

Ar ôl mynd â nhw'u dwy i'w gwersi piano a chodi tships a Vimto ar y ffordd yn ôl, wedyn gadael i hogia Real Madrid roi cweir sydyn i Celta Vigo efo'r fenga, mi gysgis i ar y soffa a fanno fues i tan y bora, a'r wraig 'di methu fy neffro i, jyst 'di taflu dwy gôt drosta i. Finna'n deffro efo cric yn fy ngwddw.

Siwrne seithug

Roedd annifyrwch Oppenheimer yn amlwg yn ei osgo wrth iddo gerdded yn ôl ac ymlaen ar do bws mini Ticky Lloyd a gola ei sigarét yn goleuo chydig ar ei wyneb o yn y twllwch. Taflodd ei sigarét ar lawr mewn ystum blin cyn dechra siarad.

'Diolch i chi i gyd am ymgynnull yma,' medda Oppenheimer, 'ond siwrne seithug gawson ni, mae arna i ofn. Waeth i ni fynd adra heno. Mi ddown ni'n ôl eto'n reit fuan.'

Dringodd i lawr o do'r bws i'r bonet, neidio i mewn drwy'r drws a phloncio'i hun yn ei sêt cyn ymbalfalu yn ei bocad am sigarét arall. Aeth cynnwrf drwy bawb oedd yno, a dechreuodd pawb ryw edrych ar ei gilydd, yn methu'n lân â dallt be oedd yn mynd ymlaen. Ac eto, roedd pawb yn gwybod bod Oppenheimer yn gwybod be roedd o'n neud.

Croesi ei freichia a sbio i lawr ar ei jac-bŵts nath Fidel. Ysgwyd ei ben nath Glyndŵr, a phawb arall yn gwneud yr un fath wedyn, a rhyw siom i'w gweld ar wyneba pobol ac yn sgwydda bois Harri Webb oedd yn bellach i ffwrdd. Plannu'r picwarch yn y ddaear yn reit galed nath Jemima Niclas. Derbyn y peth wnaethon ni i gyd. Doedd dim dewis, a ninna 'di bod yn gogrdroi cyhyd. Mi ddechreuon ni lusgo'n traed yn ôl am y bws a dyna pryd y gwelis i'r peth rhyfedda i mi ei weld erioed. Mi sylwodd pawb arall arno'r un pryd hefyd. Mi wnaeth pawb, pob un wan jac ohonan ni, edrych tuag at ochr draw'r llyn, a chrynu fel deilan mewn ofn wrth i'r ddaear dan ein traed wegian.

Doeddwn i ddim wedi cael teimlad 'run fath â hwn ers i ni gael daeargryn yn y Llan yn yr wythdega, pan oedd y cloc ar wal y gegin yn crynu, a phawb yn rhedag allan o'u tai i'r lôn, yn meddwl fod 'na fom niwclear wedi glanio ar Lerpwl neu Fanceinion.

Ro'n i ar fin cael ateb i fy amheuon cynharach. Ro'n i wedi ama, yn doeddwn, fod siâp y bryniau y tu hwnt i'r llyn i'w gweld yn fwy mynyddig, am ryw reswm, a bod dyfnderoedd o gysgodion mawr, tywyll ar yr ochr draw nad o'n i'n cofio'u gweld nhw yna o'r blaen. Ro'n i'n cofio bod rwbath wedi dal fy llygad hefyd, rhyw symudiad yn yr haenau o dywyllwch y tu hwnt i'r dŵr mawr llwyd, yn y tywyllwch-tywyll-fel-y-fagddu. Rhyw ymystwyrian ym mhlygion y creigiau a'r bryniau.

Ro'n i'n iawn! Ro'n i wedi gweld rwbath yn symud.

Be welon ni oedd ffurf dynol anferth yn araf symud yn y llwydwyll, yn ymestyn ac yn codi'n raddol ar ei draed nes bod y ddaear yn crynu i gyd a ninna'n edrych i fyny fry ar ddau droed, a dwy goes yn codi o'r traed i fyny ac i fyny eto, a dwy law anferth, gref, yn hongian ar ben dwy fraich hir, hir. Mi godon ni i gyd ein penna reit yn ôl i weld corff anferth yn ymestyn yn uwch ac yn uwch eto, hyd nes y gwelon ni amlinelliad gên lydan a ffroenau fel dau dwnnel a rhaffau hirion o wallt yn hongian bob ochr i'r pen ymhell, bell uwch ein penna ni.

'Bendigeidfran, myn diawl!'

Ro'n i'n amcangyfrif fod top rhwymau lledr y fflachod oedd am ei draed o mor uchel â tho ein tŷ ni. Roedd ei benglinia fo tua'r un uchder â bloc o fflatia, ei ganol mor uchel â bloc uwch o fflatia ac mae'n rhaid bod ei ben o i fyny yn y tywyllwch mawr, mor uchel â'r ddau le ucha i mi fod ynddyn nhw erioed: Twr Eiffel ym Mharis a'r Empire State Building yn Efrog Newydd.

Oedd, roedd o'n dal. Yn anferth o dal. Fo oedd y peth tala a welis i erioed oedd yn gallu symud. Yn 1912, y *Titanic* oedd y peth mwya oedd yn gallu symud, ond dyma'r dyn tala, y peth tala, y peth mwya oedd yn gallu symud yr oeddwn i wedi'i weld yn fy mywyd ar y ddaear.

I fyny yn y gwyll newidiodd osgo'r pen, ac mi welson ni ddau lyn mawr bob ochr i esgair anferth. Wyneb Bendigedifran oedd o, siŵr iawn, a hwnnw'n syllu i lawr arnon ni. Agorodd ogof o geg i ruo,

'Lleeeeeee maaaaaaaaaaaaae ooooooooooo?'

Roedd ei lais yn diasbedain i lawr y cwm. Roedd ei lais yn swnio fel ma' llais Duw yn swnio mewn cartŵn, a rhyw hen sŵn eco ofnadwy ynddo fo fel tasa fo mewn lle mawr, gwag.

'Dos i'w nôl o!' medda Che wrth Fidel.

'Lle mae o?' medda Fidel wrth Che.

'Yn y bws mini,' medda Che.

Mi aeth Fidel yn syth at y bws ond roedd y drws wedi cau. Roedd Oppenheimer wedi cloi ei hun ynddo fo.

Curodd Fidel dair gwaith ar ochr y bws. Iesgob! Ro'n i ofn iddo fo dorri'r drws neu'r ffenest, roedd o'n waldio'r bws mor hegar.

Daeth rhu arall o fyny fry, yn bell uwch ein penna ni,

'Lleeeeeee maaaaaaaaaaaaae ooooooooooo?'

Mi welwn i ola sigarét yn cerdded i lawr canol y bws at y drws, wedyn y drws yn agor a Fidel yn siarad mewn sibrydion blin efo Oppenheimer cyn ei sodro fo i sefyll o flaen y bws. Neidiodd Fidel i mewn i'r bws i oleuo'r lampau blaen. Rŵan, roedd Oppenheimer yn sefyll yn y gola, yn amlwg i bawb i'w weld o ...

Daeth y daran o lais eto o'r entrychion, llais a wnaeth i bawb wardio mewn ofn.

'Aaaaaaiiiii Gwyyyyddddyyyyyyyl wwwwwytttt tiiiiiiiiiiiiii?'

'Naaaaaaaaaggggeeeeeeeee!' medda Oppenheimer, yn cwpanu ei ddwylo am ei geg er mwyn i'w lais gyrraedd yn ddigon uchel.

'Pe baaaaet weeeedi dweeeeuud mai Gwyyyyddddyyyyl ooooeddat tiiiiii, mi fuaswn i wedi peri diiiiistryyyyyw maaaaaawwr aaaaarnot tiiiiiii a dy dyyyylwyyyyyth a dy wlaaaaad. Paaaaaaaaaid ...' medda Bendigeidifran, a'r cytsain 'p' yn gwneud i ni i gyd hyrddio'n ôl ryw droedfadd neu ddwy. 'Paaaaaaaaaaaaaaaaaid tiiiiii â gooooofyn i miiiiii, Freeeeenin Yyyynys y Keeeedyyyyyrn, ddooood yma fel hyyyyyn os nad oes diiiimmm yn diiiigwyyyydd. Y trooo neeesaaaaf y byddwn yn ymgyyyyynnuuuuull, gwnaaaaaa'n siŵŵŵŵr ein bod yn gweeeeeithreeeeeduuuuu ...'

'Iawwwwyyyyn. Mi wna i, ac mi wna i dalu gwrogaeth i ti hefyd ...' medda Oppenheimer ar dop ei lais cryglyd.

'Gwwwwroooogaaaaeth aaaaa gweeeeeithreeeduuuu,' bloeddiodd Bendigedifran, nes yr oeddan ni i gyd ar ein hyd ar y ddaear wleb, yn ofni edrych arno ond yn ei glywad yn troedio dros y bryniau, a rhythm ei gamau anferth yn ymbellhau'n raddol wrth i'r dirgryniadau hefyd fynd yn llai ac yn llai.

Mi arhoson ni i gyd yn berffaith llonydd a ddwedodd neb na siw na miw nes ein bod yn berffaith sicr ei fod o wedi mynd, ac na fasa fo'n troi yn ei ôl i ddeud dim byd arall. Tybad i ble'r aeth o? Hen Frenin Ynys y Kedyrn.

Stryffaglio i godi'n ôl ar ei traed yr oeddan ni pan ddaeth llais diarth o rwla yn y tywyllwch. Llais fel gwrach mewn pantomeim ...

'Dramatig ydy o, yntê!' medda'r llais, ac ar ôl sbio i'r cyfeiriad roedd y llais yn dŵad ohono mi welis i ffigwr gwrachaidd, ar ysgub siŵr iawn, yn union fel y dyla gwrach fod, a'i phroffil hi, pan drodd ei phen, yn ddigon â chodi braw ar rywun. Tro'r trwyn. Aeth yn ei blaen ...

'Mae o'n un dramatig weithia, chi! Yr hen Bendigeidfran. Ond mi fydda i'n ei droi o'n llyffant am awr neu ddwy pan eith o dros ben llestri ... mae isio mynadd. Oes, myn diawcs! Rhwng Bendgeidfran, Tegid Foel a'r cotsyn mab gwirion 'na sgin i, dwi jyst â drysu!'

Tegid Foel? Llyn Tegid? Mab gwirion? Ceridwen oedd hon, felly. Un i'w hofni. Aeth yn ei blaen eto ...

'Cwyno am siwrne seithug, wir! Mi dreulies i flwyddyn a diwrnod yn creu tri diferyn i'r twmffat mab 'na sgen i, a dyna be oedd gwastraff amser. Yr hen Gwion Bach gythral 'na ...' Refiodd ei hysgub cyn diflannu i'r gwyll ... a do, daeth pwff o fwg ar ei hôl.

Cinio dydd Sul

'Ydan ni'n hen ffasiwn yn dal i gael cinio dydd Sul?' medda fi wrth y wraig un dydd Sul wrth i ogla cig eidion yn rhostio ddod o'r popty ac wrth i'r llysia fudferwi ar y stof.

'Nac'dan!' medda hi. 'Dwi'n licio gwneud cinio Sul i ni i gyd. ''Swn i byth yn gallu byta pitsa i ginio dydd Sul. 'Sa fo ddim yn iawn.'

'Naf'sa,' medda finna. 'Dallt be ti'n feddwl.'

'Ond dwi'n cael un peth yn anodd i'w neud rŵan,' medda hi wedyn.

'Be?'

'Codi'r sosbenni i wagio'r dŵr ohonyn nhw.'

'Trwm ydyn nhw?'

'Ia,' medda hi.

'A dwi ddim isio gollwng y tatws a'r moron i'r sinc.'

'Mi wna i hynna, siŵr iawn,' medda fi.

'Diolch,' medda hi, 'fydd raid i ti neud bob dydd Sul, gen i ofn.'

'Duw, 'di o'm byd,' medda fi.

'A thynnu'r cig allan 'fyd.'

'Iawn, siŵr.'

'Mi a' i i weiddi ar y plant i ddod i lawr,' medda hi.

'Ia, deud 'thyn nhw am ddod reit sydyn i osod y bwr' a nôl 'u diodydd ...'

Methu codi sosban datws? Yn anffodus roedd hyn yn rwbath newydd.

'Roedd gen i awydd, nid bychan, i newid holl hanes Cymru ...'

Trafod Saunders Lewis oeddwn i efo'r Chweched Dosbarth. 'Fo,' medda fi, 'yn ôl rhai pobol, oedd ffigwr mwya dylanwadol yr ugeinfed ganrif yng Nghymru.'

Mi gododd Gwawr ei phen a sbio dros ei sbectol a gofyn, 'Mr Jones, pam bod ni heb glywad amdano fo tan rŵan, 'ta?'

'Wel,' medda fi, 'achos fasach chi ddim 'di darllen ei waith o yn yr ysgol gynradd nac ar gyfer TGAU chwaith. Ond mae'r bardd nesa 'ma 'dan ni am ei astudio wedi sgwennu teyrnged i Saunders Lewis, y dyn yma roedd o'n ei edmygu'n ofnadwy am ei aberth dros ei wlad. Dach chi'n gwybod am Arthur a'i farchogion yn cysgu mewn ogof yn rwla, yn barod i ddod i'n hachub ni? A'r syniad o fab darogan fel Owain Glyndŵr yn dod yn ôl un diwrnod? Wel, roedd rhai yn meddwl bod Saunders Lewis hefyd am ein hachub ni, achub Cymru a'r iaith Gymraeg ...'

''Dan ni wedi bod yn sôn am chwyldro yn Hanes,' medda Gruff, 'a'r syniad o chwyldro di-drais drwy anufudd-dod sifil ...'

'Dyna ti,' medda fi. 'Anufudd-dod sifil roedd Saunders Lewis yn ei annog, dach chi'n gweld, peidio â llenwi ffurflenni Saeneg, creu anhrefn biwrocrataidd i lywodraeth leol a ...'

'Aeth 'na rywun i'r carchar am hynny?' medda Gwawr eto.

'Do,' medda fi, 'ond roedd 'na brotestio mawr hefyd am arwyddion ffyrdd Saesneg, a phobol yn mynd allan yn y nos i dynnu'r arwyddion i lawr a'u taflu nhw i mewn i'r môr yn Aberystwyth ...'

'Dwi'n cofio Mam yn sôn am hynny,' medda Megan. 'Os na fasa'r bobol 'ma yn y saithdega wedi protestio a gwneud rwbath, fasa gynnon ni ddim hawl i sgwennu i'r DVLA yn Gymraeg a fasa 'na ddim enwa Cymraeg ar arwyddion ffyrdd chwaith yn le'n byd ...' medda hi.

'Ti'n llygad dy le!' medda fi.

'Oedd Saunders Lewis yn heddychwr fel Waldo?' gofynnodd Gruff.

'Wel, mi aeth o'n filwr i'r Rhyfal Byd Cynta,' medda fi, ddim yn siŵr iawn sut i ateb y cwestiwn. 'Ac mi nath o a dau o'i ffrinda rwbath mawr cyn yr Ail Ryfal Byd – rwbath dwi isio i chi neud ymchwil iddo fo, plis, erbyn wsnos nesa ... ymchwil i hanes Saunders Lewis a pham bod y bardd nesa 'dan ni am ei astudio yn meddwl cymaint ohono fo.'

'Oedd Saunders Lewis yn credu mewn tywallt gwaed?' gofynnodd Gruff fel ryw broffesor eto o'r cefn.

'Dim ond iddo fod yn waed Cymreig oedd ei eiria fo,' medda fi. 'Ymchwiliwch ... a byddwch lawen!' medda fi wedyn. 'Mi gewch chi ddeud wrtha i wsnos nesa be dach chi wedi'i ffendio allan am Saunders Lewis.'

'Diolch,' meddan nhw, a dyma'r gloch yn canu yr eiliad honno, i gloi'r wers yn dwt. Dwi wrth fy modd pan mae'r amseru'n berffaith fel'na. Pob dim yn ei le.

Y llechan

Ges i a'r bychan y tŵls i gyd yn barod i godi'r llechan oedd 'di trio baglu'r wraig.

'Paid â'i hitio hi efo morthwyl,' medda fi wrth i'r bychan ddechra'i waldio hi.

'Pam?' medda fo.

'Wel, 'dan ni ddim isio'i malu hi'n racs, nagoes. 'Dan ni isio'i chadw hi'n un darn.'

'Fi sy'n dal y morthwyl,' medda fo.

'Ia, tad,' medda fi wrth drio rhoi'r cŷn yn y lle iawn i'r bychan gael hitio'i dop o.

'Barod rŵan, 'ta?' medda fo.

'Gwatsia 'mysadd i,' medda fi.

'Barod?'

'Iawn, ty'd laen, 'ta!'

A dyma ni'n mynd fel'na reit rownd y llechan i'w rhyddhau hi o'r hen sment oedd yn ei dal hi. Wedyn, pan ddaeth hi'n rhydd, dyma ni'n ei chodi hi'n ofalus ar ei hochr a'i rhoi hi ar ei phen i lawr, reit wrth ymyl. Tyllu wedyn a rhoi tywod newydd oddi tani hi a'i rhoi hi'n ôl yn ei lle, gan wneud yn siŵr nad oedd y gornal yn sticio i fyny eto.

'Reit dda,' medda fi wrth y bychan.

''Dan ni ddim 'di gorffan y job eto, naddo?'

''Dan ni isio cymysgu chydig o sment rŵan i'w dal hi yn ei lle, does?'

'Oes,' medda fo, ac estyn y bocs powdwr sment.

'Ti isio nôl dŵr, 'ta?'

'Iawn,' medda fo, ac i ffwr' â fo fel shot.

'A bwcad!' medda fi wrth weld lliw ei din o'n diflannu rownd cornal y tŷ.

Roedd Bob wedi cynhyrfu'n lân

'Aeth petha ddim yn dda o gwbl yn Llyn Celyn, Jones,' medda fo, 'ac roedd 'na siarad mawr yn Seion am Oppenheimer yn tynnu'n ôl ar y munud ola. Doedd y peth ddim yn iawn, siŵr,' medda Bob. 'A ninna i gyd wedi cyfarfod yn lay-by Llanrhystud a titha wedi talu am gael benthyg bws mini Ticky Lloyd a phob dim.'

'A'i ddreifio fo yr holl ffordd i lawr,' medda fi, 'a gorfod dangos i Ticky 'mod i'n gallu dreifio yn iawn.'

'Mi oedd Bendigeidfran o'i go hefyd,' medda Bob, 'ac roedd yr Hen Fois 'di cael siom na wnaethon ni be roeddan ni wedi'i fwriadu. Roedd yn rhaid iddyn nhw sgrapio'r cerddi roeddan nhw wedi dechra'u sgwennu,' medda Bob.

'Ha!' medda fi, 'fel y newyddiadurwyr 'na nath sgwennu am JFK cyn iddo fo gael ei saethu, yn deud bod bob dim 'di mynd yn iawn, a'r papur wedi ei gyhoeddi'n barod ...'

'Ia,' medda Bob, 'yr un math o beth.'

'Wyt ti 'di siarad efo Bendigeidfran?'

'Do, tad,' medda Bob, 'a ti'n gwbod be ddwedodd o?'

'Nac'dw!' medda fi.

'Deud nath o ein bod ni'n lwcus na ddaeth Efnisien efo fo'r noson honno neu mi fasa 'na ddiawl o le.'

'Efnisien? Ydy Efnisien wedi cael mynd i Seion?'

'Ydy tad!' medda Bob.

'Aros funud!' medda fi. 'Wnes i ddim meddwl y basa Efnisien yn cael mynd i Seion. Sut gafodd o le yno? Oedd gan Seimon Pedr neu pwy bynnag sydd wrth y fynedfa ei ofn o neu rwbath? Ro'n i'n meddwl yn siŵr mai yn y lle arall 'na ...' a dyma fi'n deud yn ddistaw bach, '... Abu Ghraib ... y bydda'r hen Efnisien 'di landio.'

'Wel,' medda Bob, 'fuo'n rhaid iddo fo fynd o flaen Sanhedrin Seion ... math o lys ydy o ... a deud ei ddeud. Mi ddwedodd o ei fod o wedi neidio mewn i'r ...yyyy ... be ti'n ei alw fo?'

'Pair?' medda fi.

'Ia, 'na ti, mi ddwedodd o ei fod o wedi neidio i mewn i'r pair yn Iwerddon ers talwm er mwyn achub hynny oedd ar ôl o filwyr Cymru, ac wedyn mi dorrodd ei galon wrth iddo fo ymestyn, a thorri'r pair yn ei hannar.'

'Ond be am ddifetha meirch Matholwch a thaflu Gwern, hogyn bach Branwen, i'r tân a ballu?'

'Mi ddwedodd o ei fod o wedi edifarhau am hynny a'i fod o *yn* haeddu ei le yn Seion achos ei fod o wedi aberthu'i hun dros ei wlad. Mi wrandawodd Sanhedrin Seion ar hynny.'

'Bobol annwl!' medda fi, ddim yn siŵr be i ddeud nesa wrth Bob.

Cwpwrdd llofft gefn

Mae'r cwpwrdd yn y llofft gefn yn llawn o ddillad nad ydan ni byth yn eu gwisgo nhw. Yn fanna ma' fy siwt ora i'n hongian. Siwt dwi'n wisgo i fynd i briodas neu fedydd neu angladd. Yn fanno hefyd mae dillad gora'r wraig. Ffrogia a ballu. Mae ei dillad hi yn cymryd 90% o'r lle a dim ond y gweddill mae 'nillad i yn ei lenwi. Mae gen i grys gwyn smart iawn yno yn hongian. Crys efo'r llewys sy'n troi i fyny i mi gael roi cyfflincs ynddyn nhw. Uffar o grys. Dad brynodd o i mi ar gyfer priodas ffrindia'r wraig ers talwm pan oedd pawb 'di dod i oed priodi. Mi dalodd o ffortiwn amdano fo. Y briodas gynta i ni fynd iddi efo'n gilydd. Mi ges i'r crys o siop ddrud yng Nghaer. Dad yn meddwl ei bod hi'n hen bryd i mi dwtio. Dwi ddim wedi deud wrtho fo fod ffrindia'r wraig wedi hen ysgaru erbyn hyn.

Yn hongian yn fanno hefyd, yng nghysegr sancteiddiaf y dillad, mae'r crys Kriola. 'Wrach mai hwn ydy fy hoff ddilledyn yn y byd. Crys o Ciwba ydy o. Mae o'n deud *Hecho en Cuba* ar y label bach ar ei gefn o. Mi ges i o mewn siop stryd gefn yn Havana. Crys ysgafn lliw llaeth 'di suro ydy o, llewis byr a phedair pocad ynddo fo. Dwy ar y frest a dwy yn is i lawr, fel sydd mewn ffedog fasa'ch nain yn ei gwisgo. Wn i ddim yn iawn, ond dwi'n meddwl mai crys gwaith ydy o a bod y pocedi 'na'n handi i ddal sgriws a ballu. Mae crychau neu ryffls wedyn i lawr y ddwy ochr ar y blaen i'w wneud yn fwy ffansi. Iesgob! Crys a hannar ydy o, a phan dwi'n ei wisgo weithia yn y llofft gefn, a'r drws 'di cau, dwi'n cofio ein mis mêl yn Havana a'r gwynt yn ein gwalltia a'n cyrff yn gryf ac yn iach.

Yn y pentra nesa

Yn y pentra nesa at ein pentra ni, i gyfeiriad y gogledd, mae 'na ddynes glên iawn yn byw. Merch fasa hi isio cael ei galw. Mae hi'n byw ei hun a'i phlant hi 'di tyfu a gadael y nyth. Hi ydy un o'r merched clenia dwi wedi dod i'w nabod erioed. Bob tro fydda i 'di cael ryw un yn ormod i ddreifio adra, a hitha yn digwydd bod yn yr un lle, mi fydda i'n gofyn plis ga i lifft adra efo hi, ac mae hi'n cytuno bob tro. A sgwrsys da 'dan ni'n eu cael ar y ffordd adra hefyd, a miwsig da sy ganddi hi yn ei char bach ... yn ei char bach ... Iesgob! Dydw i ddim yn cofio ei liw o rŵan.

Mae ei thad hi'n edrych yn foi clên iawn hefyd. Mi fydda i'n ei weld o weithia yn yr haf, yn dreifio'n ôl adra i lle mae o'n byw efo peiriant torri gwair yn y trelar tu ôl i'w gar. Wedi bod yn torri gwair ei ferch mae o, siŵr iawn, achos bod ganddi hi ddim peiriant torri gwair ei hun.

Mi faswn i'n hoffi siarad efo'i thad hi pan mae o yno, yn yr ardd, yn torri'r gwair. Mi faswn i'n ei holi o am Iwerddon. Dyna fasa testun ein sgwrs ni. Mi aeth o, y dyn sy'n torri gwair ei ferch, i Iwerddon un tro i gael gwersi gwneud bom. Do, myn diawl! Tra mae pobol yn cael gwersi piano a gitâr a gwersi cynganeddu neu wersi sut i feddwl yn iawn pan fydd bywyd heddiw 'di mynd yn ormod iddyn nhw, dyna oedd o isio. Gwersi gwneud bom.

Tryweryn oedd wedi gwneud iddo fo fod isio cael gwersi gwneud bom. Dwi'n meddwl lot amdano fo – yn prynu tocyn i fynd ar y fferi o Gaergybi yn unswydd i ddysgu sut roedd rhoi weiars a ffiwsys at ei gilydd i greu ffrwydrad a hannar a fyddai'n chwalu rwbath roedd o'n anghytuno'n gryf iawn efo fo. Uffar o foi! Cwrdd nath o efo bois peryg bywyd yr IRA. Yn nes ymlaen mi wnaeth yr IRA osod bomia mewn pob math o lefydd a brifo a lladd llawer iawn o bobol dros eu hachos. Ond mi aeth y boi sy'n dod i dorri gwair gardd fach ei ferch yn y pentra nesa atyn nhw i siarad efo nhw a chael gwybod ganddyn nhw sut i wneud ... bom. Wel, dyna o'n i 'di glywad.

Brenhinoedd Bangor Uchaf

Mae petha'n go niwlog yn sioe sleidia fy isymwybod ond mae'r teimlad yn dal yno. Dwi'n gwybod ei fod o'n dal yno achos dwi'n teimlo fy hun yn gwenu wrth feddwl amdanon ni. Brenhinoedd Bangor Uchaf yn gadael eu hymerodraeth bob hyn a hyn. Byddai gofyn i ni weithiau adael cadernid Eryri a'r Fenai dlos, a'i mentro hi dros dir a môr i goncro ymerodraethau eraill. Byddai hiraeth mawr, hiraeth creulon a wylo dagrau'n lli amdanon ni yn nhriongl y Glôb a'r Vaults a'r Belle Vue y noson ar ôl i ni, a'n rhianedd i gyd i'n canlyn, fynd ar y bws am Gaergybi.

'Sgin ti basbort, eich mawrhydi Jones?' medda un o fy ysgrifenyddion ryw ddiwrnod neu ddau cyn i ni ymadael am diroedd estron gwledydd pell.

'Oes tad!' medda fi. 'Ond adra mae o.'

'Adra! Chei di ddim dod efo ni 'ta, eich mawrhydi!' medda fo.

'Be? Oes raid i ti gael pasbort i fynd i Iwerddon?'

'Oes siŵr! I'r weriniaeth 'dan ni'n mynd, 'de!'

'Ia, ond ... damia ... sgin rywun bishyn deg ceiniog, plis?'

I'r ciosg â fi fel shot ... a'r hen ogla piso ynddo fo yn mynd yn waeth ar ôl i mi gau'r drws sleidio oren, rhag ofn i rywun fy nghlywad i'n siarad ... gwthio fy neg ceiniog i mewn yn sydyn a deialu rhif adra ...

'Mam, fi sy 'ma ... da iawn, diolch ... 'dan ni'n mynd i Iwerddon nos fory, ac ma' 'mhasbort i acw ... na, fi! Ond i'r Weriniaeth 'dan ni'n mynd, meddan nhw ... oes ... rhaid i mi 'i gael o i fynd i fanno ... nac'dan, dydan ni ddim yn fflio, mynd ar long o Gaergybi ... iawn ... sori ... gwbod bo ti'n brysur ... 'na fo 'ta ... diolch ... ia, efo'r Porthor, John Bara ... ma' 'mhres i bron â ...' Pip-pip-pip.

Molchi'n lân a thrôns lwcus amdana i ar fora'r daith fawr. Calon yn mynd fel drwm drwy'r dydd tan ddoth hi'n amser i fynd am lymaid bach i sadio. A dyna pryd, dair stepan i fyny wrth y bwrdd pŵl yn y Glôb, y dangosodd Wa Bala i ni sut oedd rhoi clec i beint o Guinness. Iesgob! Mi gododd y Guinness at ei geg a jyst ei dollti o i lawr 'i gorn gwddw. Un eiliad roedd y peint du a gwyn yn llawn i'r top, yr eiliad nesa roedd o 'di diflannu i gyd. Roedd y gwydr yn wag, jyst ewyn gwyn rownd yr ochr. Wast o bres, medda fi yn fy mhen, gan feddwl mai peth i ista i lawr a chael sgwrs drosto fo oedd peint o Guinness. Doedd Wa Bala ddim yn goro glygian ei beint fel pawb arall, glyg-glyg-glyg fel'na, 'mond ei dollti o i lawr, fel tasa fo'n ei dywallt o i lawr ei lawes. Corn gwddw fel llawes ganddo fo, myn diawl.

'Jones! Ti 'di cofio dy basbort?' medda un o'r hogia ar y bws, a ninna jyst iawn â chyrraedd Caergybi.

'Do tad! A chitha i gyd, gobeithio!' medda fi, yn ei estyn o allan o bocad din fy jîns i ddangos.

Ond ofynnodd neb am fy mhasbort i wrth i mi gamu ar yr hen fferi oedd yn mynd i gymryd chwe awr i fynd â ni dros fôr tymhestlog Iwerddon. Mynd â ni drwy'r fagddu ddi-sêr. Chlywis i neb yn deud dim wedyn am basbort! Y diawlad! Ond fi gafodd y gair ola achos bod Mam 'di stwffio papur ugain punt i mewn iddo fo. Roedd gen i goblyn o ofn ei golli o, a dyma fi'n cael syniad da. Syniad a hannar, a deud y gwir. Y syniad oedd ei roi o i un o'r ddau foi oedd yn mynd i fod yn sobor fel sant yn awr a hyd byth bythoedd, Amen. Y ddau hynny oedd 'di dod i'r coleg i ddysgu bod yn weinidogion. Ac mi gytunon nhw hefyd. Gollyngdod.

Mi oedd 'na rai yn hepian cysgu ar draws y lle i gyd. Cyrff blith draphlith, a hitha'n oria mân y bora a symudiada'r llong i'w teimlo ym mhwll stumog bob un wan jac ohonan ni.

'Sbio ar y gorwel ydy'r tric,' medda Chief, y boi oedd yn meddwl 'i fod o'n dallt bob dim.

'Ia, ia ... sbio ar y gorwel ...' medda'i fêt o, yn cytuno efo bob dim roedd Chief yn ei ddeud.

'Biti 'i bod hi'n rhy ffocin dywyll i ni weld y gorwel, 'de hogia!' medda Wa Bala, oedd chydig bach yn fwy simsan na phawb arall ar ei draed erbyn hyn.

'Dowch am dro ar y dec, hogia,' medda rhywun o'r drydedd flwyddyn, 'i ni gael awyr iach. Clec i'r rhain rŵan!'

Ac fel un dyn dyma ni'n rhoi clec i'r ddiod oedd yn ein gwydra ni a chodi a cherdded yn un rhes drwy bawb ac at y drws i fynd allan ar fwrdd y llong, a hyrddio yn erbyn hwnnw efo'n sgwydda efo'n holl nerth i'w gadw fo ar agor i'r nesa gael dŵad allan i'r ddrycin, heb iddo fo gael clec yn ei drwyn gan y drws trwm.

Roedd 'na rywun arall yn sefyll ar y dec hefyd ond ar ôl mynd yn nes atyn nhw, binia oeddan nhw, rhai crwn metal. A dyna pryd ddoth ysbryd Efnisien dros rai ohonan ni, a be wnaethon ni oedd taflu'r binia i gyd dros y reilings gwyn i'r môr a'u clywad nhw am eiliad yn gwneud sblash ar ôl diflannu i'r gwyll mawr islaw. Chwerthin gwallgo ... a 'nôl â ni, 'di cael ryw ail wynt, a'n gwalltia ni i gyd yn wyllt efo gwynt y môr.

'Dowch o 'na! Deffrwch!' meddan ni wrth y rhai oedd yn gorweddian ym mhob man hyd y fferi, yn edrych fel celanedd ar ôl rhyw frwydr yn y Mabinogi a dim golwg o bair dadeni yn nunlla. 'Deffrwch! Ma' hi fel mynwent yma!' meddan ni, a chael 'caudygegycongwirion' yn ôl gan ambell un a 'ceriffwciodynain' cysglyd gan un arall. A mwy o chwerthin hurt wedyn a mynd rownd y gornal a gweld ... y ddau weinidog ... wedyn sobri yn sydyn a gwneud wyneb difrifol deud adnod fel ers talwm, achos eu bod nhw'n edrych ar ôl fy mhasbort i, siŵr iawn.

A rhywsut, yn ystod hyn i gyd, mi dorrodd y wawr fel pob diwrnod arall, a'n llgada i bron â chau tra oedd llgada'r dydd yn agor. Ffenestri'r fferi i gyd yn goleuo. Ac roeddan ni'n ifanc yn ieuenctid y dydd.

'Tir!' medda Chief.

'Tir!' medda'i fêt o oedd yn cytuno efo fo o hyd. Pam fod yn rhaid i'r ddau dwlsyn yna gael gweld y tir gynta?

'Dwi isio cysgu,' medda fi wrth yr hogia ar y trên o Dun Laoghaire i Tara Street.

'Aros 'da ni, gwboi! Gewn ni frecwast saim mowr yn y funed!' medda Cwm Rhondda.

Ac mewn munud roeddan ni'n cerdded heibio i ryw dafarn oedd yn llawn dop a hitha cyn wyth o'r gloch y bora.

'Iesgob!' medda fi, 'ma' honna'n llawn dop a dydy hi ddim yn wyth o'r gloch y bora eto! Yfad cyn mynd i'w gwaith ma' nhw, ma' raid!'

'Naci'r clown!' medda Flinty.

'Sbia,' medda fi, ' ma' nhw'n gwisgo crys a thei ...'

'Ia, ond 'di gorffan gweithio ma' nhw 'de. 'Di bod ar shifft nos ma' siŵr.'

Ac mewn chwinciad roeddan ni i gyd wedi'i gwneud hi i mewn i ryw O'Rwbath i gael brecwast a hannar, a finna efo peint o Guinness o 'mlaen, a phanad o goffi a gwydraid o ddŵr, ac yn methu'n lân â phenderfynu llymaid o ba un ro'n i isio. Y du a'r gwyn, y caffîn 'ta diod march y brenin ...

'Mi fasan nhw 'di gallu sgubo'r llawr cyn i ni ddŵad,' medda Port.

'Llwch lli 'di o, y con' gwirion,' medda Chwilog. 'Ma' nhw'n rhoi llwch lli ar lawr i'w gadw fo'n lân, siŵr Dduw!'

'Lle rhyfadd 'di'r Werddon 'ma, myn diawl,' medda Port. 'Llanast 'swn i'n 'i alw fo.'

Erbyn i mi orffan fy nhost roedd 'na beint arall o Guinness 'di cyrraedd fel glo o'r nefoedd ...

'Dewch nawr! Yfwch lan!' medda Llywydd yr Undeb dros y lle. 'Ni'n symud mlân yn y funed ...'

I O'Rwbath Arall.

Roedd y genod 'di sbriwsio i gyd ar ôl cael brecwast a brwsio'u gwalltia a ballu ac yn dechra chwerthin dros y lle bob hyn a hyn fel roeddan nhw 'nôl adra yn nhriongl Bangor Ucha. Triongl bach twt yng ngola dydd ond triongl Bermuda yng nghanol nos lle basa pob math o giamocs gwirion yn digwydd. Pobol yn mynd ar goll, yn diflannu, a byth yn cael eu gweld eto. A phobol yn mynd i chwilio amdanyn nhw a nhwytha'n diflannu wedyn hefyd ...

'Yf lan,' medda'r boi Llywydd wrth rywun, a dyma fi'n agor fy llgada a gweld mai efo fi roedd o'n siarad ... a dyma fi'n mynd am y coffi.

'Dim hwnna, 'chan!' medda fo, 'y du a'r gwyn. Gwin y gwan!' a symud o 'na wedyn i weiddi ar rywun arall oedd heb arfer yfad Guinness drwy'r nos ar long na chael dau beint o Guinness efo'i frecwast.

Winc bach ar y coridor

'Dim ond ti allai gael y gair "secsi" i mewn i'r gwasanaeth,' medda'r stiwdant Cerdd ac Addysg Grefyddol wrtha i a rhoi winc bach i mi ar y coridor wrth i ni'n dau fynd am ein gwersi cyntaf. Roedd hi am fynd i ista i gefn y dosbarth Cerdd i wrando ar yr Animals yn canu 'There is a house in New Orleans' a chymharu hynny efo Côr y Penrhyn yn canu 'Pererin Wyf' ar yr un diwn. Dyna oedd gwers y Pennaeth Cerdd am fod heddiw, medda hi. Ac es inna i neud y gofrestr gan obeithio fod pawb o 'nosbarth i yn 'rysgol.

'Ha,' medda fi, 'dwi ddim yn meddwl fod y gair yna 'di cael ei ddeud erioed o'r blaen yn y gwasanaeth!'

'Ma' raid cael rhywun arbennig i neud hynna,' medda hi, a throi ei phen yn sydyn nes bod ei gwallt hir tywyll hi'n cael ei daflu'n ôl dros ei sgwydda, ac i ffwr' â hi, yn wiglo'i phen-ôl bach siapus o 'mlaen i lawr y coridor i'r stafell Gerdd, a finna ofn i un o'r plant fy nal yn sbio arni, ar ei thintws yn ei throwsus tyn du ... 'ogia bach. Mae dyddia'n mynd fel melltan yn 'rysgol ac mae hi'n hannar 'di tri ac yn amser mynd adra cyn i rywun droi. Swpar chwaral, sgwrs efo'r epil, meddwl am drannoeth ... y waedd nosweithiol ar ben y grisia: 'Sgrins i ffwrdd a FIFA off, plis!'

Y dyn sy'n torri'r gwair

Do wir, fel ddeudis i cynt, dwi 'di bod yn meddwl a meddwl am y dyn sy'n dod i'n rhan ni o'r wlad i dorri gwair yng ngardd ei ferch yn y pentra nesa. Mi fydda i'n meddwl amdano'n cael ryw beint bach o Guinness yn y bar ar y llong. Yn syllu i ddyfnderoedd du ei ddiod wrth hwylio o Gaergybi, neu falle mai o Abergwaun yr aeth o. Falle'i fod o wedi prynu tocyn o'r ddau le a dewis ar y funud ola rhag ofn bod 'na heddlu cudd yn ei ddilyn o ac yn cadw llygad arno fo rownd y ril. Heddlu cudd oedd wedi darllen ei feddwl. Wedi rhag-weld neu ddarogan y byddai'n gwneud rwbath cyn i Gapel Celyn ddiflannu a'r holl gymdogaeth Gymreig hefyd. Gwneud rwbath cyn y boddi. Doedd o ddim yn mynd i Iwerddon i ddysgu siarad Gaeleg, nac i wylio gêm rygbi, nac i yfad ei hun yn sobor am ddiwrnod cyfan o sbri. Mynd i ddysgu gwneud bom oedd o. Croesi Môr Iwerddon i drafod semtecs a ffrwydro a dinsitrio ac ... ym ... gwneud bom.

Llygaid

'Oes 'na rywun 'di rhoi bwyd i'r ci?' medda fi dros y lle amser swpar wrth ddisgwyl i'r pasta ferwi.

'Dwi ddim!' medda'r wraig, ac felly ro'n i'n gwybod bod 'na ddiawl o neb arall wedi rhoi bwyd i'r ci ac y basa'n rhaid i mi agor y bag drewllyd eto a phlygu i lawr i wasgu'r sglyfath peth allan i'r bowlen.

'Iawn, mi wna i, 'ta!' medda fi. 'Eto!'

Bum mlynedd yn ôl mi wnes i gytundeb. Cytundeb pwysig oedd o hefyd. Dim mor bwysig ag un Versailles, ond un callach – cytundeb cyn i ni gytuno i gael ci bach. Roedd y cytundeb yn deud bod pawb, yn ei dro, yn:

1. Helpu i roi bwyd a dŵr glân i'r ci bach.
2. Mynd â'r ci bach am dro.
3. Clirio ar ôl y ci bach.

Mi nath pawb gadw at y cytundeb am wsnos neu ddwy ac ers hynny, Dad bach sy wedi bod yn edrych ar ôl y ci uffar. Mi gofiais am y cytundeb wrth godi'r pasta Neapolitana ar blatia pawb ac atgoffa pawb amdano fo ...

'Cofio clwad sôn am ryw gytundeb,' medda'r hynaf, 'ond dwi ddim yn cofio arwyddo dim byd. Ffendia dystiolaeth o'r cytundeb ac mi gadwn ni ato fo ... fel arall, ti ar ben dy hun Dadi Wadi! Wyff! Wyff!' a chwerthin dros y lle.

'Ydach chi rioed 'di meddwl ...' medda'r fenga, 'mai'r llgada sgynnoch chi rŵan ydy'r llgada oedd gynnoch chi pan gawsoch chi'ch geni?'

'Ti'n iawn yn fanna,' medda fi. 'Rhyfadd de!'

'Od,' medda'r fenga, yn ategu ei bwynt wrth gymryd tamaid arall o fara garlleg, a rhyw olwg bell arno, a cheg siâp clyfar.

Am-ar-at ...

Mi wnes i gofrestr 7E mewn chwinciad efo 'Rhywun yn absennol heddiw?' a chael 'Nagoes syr!' gan y merched cydwybodol yn y ffrynt. Ro'n i'n gallu deud rŵan mai nhw fyddai efo fi, os byw ac iach, ymhen pum mlynedd yn gwneud Lefel A. Mi setlon nhw'n sydyn i edrych ar y cwestiwn od oedd ar y bwrdd gwyn: 'Beth fedrwch chi ei wneud i helpu Mr Jones i wario llai yn WHSmiths?' a llun un o siopa WHSmiths o dan y cwestiwn. Deud wrthyn nhw i gyd am feddwl am ateb i'r cwestiwn yn ddistaw bach wnes i, wedyn deud wrtha i ar y diwedd. Dechra gwers efo cwestiwn i wneud iddyn nhw feddwl, wedyn roedd gen i glo bach parod, twt, dach chi'n gweld.

'Dwi isio i chi i gyd ddysgu rwbath heddiw fyddwch chi'n ei gofio am byth,' medda fi. 'Dwi isio i chi i gyd fynd allan drwy'r drws 'na ar ddiwedd y wers wedi dysgu rwbath newydd heddiw ar eich cof ...'

Dechra dramatig oedd yn swnio fel bod ystyr bywyd gen i i'w roi ar blât iddyn nhw, ac roedd pob un wan jac yn gwrando, yn glustia i gyd.

Y sleid cynta: tri gair bach yn ymddangos ar y tro i wneud cyfanswm o ddeuddeg yn y diwedd.

'Arddodiaid. Geiria bach ydy'r rhain,' medda fi, 'geiria bach rydan ni'n eu defnyddio o hyd pan 'dan ni'n siarad ac yn sgwennu Cymraeg. Dydyn nhw ddim yn eiria mawr, anodd, ond maen nhw'n bwysig achos maen nhw'n cysylltu geiria eraill mewn brawddegau ... fel sment yn cadw brics at ei gilydd mewn wal ...'

Y sleid nesa: bois rygbi Seland Newydd yn gwneud yr Haka. Y sleid nesa: llun o raglen *Eastenders*. Y sleid nesa: llun o'r bobol o'r wythdega oedd yn canu Agadŵ. Y sleid nesa: llun o rapiwr. Y sleid nesa: canwr opera. Y sleid nesa: cefnogwyr pêl-droed yn gweiddi canu.

'Chwe grŵp o bump felly, 7E, i gyflwyno'r geiria bach! Grŵp un – Haka, dau – Dwyreinwyr ... sori, *Eastenders*, tri – Agadŵ dŵ-dŵ, pedwar – rapwyr, pump – Opeeeeerrraaaaa! Chwech – ffans ffwtbol. Iawn? Ffwrdd â chi!'

Ac wedyn, am ryw naw munud, mae 'na symud a sŵn ac egni a hwyl a gofyn am help, a ...

'Reit! Tri ... dau ... un. Pawb i ista i lawr, plis!'

Mwy o symud a mwy o sŵn ac egni a hwyl a tshecio petha munud ola, a ...

'Gawn ni fynd gynta, Mr Jones?'

'Na! Ni gynta! Ni 'di grŵp rhif un, Mr Jones.'

'Ni ydy'r gore felly ddylen ni fynd gynta, Mr Jones.'

'Reit!' medda fi eto. 'Rownd i ymarfer ydy hon er mwyn i ni gael syniad sut mae pob grŵp yn siapio! Roedd pawb yn swnio'n wych pan ddois i rownd gynna,' medda fi. 'Mi awn ni yn nhrefn y rhifau: grŵp un gynta, grŵp dau wedyn, pa grŵp wedyn, Callum?'

'Grŵp tri, syr!'

'Callum, ti'n athrylith! Be ydy o, Saskia?'

'*Genius*, syr!'

'Fel ti, Saskia!'

'Hi, hi, hi!' a sbio ar ei ffrindia bob ochr iddi.

'Grŵp tri, pedwar, pump, ac i orffen … chwech!'

Y bois rygbi sy'n gwneud yr Haka, siŵr iawn. Mae un yn cerdded yn ôl ac ymlaen i ddechra, yn tynnu ei dafod allan ar bawb fel maen nhw'n neud go iawn ac yn arwain y lleill wedyn. Maen nhw'n gweiddi 'am-ar-at' efo arddeliad ac yn gweiddi 'dan-dros-drwy' efo mwy byth o arddeliad, ar ôl magu mwy o blwc, siŵr iawn. Mae 'heb-i-o' yn well eto, ac 'wrth-gan-hyd' yn gresiendo anhygoel o arddodiaid a'r cyd-symud yn syndod … Clamp o glap gan bawb a grŵp un yn curo cefnau'i gilydd ac yn chwerthin, yn rêl bois.

Da was, da a ffyddlon

'Dwi wedi cael Seiat efo Oppenheimer ac Einstein ac ma' nhw'n barod i gyfarfod eto.'

'Gwych!' medda fi, 'be ydy'r plan y tro yma 'ta, Bob?'

'Wel, boi heddychlon ydw i a dwn i'm sut dwi 'di dod yn rhan o'r lol botas maip yma 'de, ond ma' nhw wedi bod yn y lab yn Rehoboth am ddyddiau a nosau … na, nosweithiau … yn arbrofi efo Ffiseg Cwantwm. Ma' nhw'n meddwl bod yr ateb ganddyn nhw, Jones.'

'Ydy Fidel a Glyndŵr yn cytuno, dwed?' medda fi.

'Ydyn, tad!' medda Bob, 'ond criw llai sydd am gyfarfod y tro yma ... fydd dim angen Harri Webb a'i ddynion, a dwi wedi gofyn i Efnisien aros efo Mynyddog a'i ddynion.'

'Mynyddog?' medda fi, 'be, y bardd o Lanbryn-mair nath sgwennu geiria 'Myfanwy' a ballu ...?

'Naci, Mynyddog y Medd 'dan ni'n ei alw fo yn Seion – Mynyddog Mwynfawr a'i filwyr aeth i Gatraeth ...'

'Be?' medda fi, 'ydyn nhwytha yn Seion hefyd, ydyn nhw?'

'Ydyn, tad,' medda Bob, 'ma' nhw i gyd yma, 'sti. Golwg go ddrwg ar ambell un, cofia – mi nath yr hen Fflamddwyn 'na job go lew arnyn nhw, ond mi naethon nhw eu *bit* ... eu rhan ... dros eu gwlad.'

'Do siŵr!' medda fi, 'cryduriaid. Tri chant ohonyn nhw ... wel, dau gant naw deg naw, 'de, achos mi lwyddodd yr hen foi – Aneirin – i ddengid, do?'

'Do, do!' medda Bob. 'Rŵan 'ta, Llanrhystud eto yn ôl Fidel, 'run amsar ag o'r blaen.'

'Iawn siŵr,' medda fi. 'Oes isio i mi ddod â bws mini Ticky Lloyd eto?'

'Oes,' medda Bob, 'ac ma' nhw isio i ti ffendio llyn sy ddim yn rhy fawr – llyn go fach ddwedodd Albert – a mynd â ni i gyd yno, iawn?'

'Iawn, siŵr,' medda fi. 'Mi a' i i weld Ticky nos fory ar ôl 'rysgol a deud 'mod i isio benthyg y bws mini eto.'

'Da was,' medda Bob, 'da a ffyddlon.'

Teimlo'r llun

Y lluniau 'ma sy'n dod yn ôl i mi – mae 'na rai yn fwy clir na'i gilydd. Mae rhai mor glir fel 'mod i bron yn medru rhedag blaen fy mys ar hyd y llun a theimlo be ro'n i'n deimlo ers talwm pan o'n i'n rêl boi. Llun felly ydy'r llun ddaw'n ôl yn llachar i fy isymwybod o wal Swyddfa Bost Dulyn ar O'Connell Street. Adeilad Georgaidd mawreddog, y swyddfa bost grandia i mi ei gweld erioed. Chwe cholofn fawr wen yn frith o dyllau bwledi 1916. Er 'mod i wedi cael Guinness i frecwast a bod ar 'y nhraed drwy'r nos ar y llong o Gaergybi, a hynny ar ôl bod yn y Glôb ers naw o'r gloch y noson gynt, roedd fy synhwyrau ifanc yn siarp fel rasal a'r teimlad yn hirymarhous. Rhedag fy mysedd dros dyllau'r bwledi yn y wal. Bwledi gwrthryfel. Bwledi gwrthryfel am annibyniaeth ...

Ac wedyn ... ro'n i 'di colli'r criw. Damia. Wnes i droi'r holl ffordd rownd ar y palmant yn fanna o flaen yr adeilad mawr gwyn mewn ryw berlewyg, efo sŵn y traffig a phobol yn gweiddi a chyrn ceir yn llenwi fy nghlustia a cholomennod yn hedfan mewn slo-mo rownd y lle ... a lleianod ... a llais yn deud ...

'I ba le yr ei di, fab y ffoedigaeth?' O 'mlaen i roedd y ddau weinidog, a finna'n gofyn faint o'r gloch oedd hi, ac estynnodd un ei watsh boced a deud ei bod hi'n tynnu am ddeg, a'u bod nhw'u dau yn mynd i weld Llyfr Kells ... a bod croeso i mi fynd efo nhw ... a'u bod nhw wedi gweld y criw yn croesi'r ffordd ac yn mynd am y tŷ potes 'na ar y gornal, O'Rwbath ...

'Diolch,' medda fi, ac ymlwybro at y lle i groesi'r ffordd ... croesi drwy fywyd normal bob dydd yn dacsis a bysys a choetsys ... a mwy o leianod ... ac ar ôl croesi, sbio'n ôl ar y ddau weinidog yn mynd yn hamddenol braf am Goleg y Drindod i weld llawysgrif addurniedig yn dyddio o 800 Oed Crist, un o uchafbwyntiau celfyddyd Geltaidd, y pedwar efengyl yn Lladin, a ...

'Jones! Fama ydan ni.'

'Iesgob! Diolch byth, ro'n i'n meddwl 'mod i 'di'ch colli chi ...'

'Ti 'di gweld Dilwyn yn rwla?'

'Naddo!'

'Wel lle mae'r diawl? Ei rownd o 'di hon i fod ...'

'Ga i hon!' medda fi, yn falch 'mod i 'di ffendio pawb eto, ac roedd y rownd yn haws o lawer na rownd ym Mangor Ucha, ond yn fwy anodd dal sylw'r barman. Yn y diwedd, ar ôl dal ei sylw fo, mi wnes i adael i Nain fynd o 'mlaen i. Helen, y *mature student*. Dyna be oedd pawb yn ei galw hi. Ond mi ddoth fy nhro ...

'Eleven Guinnesses plis.'

'Is it eleven Guinness you're asking for, ya fecking shitehawk?'

'Yes. Thanciw. A twll dy din ditha 'fyd!'

Erbyn i'r boi dynnu'r ddiod ddu ac i minna'u pasio nhw i bawb oedd yn ista rownd y bwrdd yn y gornal wrth y ffenest, roedd y cynta i'w gael o wedi ei orffan o, a finna'r ola i gael un efo peint llawn, newydd sbon ... amser i rywun giwio eto, doedd ...

'Dyma fo!' medda rhywun a chwerthin wrth weld wyneb Dilwyn yn y ffenest yn gwasgu'i drwyn yn erbyn y gwydr.

'Smai, hogia!' medda Dilwyn wrth ddod i mewn drwy'r drws a dod i ista efo ni yn y gornal.

'Be ffwc?' medda rhywun.

'Be uffar ...?' medda rhywun arall, a dyma ni i gyd yn sbio dan y bwrdd a dechra chwerthin, a'r chwerthin yn mynd yn uwch ac yn uwch wrth i Port neud i Dilwyn sefyll ar ei draed i ddangos ei drowsus coch i bawb.

'Pam ti'n gwisgo hwnna, Dil?' medda Cwm Rhondda, yn trio stopio chwerthin, 'ma' fe'n ridicilys, achan!'

'Wel,' medda Dilwyn, 'mi daris i rech, meddwl mai 'mond taro rhech o'n i isio neud, ond mi lenwis i fy nhrôns i gyd, do!' A dyma don anferth arall o chwerthin yn atseinio dros y lle, a chriw y bar i gyd yn codi'u penna eto i weld be oedd yn mynd ymlaen. 'Mi lwyddis i llnau chydig arnaf fy hun a'i gwneud hi i siop yr Irish Pet Rescue lawr y stryd …'

'Dyna lle gest ti'r trowsus 'na?'

'Ia! Thyrti pens oedd o! Mae o'n ffitio'n iawn, dydy!'

'Ti'm hannar call yn gwisgo hwnna!' medda rhywun.

'Gwranda di,' medda Dilwyn, 'tasat ti 'di gneud dymp yn dy drowsus 'sat ti'n falch o gael un arall a 'sat ti'm yn poeni am ei liw o …'

'Dilwyn dymps!' medda rhywun i fonllefau o chwerthin … a dyna be oedd pawb yn galw Dilwyn wedyn drwy'r coleg a hyd heddiw a hyd byth, Amen.

Triongl llosg

'Mae 'mraich i'n brifo go iawn bore ma,' medda'r wraig. 'Mae smwddio yn neud o'n waeth.'

'Oes raid smwddio'r rheina i gyd?' medda fi wrth sbio ar y twmpath crychlyd bob lliw.

'Oes!' medda hi. 'Dyma'r petha sy angen 'u smwddio. Fedra i'm gadael i'r plant 'ma fynd i'r ysgol yn flêr, siŵr.'

'Ti isio i mi drio eto?' medda fi.

'Na! Fy job i 'di hon, gei di sortio'r bins!'

'O, damia!' medda fi, 'mae'r rheiny'n mynd fory. Wsnos arall 'di mynd, myn diawl!'

Ac i ffwr' â fi drwy'r drws cefn yn melltithio'r bocsys ailgylchu a ... CLEC a SGRECH! Dyma fi'n rhedag yn syth yn ôl i'r tŷ. Roedd y wraig wedi gollwng yr haearn smwddio ar lawr a hwnnw 'di llosgi triongl du ar fat y gegin. Roedd mwg yn dod ohono fo ac ogla llosgi synthetig anghynnes yn llenwi'r aer.

Y torrwr gwair

Dwi'n siŵr, taswn i'n cael gair efo'r dyn sy'n dod i dorri gwair ei ferch yn y pentra nesa, y basa fo'n deud wrtha i am y tro hwnnw yr aeth o ar ei ben ei hun i Iwerddon i ddysgu gwneud bom. Meddwl ydw i am y chwys ar ei dalcen o, am ei ddwylo'n crynu, am ei Saesneg Cymreig yn y stafell dywyll yn Nulyn a bois yr IRA yn siarad yn sydyn ac yn ymddiried ynddo fo ... ddim yn meddwl ei fod o'n sbei na dim byd felly, neu allan i'r cefn fasan nhw'n mynd â fo a'i saethu o yn ei goesa – neu waeth. Roeddan nhw'n gallu bod yn fastards creulon.

Dan dros drwy

Merched oedd yn y ddau grŵp nesa. Grŵp yr *Eastenders* a grŵp yr Agadŵ. Roeddan nhw'n awyddus i ganu'r arddodiaid yn well na grŵp yr Haka oedd newydd fod.

'Mr Jones, ydy'n iawn i ni fangio'r bwrdd?'

'Ydy siŵr!' medda fi, yn gwybod mai isio gwneud sŵn dryms oeddan nhw fel sydd ar diwn y rhaglen go iawn. A dyma nhw'n mynd yn eu blaena i ganu mewn lleisia bach del,

'Am ar at-at, daaan drooos drwwwwyyyy, heb i ooooo, wrth, gan hyyy-yyyyd,' mewn tiwn, chwara teg, cyn i'w hwyneba nhw ddechra tynnu'n bob siâp a chyn iddyn nhw ddechra giglo ... clap fawr iddyn nhw.

Wedyn grŵp 3 – yr Agadŵs oedd y rhain, grŵp efo dwy glyfar iawn ynddo fo. Lwcus eu bod nhw'n glyfar achos roedd yn rhaid ailadrodd yr arddodiaid er mwyn iddyn nhw ffitio'n iawn ar y diwn Agadŵ,

'Am-ar-at, am-ar-at, heb-i-ooo, heb-i-o, wrth-gan-hyd, wrth-gan-hyd, wrth-gan-hyyyd, wrth-gan-hyd ...'

Roeddan nhw'n wych! Nid yn unig wedi cael yr arddodiaid i ffitio ond hefyd wedi gwneud dawns, yn symud eu dwylo o'r naill benelin i'r llall ac yn troelli'u bysedd yn yr awyr ... clap fawr arall. Ond dim cymaint o glap y tro yma gan y dosbarth achos eu bod nhw'n edrych gymaint o ddifri.

Gadael iddi rowlio ...

'Wyt ti ar dy ffordd, Jones?' medda Bob, jyst pan o'n i'n symud y cwrlid i'r ochr i mi gael codi o'r gwely yn ddistaw bach.

'Yndw, tad,' medda fi, 'wela i di'n munud.'

'Go dda, boi!' medda Bob. Ro'n i'n gobeithio fod pawb yn cysgu'n sownd wrth i mi fynd i lawr y grisia yn ddistaw bach gan osgoi'r stepan sy'n gwichian wrth i chi sefyll arni hi. Ro'n i 'di bagio bws mini Ticky Lloyd at y tŷ y tro yma, fel 'mod i'n gallu gollwng yr handbrec a rowlio i lawr yn ddistaw bach i'r ffordd cyn tanio'r injan ddisel fawr. Do'n i ddim isio'i danio fo wrth y tŷ eto a gyrru dirgryniadau mawr i fyny'r waliau ac ar draws y distiau i gyd. Ei roi o yn second gêr efo'r clytsh reit lawr, gadael iddo rowlio, wedyn codi'r clytsh yn sydyn a dyma fo'n cychwyn efo tagiad neu ddau ar waelod y lôn, ac i ffwrdd â fi ...

Roedd gen i ryw awran go dda i feddwl at ba lyn y byddwn i'n mynd â'r criw. Mi ges i newyddion un o'r gloch y bora ar y radio, rhyw helynt fan hyn a helynt fan draw, ond roedd llais y ddynes yn swnio'n secsi yn oria man y bora fel hyn, fel tasa hi'n deud penawdau'r dydd yn ei phyjamas sidan du o'i gwely plu ... Callia, Jones bach! Meddylia rŵan, medda fi wrtha i fy hun, a'r gwrychoedd bob ochr yn fflachio mynd yng ngola'r bws mini. Jones! Mae'r bobol 'ma i gyd yn dibynnu arnat ti heno i fynd â nhw at lyn addas i Oppenheimer ac Einstein gael gwneud eu harbrawf a chael eu gwyddoniaeth i weithio'n iawn. Llyn sydd ddim yn rhy fawr. Dyna oedd Bob wedi'i ddeud. Byddai wedi bod yn help cael syniad faint o litrau o ddŵr fyddai angen i'r llyn ei ddal ... ond eto, sut oedd rhywun yn ffendio hynny? Ydy o'n deud ar y we yn rwla?

Roedd 'na ddŵr ar yr ochr dde i mi. Afon Dyfi yn gwneud ei ffordd i'r môr mawr. Wrth i mi ddod at Dal-y-bont mi gofiais am gronfa ddŵr Nant y Moch, fyny'n uchel ar yr ochr chwith i mi, yng nghyffinia Pumlumon. Lle arall oedd 'na? Llyn Brianne. Cofio mynd i fanno ers talwm ond fedrwn i ddim meddwl sut i gyrraedd yno. Meddylia, Jones bach! Meddylia!

Be am y llyn bach 'na uwchben Dolgellau? Llyn Cregin ... naci ... Cregennen! Hwnna ydy o! Llyn Cregennen. Fues i yno efo'r plant dros yr haf, a chael golygfeydd o aber afon Mawddach a Bermo yn y pellter. Mi fasa hwnnw'n lle da, medda fi wrtha i fy hun.

Es i fel shot drwy Lanfarian heb dwtsiad y brêc achos nad oedd neb arall ar y lôn, a chyrraedd lay-by Llanrhystud ... ond nid fi oedd y cynta yno! Roedd ceffyl du wedi'i glymu wrth y polyn ffens ger y wal Cofiwch Dryweryn. Mi barciais y bws mini reit ym mhen ucha'r lay-by a cherddad i lawr at yr arwydd coch a gwyn enwog. Mi ddeudis helô wrth y march, a safai'n berffaith llonydd, a dyna pryd y daeth William Williams i'r golwg gan roi sbonc sydyn dros y ffens a'i glogyn du yn hofran y tu ôl iddo fo.

'Gwatsiwch fachu'ch clogyn yn y weiran bigog, William Williams,' medda fi.

'Diolch i chi, frawd,' medda fo, a chodi'r clogyn y tu ôl iddo fo, yn debyg i Batman, ond wnes i ddim deud hynny wrtho fo.

'O aed o aed yr hyfryd wawr ar led!' medda Pantycelyn, a'i wallt hir yn chwifio yn yr awel.

'Ia wir,' medda fi, 'ond 'dan ni angen y t'wyllwch er mwyn i ni gael mynd at y llyn heb i neb ein gweld ni ...'

'Odyn, odyn!' medda Pantycelyn, a rhoi ei droed yn y cyfrwy ac ista ar ei farch du. Roedd o fel cerflun. Cerflun ohono fo ei hun ar gefn ei geffyl.

A dyma ni'n dau yn clustfeinio, yn gwrando ar y nos o'n cwmpas ni'n canu grwndi ... cyn i sŵn hen injan ddŵad o bell, bell i fyny'r allt o gyfeiriad Llanrhystud. Ymhen hir a hwyr daeth sŵn yr injan yn nes ac yn nes, a throdd camper-fan oren i mewn i'r lay-by aton ni.

'Bob!' medda fi, yn falch o'i weld o. Roedd Glyndŵr wrth ei ochr yn trio dallt sut i agor ffenest y fan. Parciodd Bob yn y pen pella y tu ôl i'r bws mini, a dyma fi'n sylwi bod rwbath wedi'i strapio ar ben y to. Na, dim syrff-bord fel sydd i fod ar gerbydau o'r fath, ond clamp o fwa saeth. Bwa hir! Dyna be oedd o, siŵr iawn. Cofio darllen amdanyn nhw, yn chwe throedfedd o hyd. Roedd Glyndŵr wedi dod yn arfog.

Mi gyrhaeddodd pawb arall wedyn fel huddyg i botas. Carnifal rhyfadd anacronistaidd. Mi barcion nhw mewn rhes siâp cryman yn y lay-by – bws mini Ticky Lloyd gynta, wedyn

Mercedes Sprinter Oppenheimer a Fidel a Che, wedyn VW Bob a Glyndŵr, moto-beic KC 16 T. H. ac R. Williams Parry, Jaguar bois Penyberth, Ford T John Morris-Jones, march William Williams a sgwtyrs Jemima Niclas a Mari Fawr Trelech. Yr un criw ag o'r blaen, heblaw tri. Pan agorodd Oppenheimer gefn y fan Mercedes neidodd Dic Penderyn, Einstein a Lewsyn yr Heliwr o'r cefn.

Iesgob, ro'n i'n falch o weld Dic a Lewsyn. Chwara efo'i fwstásh oedd Einstein ac edrych i fyny ar y sêr ac ar y cymyla'n mynd a dod ac yn cuddio gola'r lleuad.

'Iesgob, dwi'n falch o'ch gweld chi!' medda fi wrth Dic Penderyn a Lewsyn, yn union fel tasan ni'n hen ffrindia.

'*Escucha*! Dyna ddigon o glebran!' medda Fidel. Gair da, clebran, medda finna wrtha i fy hun. 'Mae'r amser wedi dod i weithredu, i symud ymlaen gyda'r Cynllun Mawr. Rydyn ni wedi ymgynnull yma heno am reswm ... a does dim rhaid i mi egluro'r rheswm hwnnw i chi, *amigos*! Mae ein hymresymu ni'n glir a'n gweithredu yn gyfiawn yn ein hymresymiad ...'

'Yn gyfiawn!' medda Glyndŵr wrth ei ochr a chodi'i ddwrn i'r awyr.

'Yn gyfiawn!' medda pob un ohonon ni 'run fath â Glyndŵr.

Aeth Fidel yn ei flaen. 'Heno, gyfeillion, rydym am weithredu rhan dyngedfennol o'r Cynllun Mawr. Pan gyrhaeddwn ni'r llyn, y llyn lle mae Hones am fynd â ni, bydd y Gwyddonwyr Enwog yn arbrofi i weld a ydy'r cynllun bach yn gweithio. Os bydd yn gweithio, bydd y cynllun bach yn troi yn y man yn rhan annatod o'r Cynllun Mawr ...'

Dechreuodd bawb glapio'n wresog ac mi gofiais inna am y llyn uwchben Dolgellau ond allwn i yn fy myw â chofio'i enw ... go damia, be uffar oedd ei enw o?

Roedd pawb wedi dechra cerdded tuag at y bws mini ar ôl cloi eu ceir a ballu, a William Williams wedi rhoi chydig bach o wellt i'w farch.

'At ba lyn ydan ni'n mynd?' gofynnodd Oppenheimer i mi wrth gamu i mewn i'r bws mini.

'Ie!' medda Einstein, 'ble mae'r llyn?'

Iesgob! Ro'n i'n teimlo dan straen. Dyma fi'n sbio ar Fidel ac wedyn ar Glyndŵr, a deud, 'Llyn Barfog,' achos bod yn rhaid i mi ddeud rwbath.

'Gwych!' meddan nhw fel côr. 'Ble mae dy Lyn Barfog di?'

'Uwchben Tywyn ffor'na,' medda fi, 'mae o'n llyn bach del.'

'Does dim gwahaniaeth sut olwg sy arno fo, Jones, dim ond ei fod o'n wlyb ...' medda Oppenheimer.

Daeth pawb i mewn i'r bws ac ista i lawr. O hec! Mi ddechreuodd Oppenheimer smocio fel stemar eto. Be fedrwn i neud, yndê? Fyddai Ticky o'i go taswn i'n dod â'i fws o'n ôl yn drewi o smôcs, a fasa 'na ddim gobaith o gael ei fenthyg o eto, dim ffiars o beryg. Ond dim ond un waith eto fyddai angen ei fenthyg, meddyliais ... a chymryd bod pob dim am fynd yn iawn heno.

'Gawn ni fynd i fyny Bwlch yr Oerddrws eto?' medda rhywun o gefn y bws.

'Na chawn!' medda finna. 'Troi i'r chwith ar ôl croesi Pont ar Ddyfi fyddwn ni, siŵr iawn.'

'Ara deg ar y trofeydd!' medda John Morris-Jones.

'Iawn,' medda fi wrth roi 'nhroed i lawr ar y sbardun.

Nodweddion fflipin arddull

'Be di nodweddion fflipin arddull "Cynddylan on a Tractor"?'

Roedd yr hynaf wedi dod â'i gwaith cartra i lawr y grisia. Doedd hi byth bron yn gwneud hynny, dim ond pan oedd hi isio gofyn rwbath am y gwaith achos ei bod hi i fod i'w roi o i mewn y diwrnod wedyn. Roedd gen i bob cydymdeimlad. Hen waith cartra dragwyddol. Mi wnes i stryffaglio drwy'r gwersi Saesneg yn 'rysgol. Roedd yn gas gen i'r gwersi Saesneg. Roedd gen i ofn i'r athrawes ofyn i mi ddarllen yn uchel o ryw lyfr neu gerdd, neu jyst deud rwbath ... achos roedd gen i ofn i blant y dre chwerthin am ben fy acen Gymraeg i. Roedd pawb arall yn gallu siarad Saesneg yn dda, a finna'n swnio fel dysgwr. Dysgwr Saesneg, achos dyna be oeddwn i.

'Gen ti odl yn fanna does, "lane" a "vain",' medda fi.

'Oes, dwi 'di cael hwnna! Rwbath arall?'

'Trosiad yn fanna.'

'Be? Bod Cynddylan yn rhan o'r peiriant?'

'Ia! 'Na ti!'

'Ydy'r "Ah" 'na ar y dechra yn ebychiad?'

'Swnio felly ...'

'Ond does 'na ddim ebychnod yna!'

'Oes raid cael ebychnod i ddeud 'i fod o'n ebychiad?'

'A! Dwi'n gwbod! Mi sonia i amdano fo'n eistedd ar y tractor fel marchog ... iawn ... diolch ...'

Ac i ffwrdd â hi yn ôl i'w theyrnas fach fyd-eang.

Coleg y Bala

Roedd 'na ddau goleg yn y Bala, mewn ffordd. Coleg i Gymry oedd isio mynd i'r Weinidogaeth a choleg i garcharorion Gwyddelig. Carchar oedd yr ail un, 'de, ond mi ddaeth o'n rhyw fath o goleg i 1,800 o wirfoddolwyr yr Irish Republican Brotherhood yn 1916 yn dilyn Gwrthryfel y Pasg. Coleg y Bala oedd enw'r cyntaf. Gwersyll Carcharorion Fron-goch oedd y llall. Roeddan ni, Gymry, yn ein coleg ni yn obsesd efo achub eneidiau pobol, a'r Gwyddelod isio achub eu gwlad. Isio rhyddhau eu gwlad, ac mi lwyddon nhw, i radda. Gan mlynedd yn ôl. Cant o flynyddoedd yn ôl. O diar, 'dan ni ar ei hôl hi, lats, medda fi wrtha i fy hun wrth feddwl am lenwi ffuflen UCAS eto, a gorfod dod i benderfyniad pa un o'r ddau goleg y byddwn i'n ei roi fel dewis cyntaf.

Llyn Barfog

Un waith erioed ro'n i wedi bod yn Llyn Barfog o'r blaen. Troad i'r chwith ydy o, o gyfeiriad topia Cwm Maethlon ffor'na. Ro'n i am drio dreifio drwy fuarth y ffarm a thrwy'r giatia ac i fyny'r llwybr bach cyn belled ag y byddai bws mini Ticky Lloyd yn gallu mynd â ni. Gobeithio bod lle i droi rownd ar y top, myn diawl, medda fi wrtha i fy hun. Doedd neb arall yn poeni dim, dim ond edrych yn syth o'u blaena. Roedd eu hwyneba nhw'n goleuo ryw chydig yn y llwydolau, y bws yn sgrytian mynd ar hyd cerrig y llwybr ar ôl mynd drwy fuarth y ffarm.

'Bron yna, Hones?' gofynnodd Fidel, oedd wedi dod reit i ffrynt y bws ata i, wrth edrych ar ei oriawr fawr goch.

'Yndan tad, Fidel,' medda fi, 'jyst fyny'r clip bach yma rŵan

...' a dyna pryd nath y bws nogio, y tir wedi mynd yn rhy arw. Dyma fo'n tagu ac yn dod i stop yn y fan a'r lle. Tynnais yr handbrec i fyny i'r top.

'Reit!' medda Fidel, a chodi ei ddwy fraich i agor ffenest to y bws er mwyn i awyr iach ddod mewn i ddeffro pawb yn iawn. 'Reit!' medda fo eto, ''dan ni 'di cyrraedd Llyn Barfog. Mi fydd yn rhaid i ni fartsio ... wel, cerdded ... o'r fan hyn. Mae Hones 'ma wedi dod â ni mor agos â phosib yn y bws mini. Diolch, Hones,' medda Fidel.

'Croeso,' medda fi, a phwyso'r botwm i agor y drws fel bod pawb yn gallu mynd allan o'r bws.

Mi gerddon ni i gyd i fyny am Lyn Barfog. Roedd sigârs Cubana Che a Fidel yn rhoi ogla melys i'r nos, ac Oppenheimer yn pesychu wrth dynnu ar ei sigarét.

'Ffor' hyn!' medda Fidel, gan anelu gola cryf ei fflachlamp i oleuo'r giât mochyn, a rhoi fflachlamp lai i Glyndŵr a dangos iddo fo sut i'w dal hi. 'Fel hyn, Now!' medda fo, 'ti'n fy nghofio fi'n dangos i ti yn Seion?'

Now! Dyna be roedd o'n galw Owain Glyndŵr! Mae'n rhaid eu bod nhw'n fêts a hannar.

Erbyn i bawb fynd drwy'r giât roedd Einstein ac Oppenheimer yn cymryd samplau o ddŵr y llyn ac yn gosod rhyw offer rhyfadd ar ei lan. Llusernau oedd gan Dic Penderyn, Lewsyn yr Heliwr, Jemima a Mari, a channwyll gan William Williams. Roedd Tri Penyberth a JMJ yn stryffaglio drwy'r crawcwellt a'r brwyn efo ryw leitars bach heb fedru gweld fawr pellach na'u trwynau.

Roedd hi'n dywyll fel bol buwch ddu wrth Lyn Barfog a gwynt main yn dod oddi ar y llyn, yn debyg i sut roedd hi'r noson honno wrth Llyn Celyn. Roedd hi'n berfeddion nos, a hyd yn oed yr ystlumod wedi mynd am eu gwlâu. Sefyllian roeddan ni, cicio'n sodla a thrio cnesu'n dwylo wrth ddisgwyl am ryw orchymyn gan Fidel neu Glyndŵr neu Che. Ond roeddan nhwytha'n disgwyl hefyd – disgwyl i'r Gwyddonwyr Enwog ddeud wrthyn nhw be i'w wneud.

Ro'n i'n teimlo fel dipyn o wyddonydd fy hun achos mi wnes i gofio bod gola yn teithio'n gyflymach na sŵn ... a dyna pam y gwelon ni'r gola gyntaf, y gola ar y ffagl a oleuodd y dyffryn i gyd. Wedyn glywson ni'r sŵn chwibanu annaearol o uchel. Bendigeidfran oedd ar ei ffordd, a'r bryniau a'r tir dan ein traed yn crynu wrth iddo ddod yn nes ac yn nes. Safodd uwch ein penna a'i ffagl dân anferth yn uchel yn yr awyr, yn bwrw cysgodion mawr i bob man. Chwifiai cudynnau ei wallt fry uwchben yn yr awel, a dyma'r esgair a'r ddau lyn mawr yn edrych i lawr arnon ni, feidrolion bychain oedd yn sefyll wrth ymyl Llyn Barfog. O'r uchelderau, pwll bychan bach fyddai Llyn Barfog i Frenin Ynys y Kedyrn.

'Mae o yma! Ac mae hitha efo fo!' cyhoeddodd Fidel wrth bawb, er mwyn i Einstein ac Oppenheimer ddod allan o'u byd bach eu hunain.

'Mae ganddo *fo* enw!' medda Bendigeidfran fel taran, a chlecian chwerthin wedyn, oedd yn diasbedain drwy awyr y nos.

'Ac mae ganddi hitha enw!' medda Ceridwen.

'Gwranda arna i, Castro,' medda Bendigeidfran, 'dwi'n gobeithio nad ydy hon eto'n siwrne seithug. Os ydy hi, byddaf yn cymryd y peth yn sarhad ... mi ladda i dy ben di!'

'O, dyma ni eto!' medda Ceridwen, 'gwneud ryw ddrama o bob dim. Llyffant fyddi di. Dwi wedi dy warnio di, yn do?'

'Hei!' medda Bob, 'heddwch, Bendigeidfran, Brenin Ynys y Kedyrn! Heddwch, Ceridwen, o Wrach Wych! Rhaid i ni gael heddwch rhyngom!'

'Heddwch, Bob!' medda Bendigeidfran.

'Heddwch, Bob!' ategodd Ceridwen.

'Whiw!' medda Dic Penderyn, cyn deud dan ei wynt, 'sa i moyn bod man hyn os yw'r bachan 'na'n gwylltu! A dyn a ŵyr be allai menyw'r ysgub wneud i ni.'

'MOMFG fydde hi!' medda Lewsyn yr Heliwr a dechra canu cân wirion Dewi Pws.

'Reit,' medda Fidel, 'ydach chi'n barod? Mae'n bryd i ni ddechra.'

'Mi rown ni gynnig arni,' medda Einstein. 'Dwi ac Oppenheimer wedi arbrofi efo'r ddamcaniaeth ac mae'n gywir … gweithredu hynny sydd angen ei wneud yn awr …'

'Roedd y ddamcaniaeth yn iawn yn y lab yn Seion,' ychwanegodd Oppenheimer, 'ond roedd hynny, wrth reswm, ar raddfa lawer llai … dim ond gwneud fel y trafodon ni cyn dod sydd raid i chi, pawb â'i ran – a chofiwch, maes newydd astrus iawn ydy'r Ffiseg Cwantwm 'ma.'

Aeth pawb i'w le o amgylch rhan ucha'r llyn, pawb yn baglu drwy'r brwyn a'r hesg a sŵn sgweltsian mawr a diawlio a bytheirio wrth i bawb wlychu'u traed wrth fynd i'w priod lefydd.

'Myned sydd raid i minnau,' medda Bendigeidfran, 'a chofiwch roi amser i mi dynnu fy fflachod lledr a chamu i mewn i'r eigion.' Dyma fo'n ei heglu hi i lawr y dyffryn i gyfeiriad y môr gan adael yr awyr yn dywyll ar ei ôl. Edrychai ei ffagl fel seren wib anferth wrth iddo gamu'n ofalus rhag ofn iddo sefyll ar dŷ rhywun neu ar anifail a gysgai yng nghornel rhyw gae.

'Mae o'n cymryd oesoedd fel arfar i dynnu'i hen fflachod, a sôn am ogla traed! Digon i droi stumog rhywun!' medda Ceridwen, oedd yn hofran ar ei hysgub, cyn troi'n sydyn a refio i gyfeiriad y môr.

Rhoddodd hyn amser i'r ddau wyddonydd orffen eu gwaith paratoi. Roedd Einstein yn cyffroi, a sigarét Oppenheimer fel cannwyll gorff uwchben y brwyn a'r grug ar yr ochr arall i'r llyn.

'Dwi'n meddwl fod pob dim yn ei le, gyfeillion,' medda Einstein.

'Daliwch yn sownd, medda Oppenheimer,' a'r mwya sydyn mi glywson ni sŵn sugno mawr, fel tasa rhywun yn sugno gweddillion lemonêd drwy welltyn anferth, ac ar fy marw, dyma 'na glamp o gylch, tebyg i dwll mawr du, yn ffurfio'n uchel uwch ein penna ni. Mi nath o f'atgoffa i o'r London Eye gan ei fod o tua'r un maint, a dechreuodd pistyll anferth o ddŵr godi i fyny trwyddo fo, yn mynd yn groes i ddisgyrchiant, i mewn i'r cylch ... a diflannu i'r twll du.

'Mae o'n mynd i weithio,' medda Einstein.

'Wel ffwrch a ffa a hufen iâ!' medda Oppenheimer, a gwneud rhyw ddawns fach ryfadd cyn rhoi *high fives* i Einstein, a rhedag yn drwsgwl i fyny'r llwybr at y giât mochyn gan weiddi arnon ni i gyd. 'Dowch! Dowch i weld ...!'

A dyna wnaethon ni, siŵr iawn – rhedag ar eu hola nhw a neb yn gwlychu mwy ar ei draed y tro yma achos nad oedd dŵr ar ôl, dim ond mwd oedd yn drewi fel powlen y pysgodyn aur pan dach chi ddim wedi'i llnau hi ers misoedd.

Roedd be welson ni o ben y bryncyn uwchben Llyn Barfog yn rwbath na wnes i erioed ddychmygu y baswn i'n ei weld yn holl ddyddiau fy einioes. Sut fedra i ei ddisgrifio fo i chi? Dwn i'm, wir. Y cwbl fedra i ddeud ydy ei fod o fel sioe tân gwyllt, nage, dim tân gwyllt chwaith achos doedd 'na ddim sŵn, ond sioe oleuadau, dyna be oedd o. Rhyw *aurora borealis* dros fro Dysynni a ninna'n cael y sioe ddwywaith, achos bod adlewyrchiad yr awyr i'w weld eto yn y môr.

Roedd llwybrau'r sêr fel ôl bysedd mawr uwchben. Ffagl fawr Bendigeidfran wedyn yn danllwyth o dân yn y gwagle a chylch arall anferthol yn ffurfio o beth allai fod yn ysgub Ceridwen, cylch fel yr un oedd yn uchel yn yr awyr y tu ôl i ni, ond roedd hwn uwchben y dŵr ymhell bell i ffwrdd. O'n lleoliad ni ar dop Cwm Maethlon, roedd o'n edrych fel bod Bendigeidfran yn dal ymyl clamp o bwced dryloyw, ac ohoni tywalltwyd holl ddŵr Llyn Barfog, yn rhaeadr anferth, hyd nes bod y môr yng ngola'r ffagl yn drochion mawr gwyn i gyd.

'Mae o'n gweithio!' medda Einstein eto. 'Mae o'n gweithio! ''Dan ni 'di'i gracio fo!'

'Rhyfeddod o'r holl ryfeddodau!' medda Glyndŵr. 'Bydd Crach Ffinant hyd yn oed wedi synnu pan ddweda i wrtho fo am hyn ...'

'Sut, frodyr?' gofynnodd T. H. Parry-Williams i'r ddau wyddonydd.

'Gwyrth o'dd e!' medda William Williams Pantycelyn.

'Dewiniaeth!' medda Lewsyn yr Heliwr.

'Chi i gyd yn rong!' medde Oppenheimer wrth wenu ar Einstein. 'Chi i gyd yn hollol anghywir! Ffiseg Cwantwm ydy hyn, maes nad oes fawr neb ohonoch chi'n gwybod amdano, maes y mae llawer o ddirgelwch yn ei gylch ...'

'Ond gyfeillion,' medda Einstein, 'rydych chi heno yn Llyn Barfog wedi dysgu llawer iawn am y ddisgyblaeth hon ... fel y daeth y byd mawr i ddysgu mwy am Ffiseg Cwantwm ar ôl eich dyddiau chi.'

Ar ôl i ni weld ffagl Bendigeidfran yn torri rhigol drwy dywyllwch y nos wrth iddo ddychwelyd i'w lys yn y gorllewin, ac i ysgub Ceridwen hedfan uwch ein penna ni'n ôl am Lyn Tegid, mi aethon ni i gyd yn ôl i'r bws – a do, mi ges i draffarth ar y diawl i fagio'r holl ffordd i lawr i fuarth y ffarm. Ond mi gyrhaeddon ni, a go ddistaw oedd pawb ar y ffordd adra. Pendwmpian oeddan nhw i gyd, a doedd neb isio canu na deud jôcs na dim. Mi ddechreuodd William Williams drafod athrawiaeth yr Iawn efo Saunders Lewis, ond hepian cysgu roedd pawb arall. Roedd hi'n dechra goleuo erbyn i ni gyrraedd lay-by Llanrhystud.

Dwi'n hannar marw!

'Dwi byth yn neud hynna eto!' medda'r hynaf wrtha i tra o'n i'n bwyta fy nhost tew a jam cyn ei gwneud hi am 'rysgol.

'Pa mor bell est ti?' medda fi.

'At y troad ucha un,' medda hi, gan syrthio ar y soffa yn y gegin.

'Iesgob! Da 'wan!' medda fi, 'cyn brecwast hefyd!'

'Ia! Well i fi gymryd selffi achos 'di hyn byth am ddigwydd eto!'

'Wel, ma' angen dal i fynd efo'r rhedag 'ma,' medda fi. 'Mae mynd un waith yn iawn, siŵr, ond ma' gofyn mynd yn gyson os ti isio iddo fo neud unrhyw wahaniaeth i dy iechyd di a ballu ...'

'Dria i fynd gyda'r nos 'ta, yn lle ben bora,' medda'r hynaf, yn ffidlan efo'i horiawr cyfri camau.

'Ddo i efo ti ryw noson,' medda fi.

'NAAA!' medda hi, 'dwi ddim yn rhedag drwy'r pentra efo ti!'

'O, diolch yn fawr,' medda fi, 'stwffio chdi 'ta! Na, ddeuda i be, mi ddreifiwn ni i lawr y ffordd a gadael y car wrth y bont a rhedag yn ôl a mlaen hyd y lôn gefn. Iawn?'

'Iawn,' medda'r hynaf, 'fydd dim rhaid i mi redag drwy'r pentra wedyn yn edrych fel bo' fi angen ambiwlans!'

'Ha!' medda fi, yn chwerthin. 'Na fydd! Deffra dy fam a dy chwaer a dy frawd bach ... ma' raid i mi fynd. Ta-ra!'

'Ta-ra!' medda'r hynaf, yn swnio wedi ymlâdd. 'Mae 'na ddŵr poeth, gobeithio?'

'Oes, tad!' medda fi cyn mynd drwy ddrws y tŷ a thaflu 'mag ysgol i gefn y car.

Heb, i, o

Yr arddodiaid oedd hi am fod eto, myn diawl! Wrthi'n deud wrthyn nhw pa mor bwysig oedd y geiria bach yma rydan ni'n eu defnyddio o hyd wrth sgwennu ac wrth siarad ro'n i, a gofyn oedd 'na rywun yn eu cofio nhw rŵan. Coedwig o ddwylo i fyny yn yr awyr.

'A phwy sy'n ddigon dewr i'w deud nhw wrth y dosbarth?' medda fi.

''Na i neud o efo Lois,' medda Jasmin.

'Hapus efo hynna, Lois?' medda fi.

'Ow, ôl-reit, 'ta!' medda hi, a dyma'r ddwy yn deud yr arddodiaid yn ddigon del, chwara teg, ac yn sydyn hefyd, a finna'n eu canmol nhw cyn mynd i wrando ar y grŵp nesa, y rapwyr.

Mae'n rhaid bod y rhain 'di bod yn mynd dros eu gwaith amser egwyl ac amser cinio achos roedd 'na bolish arnyn nhw. Mi ddechreuodd y dosbarth i gyd symud yn donnau bach efo'r rhythm roedd yr hogia yn ei neud, tsh tsh tsh tsh tsh, bam bam bam bam bam ... ac mi gofion nhw'r arddodiaid i gyd hefyd – anhygoel! Roeddan nhw'n haeddu Freddo bob un.

Seion

Tynnais fy sbectol a'i rhoi hi'n ofalus ar ben y llyfrau ar y cwpwrdd ger ochr y gwely. A swatio. Roedd y wraig yn hepian cysgu'n barod. Mae'n rhaid bod 'na rwbath mawr yn digwydd yn Seion, meddyliais. Y rheswm ro'n i'n meddwl hynny oedd bod Bob ddim wedi dŵad i siarad efo fi. Doedd Bob byth yn fy ngadael i lawr fel arfer, a do'n i byth yn gadael Bob i lawr chwaith. Ro'n i 'di mynd i ama bod 'na rwbath yn bod ar y cysylltiad rhwng Seion a fy llofft i, fel sy'n digwydd weithia i'r wi-fi yn y tŷ. Steddais i fyny yn fy ngwely am sbelan, yn y tywyllwch, cyn rhoi lamp fach mlaen a darllen chydig o bapur dydd Sul sy'n cymryd drwy'r wsnos wedyn i mi ei ddarllen o. Gafael yn llyfr Murakami dwi hannar ffordd drwyddo. Lladd amser. Ond er i mi aros ac aros, ddaeth Bob ddim i'r golwg, a chlywis i 'mo'i lais o chwaith.

'Paid poeni ... am ddim byd ... bydd pob peth bach, yn dod yn iawn ...' medda fi dan ganu a rhoi'r llyfr coch i'r naill ochr, troi'r gola i ffwrdd a swatio yn y gwely eto.

Ond ches i ddim llonydd am hir. Nid Bob welis i drwy'r hen niwl arferol ond hogan weddol ifanc, yn ei hugeinia 'swn i'n deud, yn cael cawod a golchi'i gwallt. A'r stafell i gyd wedi stemio. Mwya sydyn, ro'n i'n *voyeur*. Ia, dyna o'n i, achos ro'n i'n sbio arni drwy'r stêm, yn cario mlaen i molchi yn hollol ddiarwybod 'mod i'n sbio arni hi yn y gawod, a'i chorff noeth, hyfryd hi'n siglo ac yn sgleinio efo sebon a siampŵ, a'i gwallt hir tywyll at ganol ei chefn. Pwy oedd hon?

Trodd y dŵr i ffwrdd a moesymgrymu i wasgu'r dŵr o'i gwallt. Estynnodd liain i'w glymu am ei phen a lliain arall i'w roi dros ei bronna ac am ei chanol. Camodd allan o'r gawod a mynd at y sinc i frwsio'i dannadd.

Cerddodd yn fân ac yn fuan wedyn o'r stafell molchi i lofft lle roedd 'na wely, a fframiau lluniau a ballu ar hyd y walia i gyd. Mi ddechreuis i gynhyrfu pan dynnodd hi'r lliain a sychu ei sgwydda a'i breichia, a lawr ei chorff wedyn, o dan ei bronna, ei chlunia a rhwng ei choesa a lawr ymhellach at ei migyrna a rhwng bysedd ei thraed. Mi aeth yn sydyn wedyn at y drôr i nôl ei dillad isa coch. Llinyn, a bocha'i phen-ôl hi'n glir yn y golwg. Rargian, roedd hon yn bishyn … ond dyma 'na lais yn dod o rwla wedyn, yn gweiddi fel hyn,

'Michelle? Ya up?'

'Ye, I'm cwmin' now!' medda hi wrth dynnu ei throwsus du amdani a chau botyma ei blows wen, a rhoddodd siaced fach ddu oedd yn mynd efo'r trowsus amdani hefyd. Dyma hi'n rhoi'r lliain yn ôl dros ei hysgwydda a rhoi brwsh drwy ei gwallt a phwyso i un ochr i'w dynnu o drwyddo … a phwyso i'r ochr arall wedyn a thynnu'r brwsh drwy'r ochr honno.

Lawr y grisia â hi, grisia reit gul, a dyma 'na rywun yn rhoi panad yn ei llaw, a phwyntio at ddarn o dost ar y bwrdd yn y gegin fach. Do'n i ddim yn gallu'i weld o'n iawn, ond dyn oedd o … dyn gweddol ifanc, tua'r un oed â hi … be oedd ei henw hi? Michelle.

Mi roddodd hi sws sydyn iddo fo, a fynta'n trio gafael amdani a'i thynnu hi ato fo ond roedd hi ar frys, a dyma hi'n estyn ei chôt oddi ar y peg wrth y drws ffrynt ac allan â hi drwyddo fo i'r stryd, a'i gwneud hi'n reit sydyn am y bys-stop lle roedd 'na griw o tua deg o bobol yn aros am y bws i fynd â nhw i'w gwaith ben bora fel hyn …

Cimwch Ciwba

Mae'r llun yma ar y wal mewn ffrâm fach. Roedd fy ngwraig newydd a finna'n ista mewn rhyw gwad steil Sbaenaidd a deiliach mawr gwyrdd o'n cwmpas ni. Bwyty crand. Dwi'n cofio'r cimwch yn dod yn beli o gig tyner hyfryd iawn. Ro'n i wedi dewis dod i fan hyn achos roedd gan y lle enw da, a finna isio gwneud iawn am y noson gynt. O diar. Y noson gynt ro'n i 'di meddwl y basa fo'n syniad da gwneud fel mae pobol Ciwba yn neud a mynd i dŷ rhywun i gael bwyd a thalu iddyn nhw amdano. Ro'n i'n meddwl y basa fo'n ddiddorol cael gweld tu mewn i dŷ Ciwbans go iawn a chael bwyta bwyd Ciwbans go iawn wrth fwrdd go iawn mewn cegin Ciwbans go iawn. Roedd o hefyd yn rhad.

Pan ddaeth y bwyd, roedd y reis yn reis du a'r cyw iâr wedi ei agor fel pilipala, a chrafion cochlyd, dafnau gwaedlyd, rownd yr ymylon a wnaeth i mi deimlo'n reit sâl. Roedd o fel tasa fo newydd gael ei ladd yn yr iard fach y tu ôl i'r tŷ, a'i fod o'n clwcian a rhedag rownd lle jyst cyn i ni'n dau gyrraedd. Dwi'n siŵr fod y bwyd yn iawn, ond ei fod o'n edrych mor ddiarth i ni – lliw y reis, siâp y cyw iâr – ac ro'n i'n gallu deud ar wyneb fy ngwraig newydd ei bod hi isio rhedag o 'na, ffwl-pelt. Roedd ei llgada yn deud wrtha i na ddeuai hi byth allan am fwyd efo fi eto chwaith.

Roeddan ni'n dau yn trio pigo ar ein bwyd a finna'n trio dangos fy mod i'n bwyta llond fy mol, bod y reis a'r peth arall yn iawn, siŵr iawn, a bod isio iddi hitha, fy ngwraig newydd, fwyta'r un fath yn lle bod y dyn a'r ddynes yr oeddan ni'n ista yn eu tŷ tlodaidd nhw yn sbio arnon ni ac yn meddwl, 'Be ffwc? Dydy'n bwyd ni ddim digon da i'r ddau yma o orllewin Ewrop fras?' Go damia! Ro'n i'n teimlo'n ddigon annifyr yn barod ar ôl iddo fo ddeud 'i fod o'n methu cael darn arall o fetal i drwsio'r twll oedd yn y to. Embargo hyn ... embargo llall ...

Tlodi. Pobol yn llwgu yn y byd. Annhegwch. A ninna fan hyn yn cael traffarth bwyta, yn cnoi ac yn llyncu ac yn edrych i lawr ar blât oedd yn dal i fod yn llawn ... tlodi ... tlawd ... tlodion ... Fidel! Be wna i? Mae dal dy dir am ddegawdau fel hyn yn erbyn Americia yn golygu aberth, tydy? Mi leciwn i gael gair efo ti am y tlodi 'ma, am Giwba, am y merched tlysa welsoch chi erioed yn treulio wythnos ym mar y gwesty efo Almaenwyr penfoel blonegog ac yn ista'n fanna yn gwylio Dortmund yn erbyn Leverkusen. Ac am y merched eraill sy'n sefyllian wrth bob gola traffig yn disgwyl i rywun eu codi nhw i fyny ... mi lyncais fwy o'r reis, mwy o'r cyw iâr ... cyn i'r wraig ofyn tybad be ydy 'doggy bag' yn Sbaeneg a rhoi ei chyllall a'i fforc i lawr ar ymyl y plât, a'r gyllall yn sefyll yn y fforc. Yr arwydd rhyngwladol ei bod hi ddim am fwyta mwy.

Diolch, István Örkény

Roedd yn rhaid i mi wneud tasg greadigol efo blwyddyn 11. Wedi bod wrthi'n reit brysur oeddan ni, yn gwneud ryw ffurfia ffeithiol fel llythyr i'r Cyngor o blaid neu yn erbyn codi sied i ddal tri deg dau mil o ieir wrth ymyl y dre, ac araith yn cytuno neu yn anghytuno fod pêl-droedwyr yn cael gormod o gyflog am be maen nhw'n neud. Ro'n i 'di marcio 32 llythyr ynglŷn â'r sied ieir, a 32 araith am gyflogau pêl-droedwyr. Naddo! Celwydd! Dydy Charlotte byth wedi rhoi ei haraith i mi.

Felly, ia, rwbath creadigol. Rwbath fasan ni'n gallu'i neud yn reit sydyn a'i farcio fo'n reit sydyn hefyd. Dyddiadur? Ymson? Stori? Cymryd ffocin oes i farcio stori, tydy? Wn i!

medda fi wrtha i fy hun, mi driwn ni neud stori fach, fel yn y llyfr hwnnw brynis i yn Budapest ers talwm. Mi ddotiais i at y straeon bach hynny yn y llyfr bach hwnnw'r adeg honno. Mi ddotiais atyn nhw gan nad o'n i 'di gweld y ffasiwn beth o'r blaen. Straeon oedd yn cymryd dau funud i'w darllen. Straeon bach clyfar efo tro yn eu cynffon. Roedd y dosbarth yn mwynhau gwrando arna i'n mwydro amdana i'n mynd rownd dwyrain Ewrop, a bod y cwrw'n rhad yna a'r merched yn ddel, a'r unig betha oedd yn sbwylio fy nhrip i ganol y nawdegau oedd yr apDonalds oedd 'di agor ym mhob man a'r pybs Gwyddelig hefyd oedd yna cyn yr apDonalds. Y gorllewin isio i bob man fod yr un fath.

'Lle oedd ti 'di bod i gyd, syr?' medda Ed, a dyma fi'n rhoi map o Ewrop yn sydyn ar y bwrdd gwyn a gwneud llinell yn rêl boi wedyn o Fangor i Lundain ac i Amsterdam.

'Waci baci!' medda rhyw idiot o'r cefn ... a dyma fi'n cario mlaen i Bremen, a Hamburg.

'Llefydd Red Lights ydy'r rheina i gyd, syr!' medda rhywun arall ... a Berlin a Bratislava a Prag a Budapest a llyn mwya Hwngari medda fi, yn gwneud llais gofyn cwestiwn ...

'Llyn Tegid,' medda rhyw glown ... yn Hwngari medda fi, dim Cymru ... rhywun yn gwybod ... nac oedd ... Balaton, medda fi, wedyn Bucharest, Sofia, Athens, Istanbul ... Kraków ddim yn bell o Auschwitz, a 'nôl i Amsterdam a 'nôl adra i Fangor eto i gael cinio Dolig efo Mam.

'Wow!' meddan nhw, yn sbio ar y llinell igam-ogam ar y map o Ewrop ar y bwrdd gwyn.

Wow, meddyliais inna, a chofio am adeg pan oedd gwynt yn fy ngwallt a finna ddim yn gorfod dod i sefyll o flaen plant bob dydd, ond ar y llaw arall, yn diolch am gael dod i sefyll o flaen plant bob dydd achos 'mod i, wrth wneud hynny, fel ddwedodd rhywun, yn cyffwrdd â'r dyfodol bob dydd, ac yn meddwl falle y bydd 'na ryw ran fach, fach, fach ohona i yn para efo nhw wedyn ... fel hanes y daith wirion 'ma es i arni pan ro'n i'n iau. Chwilio am rwbath o'n i'r adeg honno – rwbath roedd Jack Kerouac wedi'i ddeud y byddai'n ei gael ar y ffordd yn rwla.

Mi wnes i gyfieithu un o straeon bach István Örkény i'r Gymraeg a'i darllen hi iddyn nhw, gan nodi'r ffaith fod enwa a chyfenwa pobol Hwngari mewn trefn wahanol i ni – y cyfenwa gynta – a bod eu hiaith nhw'n ddiarth iawn, iawn achos nad oedd hi'n iaith Indo-Ewropeaidd fel y rhan fwyaf o ieithoedd eraill Ewrop ... a phetha felly.

Stori am ddyn o'r enw Jozef Pereszleni oedd hi, yn mynd i siop bapur ac yn prynu copi o bapur newydd y diwrnod wedyn, gan fod papur y diwrnod hwnnw wedi gwerthu allan. Mae o'n darllen newyddion fory, am ganlyniad gêm bêl-droed sydd ddim wedi'i chwara eto, ac am ddyn o'r enw Jozef Pereszleni a gafodd ei ladd wrth yrru ei hen Wartburg yn rhy gyflym ar hyd y ffordd allan o'r dref, a mynd ar ei ben i mewn i lorri fawr. 'Bobol annwyl!' medda Pereszleni, gan blygu'r papur a'i roi yn ei boced. Wrth yrru'n rhy gyflym ar hyd y ffordd allan o'r dref aeth ar ei ben i mewn i lorri fawr. Bu farw'r creadur yn y fan a'r lle, efo papur y diwrnod wedyn yn ei boced.

'Be mae'r stori fach yna'n ddeud wrthan ni?' medda fi.

'Dim lot, syr, mae o'n bach iawn!'

'Ydy,' medda fi, 'mae hi'n fach ond mae hi'n deud rwbath mawr wrthan ni ...'

'Dwi'n hoffi fo achos mae o'n bach,' medda Tim, 'a dwi'n meddwl bod fi'n dallt o, ond dwi ddim yn siŵr ...'

'Dwi'n meddwl bod o'n sôn am y dyfodol,' medda Elin.

'Ti'n iawn, Elin!' medda fi.

'Ydy o'n deud ein bod ni'n cael rhybudd weithia, ond bo' ni'n dal i fynd ymlaen efo be 'dan ni'n neud?' medda Cathryn.

'Ydy wir!' medda fi, 'dach chi'n ateb yn dda heddiw. Tim, wyt ti'n ddigon dewr i ddeud be sy ar dy feddwl di ...?'

'Wel, 'na i trio. Dwi'n meddwl ... ym ... bod o'n deud bo' ni weithia'n gwbod be sy'n mynd i ddigwydd i ni, ond 'dan ni'n cario mlaen *anyway*!'

'Gwych, Tim! Roedd o'n werth i ti godi bora 'ma, neidio o dy wely, bwyta dy Weetabix a dal y bws ysgol jyst i ddod yma i ateb y cwestiwn yna i mi mor anhygoel o dda,' medda fi fel trên ... y frawddeg dwi'n ei deud pan dwi'n teimlo'n hapus iawn efo ateb ma' disgybl wedi'i roi i mi.

'Diolch, syr,' medda Tim, yn gwenu fel giât.

'Mae gen i un arall yn fama,' medda fi, ond nid István Örkény sy 'di sgwennu hon.'

'Pwy 'ta, syr?'

'Fi,' medda fi, a gofyn i'r rhes ffrynt gymryd un copi a'u pasio nhw mlaen i bawb arall. Dyma fi'n gofyn, 'Be ma' "rhyfeddodau" yn feddwl?'

'Petha anhygoel, amêsing, gwych,' medda hwn a'r llall.

'Ia, 'na chi,' medda fi. 'Ma' hon ar ffurf sgript fach – pwy sy am actio'r tad?'

''Na i neud,' medda Tim.

'Be am y ferch fach?'

'Fi,' medda Carys.

'Ga i ddeud y teitl?' medda Ed.

'Iawn, siŵr,' medda fi, 'ond rhaid i ti 'i ddeud o yn dy lais gora, llais steddfod ...'

'Iawn, yhym yhym yhym ...' medda Ed, yn smalio clirio'i wddw cyn dechra ...

Rhyfeddodau

Tad:	Castell mawr 'de, pwt.
Merch:	Mywr mywr mywr!
Tad:	Be sy ar dop y tŵr yn fanna?
Merch:	Draig goch.
Tad:	Ti isio dod i fyny'r tŵr reit i'r top?
Merch:	Oes!
Tad:	Ond ma'r grisia'n dywyll, dywyll.
Merch:	Iawn!
Tad:	Gafaela yn fy llaw i, 'ta.
Merch:	Mae'n dywyll yn fama!
Tad:	Ddudis i!
Merch:	'Dan ni'n uchal, uchal, yn tydan?
Tad:	Yndan, pwt. 'Dan ni bron â chyrradd y ddraig goch rŵan.
Merch:	Sbia, Dad! Ma' gola yn fanna!
Tad:	Oes, fyd! Rownd fama ac mi fyddwn ni ar y top.
Merch:	Dwi'm isio gafael llaw! Paid!
Tad:	Rhaid i ti afael llaw. Sbia uchal 'dan ni.
Merch:	Ma'n llaw i wedi blino.
Tad:	Sbia'r môr yn fanna! Mae 'na stori am gawr mawr o'r enw Bendigeidfran yn ista wrth fan hyn yn gwylio'r llongau yn dod o Iwerddon. Ac yn fan hyn y cafodd 'na ddyn pwysig o'r enw Owain Glyndŵr, Tywysog Cymru, ei garcharu, 'sti ... ac yli lle dwi'n pwyntio rŵan, mae 'na dŷ carreg o'r enw Lasynys Fawr, yn fanna roedd Ellis Wynne yn byw, dyn oedd yn licio sgwennu llyfra, a ...
Merch:	Sbia lawr yn fanna, Dad! Cae swings! Ga i fynd ar y swing plis?

'Diolch i chi'ch dau am ddarllen,' medda fi, 'ac i Ed am ddeud y teitl yn ei lais gora hefyd ... Matilda, ti'n iawn?'

'Ydw, ga i ddeud be mae'r stori'n feddwl?'

'Cei siŵr ... dyna pam ma' dy law di i fyny, siŵr iawn!'

'Dwi'n meddwl bod y dad yn y stori wedi anghofio be ydy oed ei ferch fach o a phan ma' hi'n gweld y swings mae hi'n atgoffa dad hi o faint ydy oed hi.'

'Ti'n llygad dy le yn fanna! Diolch, Matilda ... da lodes,' medda fi.

Taith i ganol y ddinas

'Sgrins i ffwrdd!' medda fi ar dop fy llais ar dop y grisia. 'Mae hogia Real Madrid isio cysgu rŵan neu fyddan nhw'n dda i ddim fory! FIFA i ffwr', plis ...' ychwanegais. 'Dwn i'm sut ma'r rhain yn codi i fynd i'r ysgol,' medda fi wrth y wraig.

'Na finna,' medda hi. 'Mi fydd raid i ni ddechra rhoi'r wi-fi i ffwr' gyda'r nos.'

'Dwi 'di trio hynna siŵr,' medda fi. 'Sleifio i lawr grisia ma' nhw, yn ddistaw bach, i'w droi o mlaen eto.'

'Be am guddio bocs yr hyb 'ta?' medda'r wraig.

'Dyna fydd y cam nesa,' medda fi, 'ond ma' nhw'n siŵr o ffendio hwnnw 'fyd.'

'Fedran nhw ddim byw hebddo fo,' medda'r wraig.

'Nos dawch.'

'Cysga'n dawel.'

Am yr ail noson yn olynol ddoth Bob ddim ata i am sgwrs i roi'r byd yn ei le. Ro'n i'n dechra poeni rŵan. Roedd y Cynllun Mawr wedi siapio cryn dipyn ar ôl y daith i Lyn Barfog. Doeddan nhw, yn Seion, rioed isio rhoi'r ffidil yn to, rŵan? Roedd yr holl beth yn rhyfadd iawn. Dim siw na miw ganddo fo, nac esboniad o fath yn y byd. Lle wyt ti, Bob bach? medda fi wrtha i fy hun a throi a throsi tan i mi ddechra pendwmpian a mynd i gysgu … wedyn dyma fi'n gweld Michelle eto … Michelle wnaeth ei chariad ei galw hi, 'de? 'Michelle, ya cwmin?' oedd o wedi'i weiddi o waelod y grisia.

Ro'n i'n gweld Michelle rŵan yn camu ar y bws, yn dangos ei thocyn i'r dreifar fel nath y ddau o'i blaen hi a'r rhai ar ei hôl hi. Wedyn, mae hi'n ddigon lwcus i gael sêt wag tua chanol y bws, ac mae hi'n tynnu ei llaw ar hyd cefn ei chôt laes cyn ista i lawr a chael ei hysgwyd rownd y corneli. Mae hi'n cael ei thaflu mlaen pan ma' rhywun yn canu cloch y bws i stopio, ac yn cael ei thaflu'n ôl wrth i'r bws ailgychwyn eto. Mae walia brics coch yn gwibio heibio'r ffenest tu ôl iddi hi a dwi'n trio craffu ar yr enwa: *Gr…* rwbath *street … Yat* rwbath *street …* ac mae'r bws yn dal i fynd drwy draffig gwyllt y bora, ceir, tacsis, yn gwau drwy'i gilydd i gyd, a bysys eraill a lorris a beics yn mynd lot rhy gyflym, a moto-beics yn gwneud ati i wneud twrw mawr wrth ailgychwyn o'r goleuadau traffig … Pawb yn mynd ar ei berwyl ei hun ben bora fel hyn i drio ennill eu crystyn …

Cur pen

Roedd gen i gur pen pan ddeffrais i hannar awr cyn y larwm. Cur pen sy'n gwneud sŵn fel dal cragen fawr lan môr wrth eich clust chi, un fel'na oedd y cur pen. Roedd y ci 'di deffro hefyd pan es i lawr y grisia, ac mi aeth hi allan fel shot i'r ardd heb unrhyw berswâd pan agoris i'r drws. Roedd post y diwrnod cynt yn dal heb ei agor ar un o gadeiria'r gegin. Cael a chael oedd hi i mi ei weld o dan y lliain bwrdd plastig patryma Cymreig Melin

Tregwynt. Un o'r plant oedd 'di agor y bocs postio eto a dod â'r post i'r tŷ heb ddeud dim byd am y peth ... eto! Fel hyn roeddan ni'n colli petha pwysig – dyna ro'n i 'di ddeud wrth roi pregath fel Christmas Evans iddyn nhw, ac fel hyn roeddan ni'n hwyr yn talu bilia ac yn hwyr yn dod i wybod am betha! A dyma fi'n gofyn iddyn nhw adael y post mewn lle amlwg neu ddeud wrtha i, Christmas Evans – naci, eu tad nhw – bod y post wedi cyrraedd.

Deud celwydd gola o'n i wrth sôn am y bilia achos ma'r bilia i gyd ar-lein rŵan, siŵr iawn. Ond roedd tair amlen yno, un frown gan Gymdeithas yr Iaith, un â phamffled liwgar ynddi gan ryw gwmni yswiriant ac amlen wen eitha swyddogol yn deud 'NHS' mewn glas ar y top. Helô, medda fi wrtha i fy hun, tybad ydy'r doctor wedi cael gafael arnyn nhw yn Wolverhampton ac wedi llwyddo i gael apwyntiad arall i ni? Mi oedd o, myn diawl! Diolch byth. Apwyntiad ar yr ail ar hugain ... ymhen deuddeg diwrnod, felly. Hwrê, medda fi wrtha i fy hun, ac agor y drws i'r ci ddod yn ôl i mewn. Berwi'r tegell a thrio dal ati fel arfer er gwaetha 'nghur pen, gan mai cario mlaen drwy'r boen fel dyn go iawn oedd isio'i neud, siŵr. Doeddwn i ddim am gael cywilydd ar fy meryf i, nag o'n i wir.

Buda a Pest

Iesgob, rydw i'n rêl boi yn y llun bach sy'n dod yn ôl i mi! Do'n i ddim wedi bod mor bell o adra o'r blaen ac ro'n i'n meddwl mwy am adra oherwydd hynny. Ro'n i 'di mynd i feddwl fod Hwngari a Chymru yn wledydd bach tebyg iawn i'w gilydd – dwy wlad wedi cael eu gorthrymu. Cymru gan y wlad fawr drws nesa, a Hwngari gan y Twrciaid, yr Habsbwrgiaid a'r Sofietiaid.

Mi ddaliais i fws un diwrnod i'r Statue Park. Roedd rhywun 'di casglu'r holl ddelwau concrit Sofietaidd at ei gilydd a'u rhoi nhw mewn parc i bobol gael mynd i'w gweld nhw. Roedd 'na ddegau ar ddegau o'r delwau anferth 'ma yn y parc, pob un wedi ei osod yn rhywle yn y ddinas ers talwm i bwysleisio grym a rheolaeth y Sofietiaid. Mewn sefyllfa o orthrwm fel hyn roedd yr awdur István Örkény wedi bod yn sgwennu. Roedd bob dim sgwennodd o wedi gorfod cael ei wirio gan y sensoriaid Comiwnyddol, a'r rheiny mor dwp fel na welson nhw fod alegori neu ddameg o sefyllfa Hwngari yn ei waith o weithia.

Hwrdd hoyw! (Teitl da!)

'Dwi'n licio dy deitl di!' medda fi wrth Dan, mab ffarm oedd ddim yn licio sgwennu ryw lawer ac a oedd wedi cymryd at y straeon byr, byr 'ma.

'Diolch,' medda fo, 'cyflythrennu 'de! Teitl bachog,' medda fo, yn ailadrodd be oedd ei athro – fi, Jones – wedi bod yn trio'i ddysgu iddyn nhw cyn gosod y gwaith cartra.

'Oes gen ti dro yng nghynffon dy stori fach, fach?' medda fi wrtho fo.

'Oes, syr,' medda Dan, a dyma fi'n mynd yn 'y mlaen i'w darllen hi i weld oedd o'n deud y gwir.

Hwrdd hoyw

Roedden ni angen prynu hwrdd newydd achos roedd ein hwrdd ni wedi mynd yn rhy hen. Roedd Dad a Roy a fi wedi mynd yr holl ffordd i fyny i'r Alban i brynu hwrdd newydd. 'Mond stopio un waith. Roedd o'n edrych yn gryf. Cefn llydan. Cyrn da. Talon ni lot o bres am yr hwrdd. Deg mil gini. Dyna oedd record y dydd am hwrdd yn y farchnad y mis yna. Daethon ni â fo yn ôl adre yn ofalus a tshecio bod ganddo fo fwyd a dŵr a lle cyfforddus i orwedd yn y (be ydy stock trailer yn Gymraeg?) ar y ffordd hir yn ôl i'n ffarm ni.

Y diwrnod wedyn, fe wnaethon ni farcio'r hwrdd efo paent glas a'i roi yng nghornel y cae a oedd yn llawn o ddefaid a gadael iddo fo fod.

Cyn iddi dywyllu, gofynnodd Dad i fi fynd i weld a oedd yr hwrdd yn iawn. Roedd yr hwrdd yn dal yng nghornel y cae lle roedden ni wedi ei adael yn y bore. Doedd o ddim wedi symud a doedd o heb fynd ar ôl yr un ddafad chwaith. Rhedais i'r sied i ddeud wrth Dad.

'Da, Dan!' medda fi. 'Yr unig beth ydy bod y teitl yn deud gormod rwsut ac yn difetha'r tro ar y diwedd. Stori wir, ydy?'

'Wel, ydy, mewn ffordd,' medda Dan, 'ond dim hoyw oedd yr hwrdd!'

'Be oedd yn bod 'ta?' medda fi.

'Dall oedd o,' medda Dan.

Y gola gwynlas

Mi ddoth y ganol efo fi a'r ci am dro rownd y pentra yn hwyr ar ôl iddi nosi. Dew, roedd hi'n dawel a dim ond piwied bach i'w gweld yn symud ac yn mynd i'n gwalltia ni i gosi.

''Sa well 'san ni 'di dod cyn iddi ddechra twllu,' medda fi.

'Basa,' medda hi, a phrocio'i chlust am wybed bach oedd wedi mynd i mewn iddi i wneud sŵn fel moped mewn neuadd fawr wag.

Newyddion deg ac am y gwely wedyn.

'Nos dawch 'wan! Sgrins ffwr', bendith y nefoedd i chi,'

medda fi, yn gweld llinell o ola gwyn o dan ddrysau'r ddwy.

'Iaw-yn,' medda nhw gan gytuno'n syth, ond roedd y stribyn o ola gwyn yn dal yna ar ôl mi llnau 'nannadd. Tshecio 'ngwas i wedyn, ac ynta'n cysgu'n sownd yn ei lofft wen Real Madrid. Dyma fi'n ei gwneud hi am y cwm plu lle roedd y wraig yn sbio ar ei sgrin ei hun a'i hwyneb yn llwydaidd yn y gola gwynlas.

'Nos dawch,' medda hi.

'Nos dawch,' medda fi.

Ymhen hir a hwyr, mi glywis i gordia cynta 'Exodus' yn dod o bell. Roedd Bob yn ei ôl, myn diawl ... a'i lais o'n dechra canu ...

'Ecsodus ... symud mae y bobol ... agorwch eich llygaid ... meddyliwch am funud ... ydach chi'n hapus ...' A jyst pan o'n i'n dechra mwynhau'r gân dyma fo'n stopio'n sydyn a gweiddi, 'Jones, y cena! Lle ti 'di bod ers oes pys?' a rhoi ei gitâr i sefyll wrth ei ochr.

A dyma fi'n deud fel hyn, 'Bob! Dwi 'di bod yn aros amdanat ti! Ti sy heb fod yn dod i ddeud helô wrtha i ers oes pys ...'

'Ia, Ia!' medda Bob, 'tynnu coes dwi, Jones, tynnu coes!'

'Lle wyt ti 'di bod, 'ta?' medda fi wrtho fo.

'Gwneud hyn a'r llall,' medda Bob.

'Be am y Cynllun Mawr?' medda fi wrth Bob.

'Mae'r Cynllun Mawr yn dod yn ei flaen yn dda,' medda Bob. 'Ond boi heddychlon ydw i, cofia, dwn i'm sut ges i fy llusgo i'r cawl cabej yma, 'de. Mae labordy Rehoboth yn reit brysur bob pnawn – dyna pryd mae Einstein ac Oppenheimer yn mynd trwy'u petha yno ... ac mae 'na hwylia da iawn arnyn nhw gyda'r nos ym Mharadwys, er nad ydyn nhw'n cael cymryd rhan yn y cwis rŵan.'

''Mond cadw sgôr, ia?' medda fi.

'Ia! Gwerfyl Mechain a Rhiannon sy'n ennill o hyd rŵan, 'sti ... mi fyddan nhwtha 'di cael eu gwahardd o'r cwis hefyd cyn bo hi, gei di weld ... mi fydd raid iddyn nhw ddechra chwara darts wedyn.'

Amlen frown

'Peth rhyfadd i ddeud, ond o'n i 'di edrych mlaen i fynd i'r ysbyty,' medda'r wraig wrtha i uwchben ein panad foreol. 'Ond mi fydd yn rhaid i mi aros mwy eto rŵan.' Rhoddodd ddau dap efo'i bys ar yr amlen frown.

'Be?' medda fi, yn poeri briwsion heb feddwl.

'Ma'n nhw 'di'i ganslo fo!'

'Be, apwyntiad Wolverhampton ar y deuddegfed?'

'Ia.'

'O, ffor ffac– ... ymm, sori!'

'Ga i un arall reit handi, gobeithio.'

'Gobeithio wir,' medda fi. 'Fydd raid i ni fynd ar ôl y doctor eto i drio gwthio petha'n eu blaena.'

'Fedri di neud heddiw?' medda'r wraig.

'Mi dria i ar y ffordd i'r ysgol, ar ôl iddi droi'n wyth,' medda fi.

'Diolch i ti,' medda hi.

'Ond Dad, chei di ddim dreifio'r car a ffonio,' medda'r fenga.

'Ti'n iawn yn fanna,' medda fi, 'ond wyt ti 'di clywad am ddant glas, do?'

'Bluetooth! Do!' medda'r fenga.

'Wel, 'na fo 'ta! Mi ga i ddreifio a ffonio felly, yn caf.'

'Os ti 'di paru nhw'n iawn, de.'

'Do tad,' medda fi, yn cofio'i fod o 'di gweithio'n iawn tro dwetha.

'Ta-raaaa,' wrth fynd drwy'r drws, ei gau o efo fy nhroed dde, agor drws y car a thaflu 'mag ysgol i'r sêt gefn.

Chwyldro Melfed

Mi es i o Budapest ar y trên i Bratislava, Slofacia. Gwlad mae Cymru yn cael ei thynnu o het FIFA i chwara'n ei herbyn o hyd. Gwlad yr ydan ni'n ei churo hefyd yn amlach na pheidio, i ni gael brolio ryw chydig, 'de. Nhw, Slofacia, oeddan ni'n eu chwara yn y gêm gynta honno yn Ewros 2016 ar gae gwyrdd mewn stadiwm wen dan awyr las. A'r lliwiau hynny sy'n dal i lenwi fy ymwybod hyd heddiw.

Y Slofaciaid a'r Tsieciaid. Mae pawb wastad yn arfer rhoi'r Tsieciaid gynta, tydyn. Chwyldro melfed gawson nhw'n y diwedd, annibyniaeth o'r bloc Sofietiadd ... rhyddid a chael edrych ar ôl eu hunain eto a dal eu penna'n uchel wrth gerdded drwy sgwâr Bratislava, neu wiglo'u penolau dros bontydd Prag.

'Ogia bach

Ro'n i'n gallu ymlacio am ddau funud bob bora dydd Iau rŵan yng ngwasanaeth yr ysgol hŷn, achos roedd fy nhro i i rannu gwirioneddau mawr efo llond neuadd oedd ddim isio bod yna wedi bod, yn doedd. Tan tro nesa, ac roedd hynny wythnosau i ffwrdd, diolch byth. Cael ista'n ôl yn fy nghadar blastig goch a mestyn 'y nghoesa allan o 'mlaen yn braf a deud helô yn glên wrth y stiwdant Cerdd ac Addysg Grefyddol oedd wedi ista wrth fy ymyl, a'i gwallt hi'n sglein i gyd fel hysbyseb siampŵ. Gwenodd yn ddireidus arna i, er mai newydd droi naw o'r gloch y bora oedd hi. Wedyn, dyma hi'n gwneud ryw llgada llo bach arna i, do myn diawl, cyn troi ei hwyneb tuag at flaen y neuadd. Wedyn, dyma hi'n ista'n ôl yn syth a chodi'i gên i fyny dwts bach, fel 'mod i'n gallu gweld ei phroffil hi a llyfnder ei chroen hufennog ...'ogia bach, a'i brest hi'n codi ryw chydig wrthi iddi gymryd ei hanadl. Chlywis i ddim be oedd y Dirprwy yn baldaruo amdano ... 'mond anadlu'n ddwfn, anadlu holl arogl bloda a phersawr a melys fêl y stiwdant Cerdd ac Addysg Grefyddol oedd yn ista nesa ata i yn fanna.

Noson honno

Roedd 'na bedair awr ar ddeg 'di pasio ers gwasanaeth yr ysgol hŷn. Diwrnod o hwrlibwrli ysgol a finna'n fflatnar yn 'y ngwely, ofn i'r wraig ddarllen fy meddylia am y stiwdant Cerdd ac Addysg Grefyddol. Meddwl am ei siâp hi oeddwn i, yn cerdded lawr y coridor hir o 'mlaen i, ac wedyn yn oedi i aros amdana i a'i llgada tywyll yn gofyn a oeddwn i wedi bod yn ei hedmygu hi'n slei bach o'r tu ôl. Finna'n sbio ar y nenfwd neu ar y posteri ar y walia neu ar fy sgidia ... rwla rhag i mi gael fy nal gan y llgada trobwll siocled 'na, a'r sgert dynn dynn ...

'Jones! Ti'n rêl breuddwyd!' medda llais Bob o rwla.

'Bob!' medda fi, 'di dychryn.

'Be ti'n neud yn breuddwydio fel'na?'

'Wel mi ydw i yn 'y *ngwely*, tydw Bob!' medda fi.

'Wyt, debyg!' medda Bob, a mynd yn ei flaen i ofyn fel hyn, 'Be ydy "Exodus" yn Gymraeg?'

''Run fath,' medda fi, 'ond does gynnon ni ddim "x" nagoes, felly 'dan ni'n 'i sillafu o fel hyn: e-cy-es-o-dy-u-es.'

'O, wela i,' medda Bob, a chodi strap ei gitâr dros ei ben a'i rhoi hi ar lawr. Wrth iddo fo neud, dyma'r llyfr nodiada oedd ganddo fo ar ei lin yn syrthio ar ben y gitâr a gwneud ryw sŵn *twanggg* rhyfadd dros y lle.

'Hei, Jones!' medda Bob.

'Ia?' medda fi.

'Mae 'na sôn am fynd i weithredu'r Cynllun Mawr cyn bo hir! Mae'r Gwyddonwyr Enwog, a Fidel a Che a Glyndŵr a'r rheina i gyd wedi bod yn trafod pryd y cawn ni fynd am Lyn Celyn eto.'

'Esgob, dwi'n falch o glywad, medda fi. 'Ma' hi'n hen bryd i ni fynd amdani 'swn i'n deud, 'de!'

'Ydy wir,' medda Bob, 'ydy wir! Mae'r bwriad wedi bod yn ... ymm ... yn llusgo ers talwm rŵan ... "llusgo" ydy'r gair, ia Jones?'

'Ia, tad,' medda fi, 'llusgo.'

Cic yn din ... plis ... rŵan!

Ro'n i fora yn hwyr yn ffonio'r lle doctor yn dre er mwyn gofyn i'r doctor roi cic yn din pobol Wolverhampton. Isio apwyntiad arall roeddan ni, i'r wraig gael help llaw. Y ffordd i'r ysgol ydy'r ffordd waetha yn y byd i gael signal ffôn, a dyna pam wnes i ffonio'n syth bìn ar ôl mynd lawr y lôn o'r tŷ ac allan i'r lôn fawr ...

Helô, dyma'r Lle Doctor. Pwyswch 1 i siarad Saesneg, 2 i siarad Cymraeg ...

Os dach chi 'di cael hartan a bron â marw, ewch yn syth i'r ysbyty

Os dach chi isio i ddoctor ddod atoch chi i'r tŷ, chewch chi byth un ond pwyswch 3

Os dach chi isio canlyniad prawf gwaed, pob lwc i chi,

pwyswch 4

Os dach chi'n ffonio ar ran rhywun arall sy'n swp sâl ac mae brys mawr, pwyswch 5

Os oes gynnoch chi boen cefn diawledig, ewch i nôl tablets o'r siop neu pwyswch 6

Os oes gynnoch chi annwyd a thrwyn yn rhedag, swatiwch yn y tŷ neu pwyswch 7

Os oes gynnoch chi broblema treulio, ac yn cael traffarth yn y tŷ bach, pwyswch 8

Os oes gynnoch chi blorod ofnadwy, stopiwch fyta pizzas a sothach a phwyswch 9

Os oes gynnoch chi VD, mochyn budr, pwyswch 10

Os ydy'r Pla Du arnoch chi, ddyla bo' chi 'di marw ers talwm ond pwyswch 11

Os dach chi isio gair efo rhywun yn y dderbynfa, pwyswch 12 …

12

'Helô, Jean sy 'ma, dyddiad geni chi plis?'

'Ffonio ar ran y wraig ydw i, isio gair efo doctor, plis.'

'Be sy matar arnach chi?'

'Lot o betha, ond dim amdana i dwi'n sôn rŵan, am y wraig.'

'Ych gwraig?'

'Ia.'

'Be sy matar efo hi 'ta?'

'Wel … meddwl cael gair efo'r doctor o'n i …'

'Rhaid chi ddeud wrtha i gynta, cyw. Does 'na neb yn clywad, nagoes … Janet, Helen, dach chi'm yn gwrando nac'dach?'

'Nacdan!'

'Wel, diolch i chi, Jean, ond mae o'n fater cyfrinachol, a …'

'Trio deud w't ti 'mod i ddim yn ddigon da i ti ddeud wrtha

i, ia?'

'Naci! Dim o gwbl, jyst bod ...'

'Reit! Dwi'n dallt lle dwi'n sefyll. Ro i ti drwadd i'r doc rŵan ...'

A dyna pryd, wrth fynd rownd tro yn y ffordd, y collis i'r signal ffôn.

Wrth, gan, hyd

'Ydan ni'n cael dangos ein peth adroddiad ni heddiw, Mr Jones?' gofynnodd Rhydian yn llawn ffydd a gobaith.

'Wrth gwrs,' medda fi. 'Y peth arddodiaid ti'n feddwl, ia?'

'Ia!' medda Rhydian, a throi at Blake, ei ffrind mynwesol.

'Ies!' medda Rhydian a Blake efo'i gilydd a mynd i dyrchu yn eu bagia am y dillad roeddan nhw wedi dod â nhw i'w gwisgo yn ystod y perfformiad. Rhain oedd y grŵp ola. Y canwrs opera oedd rhain, siŵr iawn.

'Pnawn da, blwyddyn 7!' medda fi, i ddangos ein bod ni'n barod i hwylio mlaen efo'r wers rŵan. ''Dan ni wedi cyrraedd y grŵp ola. Grŵp y Cantorion Opera! Tra byddan nhw'n rhoi eu teis a'u dici-bos amdanyn, mi a' i dros y tri pheth pwysig efo chi. Pwy sy'n gallu deud un peth pwysig wrtha i? Ymm ... gan bwy dwi'n mynd i gael ateb call ... Hanna?'

'Byth yn gorffen brawddeg efo arddodiad, Mr Jones.'

'Gwych, Hannah! A ... Meilir?'

'Ma' nhw'n newid siâp weithia, ma' nhw'n rhedeg!'

'Meilir, roedd o'n werth i ti godi, molchi, byta dy Weetabix, neidio ar y bws ysgol ... 'mond i ti ddod yma i ateb y cwestiwn 'na rŵan. A ... Teleri?'

'Ymm, ma' isio defnyddio'r arddodiad cywir efo'r ferf fel

"gwrando ar" dim "gwrando i" ...'

'Teleri, Meilir, Hanna, dach chi'n anhygoel! Triwch gofio hyn yn eich gwaith rŵan 'de, plis, pan dach chi'n siarad ac yn sgwennu Cymraeg.'

Mi oedd y canwrs opera yn rêl bois. Wnaethon nhw'n union fel ro'n i 'di meddwl y basan nhw'n gwneud. Dim canu wnaethon nhw, siŵr iawn, ond gweiddi nerth eu penna hyd nes bod eu gwyneba nhw'n goch fel dau domato a phawb yn rowlio chwerthin ac yn rhoi eu bysadd yn eu clustia.

'Roedd pob arddodiad yn gywir gynnoch chi, Rhydian a Blake,' medda fi. 'Lle ma'r ddau arall heddiw?'

'Orthodontist. Shrews– ... y, na ... Amwythig!'

'Wel mi naethoch chi ddigon o sŵn drostyn nhw, 'swn i'n deud. Da iawn chi, hogia!'

A dyma glap fawr i'r ddau, a nhwtha'n stwffio tei a dici-bo eu tadau'n ddiseremoni yn ôl i'w bagia ysgol blêr.

Y cynllun mawr wedi mynd i'r gwellt

'Sgrins ffwr', plis!' medda fi ar dop y landing ar fy ffordd i 'ngwely. 'Sgrins ffwr', plis! A FIFA!' Dyma oedd fy mhader newydd 'di mynd, y peth ola dwi'n ddeud wrth y plant bob nos cyn deud nos dawch. Taswn i'n marw ryw noson yn fy nghwsg, falle basa'r plant yn cofio mai'r geiria ola ddeudis i wrthyn nhw oedd 'Sgrins ffwr', plis. A FIFA!'. Gobeithio 'mod i ddim wedi ychwanegu 'y diawlad' neu 'y rabsgaliwns' neu rwbath gwaeth y noson honno, cyn marw. Be faswn i'n ddeud wrthyn nhw, tybad, ar dop y landing taswn i'n gwbod 'mod i am farw cyn y bora? 'Ewch o amgylch y byd yn llawen gan weld yr hyn sydd o Dduw ymhob dyn.' Cyngor y Crynwr George Fox oedd hwnna, a dwi'n ei licio fo. Mae o'n llawn petha cadarnhaol, mae o'n ysbrydol, mae o'n gwneud i chi weld y daioni ym mhawb. Y math yna o beth. Ac eto, ro'n i'n meddwl ar yr un pryd fod 'na bobol i'w cael heb lwchyn o ddaioni ynddyn nhw hefyd. Bod y daioni wedi cael ei wasgu allan ohonyn nhw fel dŵr o gadach gwlanan. Pobol felly fyddai yn Abu Ghraib, reit siŵr, ac yn rhedag Abu Ghraib hefyd. Rowland Lee, Huw Dew o Gaer a'i gefnder Rolant o Ruddlan a mwy o ddihirod felly.

Geiria'r Crynwr

Geiria'r Crynwr. Dyna o'n i 'di'i ddeud yn y dafarn y noson honno gawson ni i gyd y sgwrs am datŵs, ac mi sbiodd Alun, y boi tatŵ 'Dal dy dir', yn syn arna i. Roedd o'n meddwl 'i fod o'n rhy hir i'w gael o fel tatŵ cynta, 'A 'sa 'na ffwc o neb yn gwbod be ma'n ddeud!' Roedd fy syniad tatŵ i wedi cael ei chwalu'n rhacs, a finna newydd gyfadda ar ôl chydig o gwrw be oedd ar fy meddwl i.

'*Skull* 'sa'n dy siwtio di, Jones,' medda Alun.

'*Skull* mawr ar draws dy gefn,' medda Huw-fyny'r-lôn, 'a gwrych bob siâp o'i gwmpas o!' medda'r diawl wedyn, yn cofio am y gwrych anwastad oedd o flaen y tŷ yn yr haf.

'Be fasat ti'n gael 'ta, Huw-fyny'r-lôn?' medda fi.

'MF595!' medda Huw-fyny'r-lôn yn syth, 'y tractor gora ges i rioed.'

'Lle 'sat ti'n 'i roi o?' medda rhywun.

'Yn y shed!' medda Huw-fyny'r-lôn a phwyntio at dwll ei din.

Chwerthin mawr wedyn, a dyma Rich yn codi coes ei drowsus i ddangos ei datŵ diweddara LFC, seren arall i ddangos eu bod nhw wedi ennill cwpan arall.

Ond mynd am 'y ngwely oeddwn i, a doedd gen i 'run tatŵ eto.

'Oes 'na rwbath diddorol yn digwydd fory, dŵad?' medda fi wrth y wraig cyn diffodd gola'r lamp fach.

'Diwrnod newydd arall,' medda hi, a diffodd ei lamp fach hitha.

Drwy gaddug fy ymwybod

Roedd rwbath wedi cynhyrfu Bob yn lân y noson honno, pan sbiodd o arna i drwy gaddug fy ymwybod.

'Jones! Jones!' medda fo, 'mae'r Cynllun Mawr 'di mynd yn ffliwt! Oes 'na idiom gwell y medra i ei defnyddio?'

'Pam? Be ti'n feddwl?' medda fi, yn ista i fyny yn 'y ngwely rŵan ar ôl clywad y ffasiwn newyddion drwg. 'Pam fod y Cynllun Mawr wedi mynd yn ffliwt … neu wedi mynd i'r gwellt, Bob? Mae honna'n idiom reit dda hefyd tydy?'

'Wel,' medda Bob, 'dwi'n hoff iawn o'r idiom yna … wedi mynd i'r gwellt … gwych! Gwellt, Jones! Ha ha! Mae'r Cynllun Mawr 'di mynd i'r gwellt achos bod y Gwyddonwyr Enwog wedi deud nad ydyn nhw isio boddi Lerpwl efo dŵr Llyn Celyn, a …'

'*Be*? Ond dyna oedd y Cynllun Mawr o'r dechra! Pam 'u bod nhw wedi newid eu meddylia rŵan? Deud wrtha i, Bob!' Ro'n i o 'nghof, yn gandryll, a deud y gwir.

'Jones! Paid â bod yn flin efo fi … nid fi nath benderfynu canslo'r sioe!'

'Ond dyma be 'dan ni wedi bod yn ei gynllunio ers oes Adda! Dyma be *oedd* y Cynllun Mawr, Bob! Dyna pam 'mod i wedi mynd â chi i gyd ym mws mini Ticky Lloyd i Lyn Celyn ac wedyn i Lyn Barfog ... a thalu am y bws o 'mhocad fy hun a phob dim, a rŵan, ti'n deud wrtha i fod y Cynllun Mawr wedi cael ei ffocin ganslo?'

'Yndw, mae arna i ofn,' medda Bob, 'ond Jones – mae 'na "ond" mawr yn y stori 'ma!'

'Be ti'n feddwl?' medda fi, yn ddiamynedd rŵan, yn methu coelio bod y Gwyddonwyr Enwog wedi newid eu meddylia. 'Deud wrtha i, Bob! Deud, wir Dduw!'

'Iawn, Jones, iawn! Dal dy ddŵr! Dydy cynhyrfu fel hyn ddim yn lles i ti. Gorwedda'n ôl yn dy wely ac mi ddeuda i'r stori'n iawn wrthat ti. Dwi ddim yn licio dy weld di fel hyn ...'

'Deud wir, Bob, dwi'n erfyn arnat ti rŵan!'

'Iawn, cyn i ti gael hartan, myn diawl! Mae'n wir bod y Cynllun Mawr wedi dod i ben ... mae Albert ac Oppi wedi deud, yn do, ond – a hwn ydy'r "ond" mawr – mae ganddyn nhw Gynllun Mwy, ac mae ...'

'Cynllun Mwy? Cynllun Mwy, wir. Ro'n i'n meddwl fod y Cynllun Mawr yn fwy na digon i ni ei weithredu ...'

'Wel, Jones,' medda Bob, 'dim ond dŵr Llyn Celyn roeddan ni am ei ddefnyddio i foddi Lerpwl yn y Cynllun Mawr, ond yn y Cynllun Mwy y bwriad ydy defnyddio dŵr y cronfeydd i *gyd* i foddi dinas Lerpwl! Os mai dŵr oeddan nhw isio, dŵr fyddan nhw'n ei gael, Jones bach ... er mai boi heddychlon ydw i, cofia,' medda Bob.

'Be? Ti ddim o ddifri?' medda fi. 'Dŵr y cronfeydd i gyd?' A dyma fi'n trio cofio am bob man oedd wedi cael ei foddi, a chân Harri Webb yn mynd rownd a rownd yn fy mhen ... a dyma fi'n canu enwa'r lle allan o diwn i Bob fel hyn, 'boddi Claerwen a Llanwddyn, boddi Elan a Thryweryn ... a'r wlad i gyd dan ddŵr llyn ...'

'Ti 'di eu cael nhw i gyd! Pedwar allan o bedwar, Jones!'

medda Bob.

'Felly,' medda fi, 'mae'r Gwyddonwyr Enwog am ddefnyddio ... be alwon nhw fo, dwed ... Ffiseg Cwantwm i ddraenio'r dŵr o'r cronfeydd i gyd a'i ollwng o ar Lerpwl?'

'Ti'n llygad dy le, Jones!'

'Hogia bach!' medda fi. 'Dim rhyfadd eu bod nhw'n ei alw fo'n *Gynllun Mwy*! Mae hwnna'n lot mwy na'r Cynllun Mawr! Ma' hwnna'n ... anhygoel! Dwi ddim yn gwybod be i ddeud, wir!'

'Ro'n i'n gwbod y basat ti'n fodlon!' medda Bob, ac efo'i 'Heddwch, Jones,' mi ddiflannodd yn ôl i fwrllwch Seion.

'Heddwch Bob!' medda fi wrtha i fy hun, ond roedd o wedi mynd.

Gŵyl Ddewi

Dwn i'm sut roedd y peth 'di digwydd ond roedd hi'n Ŵyl Ddewi unwaith eto a chennin Pedr wedi codi'u penna melyn eto ar waelod y clawdd gyferbyn â'r tŷ. Digwyddodd dau beth reit arwyddocaol i mi o gwmpas y dyddia cam ceiliog 'na rownd dechra mis Mawrth. Y peth cynta oedd bod 'na hogyn oedd yn arfer bod yn 'rysgol 'di cael ei roi ar y fainc i dîm cynta Wolves. Iesgob! Ro'n i'n falch ohono fo. Roedd o 'di gorfod gadael yr ysgol yn hogyn bach i fynd i fyw i Wolverhampton, a chael ei addysg yn fanno. Roedd o 'di gweithio'i ffordd i fyny drwy'r timau ieuenctid a'r ail dîm, a rŵan roedd o bron iawn â chyrraedd ei nod o chwara i'r tîm cyntaf. Pan es i i wylio Wolves un pnawn Sadwrn flynyddoedd yn ôl, un o'r *ball boys* oedd o'r adeg honno, a dyma fo rŵan ar y fainc, myn diawl!

Dyna oedd y peth da yn yin a yang dechra Mawrth. Ond roedd fy llawenydd am lwyddiant y cyn-ddisgybl yn gytbwys â'r diflastod mawr a deimlais pan glywis i'r newyddion am y ddeiseb, y ddeiseb am gael rhoi hanes Cymru ar y cwricwlwm i blant ysgol saith oed a hŷn. Mudiad Balchder Cymru oedd wedi trefnu bob dim, a rŵan bod Aelodau'r Senedd wedi pleidleisio yn ei erbyn ... wel, siŵr bod tolc ym malchder Mudiad Balchder Cymru. Mae saith mil yn lot o enwau i'w casglu.

Newid thema, ond ...

'Mr Jones,' medda Ifan.

'Ia?' medda fi.

'Anifeiliaid ydy'n thema ni rŵan, de?'

'Ia Ifan, ydy hynny'n iawn efo ti?'

'Yndy, yndy ... jyst meddwl o'n i am Tryweryn ...'

'Meddwl am be, 'lly?'

'Am y bachgen 'na oedd 'di cael y gansen am fynd i brotestio.'

'Be? Hwnnw oedd 'di cymryd diwrnod i ffwr' o'r ysgol i fynd ar y bws?'

'Ia,' medda Ifan.

'Be oeddat ti'n feddwl amdano fo?'

'Wel, gafodd o'i drin yn wael, yn do?'

'Do, dwi'n cytuno efo ti. Mynd i amddiffyn ei gartre oedd o, 'de, a be gafodd o y diwrnod wedyn gan y prifathro yn yr ysgol ond cansen ar ei ben-ôl!'

'Fasa hynna ddim yn digwydd heddiw, naf'sa?' medda Ifan.

'Naf'sa, dwi'm yn meddwl, Ifan,' medda fi. 'Be fasa'n digwydd dyddia yma, ti'n meddwl?'

'Dwi'n meddwl y basa fo wedi cael ei ganmol am fynd i amddiffyn ei gartra ac am amddiffyn Cymru hefyd. Roedd o wedi dangos ei fod o'n fodlon sefyll dros be roedd o'n gredu.'

'Dwi'n cytuno efo ti, Ifan, yn cytuno i'r carn! Mae 'na lot o bobol sy'n deud ond ddim yn gwneud, yn does? Ond os ydy rhywun yn *deud* mae isio iddyn nhw *wneud* hefyd. Ti'n gweld?'

'Yndw, dwi'n gweld,' medda Ifan. 'Ond mae'r stori 'na am gael chwip din yn ... wel, dwi jyst yn cofio honna, am ryw reswm.'

'Creu argraff. Mae'r stori wedi creu argraff arnat ti, Ifan.'

'Do. 'Na fo. 'Nes i ddeud y stori yna wrth Dad.'

'Be ddwedodd Dad?'

'Roedd Dad fel fi, yn methu credu'r peth.'

'Mr Jones,' medda Ella.

'Ia, Ella?'

'Ro'n i'n edrych ar y we ac mi welis i rwbath yn deud "Anghofiwch Dryweryn".'

'Do wir?'

'Do!'

'Wel, mae 'na rai pobol sydd isio symud ymlaen, does. 'Di cael llond bol ar glywad. Be ti'n feddwl, Ella?'

'Mae isio cofio, yn does? Mae o wedi dod yn symbol i ni rŵan. Mae symbolau yn aros efo ni ...'

Stopiais be o'n i'n neud a sbio ar Ella, yn ista yn fanna yn rowlio'i gwallt am ei bys. Esgob mawr.

Michelle

Rywsut ro'n i 'di gweld yr hogan Michelle 'ma eto. Roedd hi'n sefyll ar y bws rŵan ac yn camu at y drws. Ar ôl i'r bws stopio efo herc, dyma hi a fflyd o bobol eraill yn dod allan i'r stryd. Doedd 'na ddim brics coch yn fan hyn: adeilada tal, newydd oedd fan hyn, yn wydr ac yn ddur i gyd, ac adlewyrchiad y palmant a'r adeilada eraill a'r awyr i gyd i'w gweld ynddyn nhw, fel tasa 'na ddau o bob dim. Doedd neb yn gallu gweld i mewn drwy'r ffenestri trionglog anferth oedd ar yr adeilada.

Yng nghanol y ddinas oeddan ni rŵan, lle roedd pobol yn mynd i weithio mewn swyddfeydd. Roedd y merched wedi'u gwisgo'n reit ffurfiol, fel Michelle, a'u sodla'n gwneud sŵn clic-clic-clic fel sodla'r Dirprwy Brifathrawes ar lawr y neuadd yn y gwasanaeth yn 'rysgol. Roedd y dynion wedyn yn gwisgo siwtiau smart a rhai yn cario gliniaduron mewn bagia bach duon. Roeddan nhw'n cerdded yn sydyn, a bwriad ym mhob cam ganddyn nhw, a llond cwpan bapur o gaffîn yn un llaw. Roedd 'na fynd ar bawb a phrysurdeb dinesig yn eu hystum a'u hosgo.

Mi wyliais Michelle yn cerdded yn fân ac yn fuan drwy'r bobol i gyd, wedi hen arfer, a llwybr pawb yn agor o'i blaena, rywsut, a neb yn croesi llwybra ac yn edrych fel fi yn 'rysgol weithia yn trio pasio rhywun ar y coridor ac yn dawnsio'n wirion.

Mi aeth hi drwy glamp o ddrws troi awtomatig a dangos ei bathodyn ID i'r swyddog wrth y drws cyn ei sganio fo a mynd yn ei blaen mewn un symudiad esmwyth, braf. Yn ei blaen â hi, a sŵn ei sodlau yn clip-clopian eto ar deils gwynion mawr y cyntedd anferth cyn iddi gamu ar y grisia symudol, a sefyll yn dynn ar y chwith er mwyn i bobol eraill gael pasio. Fyny un llawr, fyny dau lawr, fyny i'r trydydd a deud dim wrth neb, fyny i'r pedwerydd a mynd yn syth am y lifft. Yn y lifft mae hi'n siarad efo Claire a Mark, yn ôl yr enwa ar eu bathodynna, ac maen nhw hefyd yn gorfforaethol iawn, yn olwynion bach ym mheiriant mawr y gorfforaeth hon lle maen nhw'n dod bob dydd i drafod cyllid a chyfraith a busnes a buddsoddi ac elw mawr. Digon tebyg i'r hen foi Pres a Phensiwn ers talwm ond ar raddfa chydig bach yn fwy.

Mae hi'n dod o'r lifft rŵan, ar lawr un deg dau, y llawr uchaf ond un yn y tŵr, ac yn tynnu'i chôt a'i rhoi ar gefn cadair am y tro, a rhoi ei bag llaw ar y gadair cyn troi'n sydyn a mynd at y peiriant dŵr. Cwpaned fach o ddŵr mewn côn, ac yna mae hi'n codi'i llaw ar ryw foi ym mhen pella'r swyddfa helaeth *open plan* ac yn deud helô wrth ferch arall sydd newydd gyrraedd. Ar ôl i'w chyfrifiadur oleuo mae hi'n agor yr e-bost, mae negeseuon newydd yn ei chyrraedd ac mae'r ffôn yn dechra canu ... Mae'n edrych fel tasa gan Michelle ddiwrnod prysur o'i blaen, ac wrth i mi ymbellhau oddi wrthi ac i'r darlun fynd yn fwy a mwy annelwig, rydw i'n gweld allan drwy'r ffenestri mawrion: awyr lawn gola llwyd y bora, hen adeilada'r dociau sydd ar eu newydd wedd erbyn hyn a'r afon dywyll bron â bod yn toddi'n un â'r gorwel fan draw.

Y cur, y cur

Ro'n i 'di cysgu fel mochyn drwy'r nos ac mor barod ag y gallwn i fod i wynebu diwrnod newydd sbon arall.

'Niawn?' medda fi wrth y wraig ar ôl iddi fod yn y tŷ bach a dod yn ôl ata i i'r gwely.

'Cur pen gen i. Uffernol,' medda hi, a rhoi ei phen yn ôl ar y gobennydd yn ara bach fel tasa'i phenglog hi'n wydr tena, tena.

'Ti isio diod o ddŵr?' medda fi, 'falle nad wyt ti wedi bod

yn yfad digon …'

'Ia, falle,' medda hi, 'ond fydd raid 'mi godi rŵan.'

'Gwitsia i mi nôl diod o ddŵr i ti gynta, 'ta,' medda fi.

Dim ond un peth

Ro'n i'n dal i rygnu am y straeon bychan bach rheiny efo blwyddyn 11 ac yn poeni chydig 'mod i'n mynd i ddifetha bob dim drwy siarad am Gomiwnyddiaeth a ballu, er bod rhai ohonyn nhw'n dechra datblygu rhyw ymwybyddiaeth wleidyddol. Ond doedd 'na ddim byd yn wleidyddol am y stori sgwennodd Tomos. Doniol oedd honno, mewn ffordd.

'Ti isio darllen y stori dy hun, Tomos?' medda fi.

'Newch chi neud, plis?' medda Tomos.

'Iawn ta,' medda fi. 'Bois Ifanc Peryg – dyna ydy teitl stori Tomos, a dyma hi felly.'

Bois ifanc peryg

Cefn y car cefn y car can o lagyr cefn y car hwdis duon cefn y car cefn y car rownd corneli cefn y car cefn y car refio refio cefn y cefn y car 'nôl o'r parti cefn y car cefn y car geneth secsi cefn y car cefn y car set yn ôl cefn y car cefn y car bob nos Sadwrn cefn y car cefn y car lot o draffarth cefn y car cefn y car well na tŷ Mam cefn y car cefn y car neb o gwmpas cefn y car cefn y car smôc bach wedyn cefn y car cefn y car gafa'l dwylo cefn y car cefn y car set babi o Halfords petha drud.

Er nad oedd gan Tomos atalnod yn agos at ei stori fach roedd yn rhaid i mi ei ganmol o achos bod 'na fomentwm yn ei stori a thro ar y diwedd hefyd. Oedd, tad! Llwyddiant diamheuol oedd stori Tomos, rhaid deud.

Michelle ma Belle

Roedd y gân wedi bod yn mynd rownd a rownd yn fy mhen drwy'r gyda'r nos. Baled ramantus Saesneg a Ffrangeg Lennon a McCartney. Mae hi'n dechra yn y cywair llon ac wedyn yn troi i'r lleddf ac yn mynd bob yn ail fel'na rywsut. Mae'r geiria a'r noda yn llawn hiraeth am rwbath a fu. *Michelle, ma belle* ... a'r Sgowsars yn deud wrthi sut ma' nhw'n ei charu hi a faint ma' nhw isio hi rownd a rownd a rownd, yn y ddwy iaith. Handi 'di dwy iaith.

Gwlad y llaeth a'r mêl

'Fi wedi rhoi rhy gormod o Frosties yn powlen fi!' medda'r hynaf, yn siarad bratiaith i dynnu arna i'r peth cynta yn y bora. Yn lle cadw'n dawal a'i hanwybyddu dyma fi'n ei hannog hi a deud yn ôl wrthi fel hyn,

'Ti angen bod mwy gofalus gyda powlen ti.'

'Fi yn gwbod. Mae fi gyn gormod pob tro,' medda'r hynaf, 'ac mae'r *milk* yma'n smelio.'

'Mae y *milk* wedi bod yn oerrrgell drwy y nos. Fo dim yn smelio. Fo yn fresh,' medda fi.

'Fi'n sbredio menyn ar tost fi, fi yn!' medda'r ganol, yn ymuno yn yr hwyl rŵan.

'Fi'n hoffi tost, fi yn,' medda fi. 'Ti neud *piece* o tost i fi hefyd, plis?'

'Iawn, Daddy! *Piece* i ti.'

'Hey! *Peace* i ti hefyd, *baby*!' medda fi, a gwneud arwydd 'v' efo fy nau fys.

'Ti gallu rhoi *honey* ar fo, *honey*?'

'Na, Daddy! *Honey* yn *sticky* a *messy* ... mae o'n ...'

'Calliwch, wir Dduw!' medda'r wraig wrth dywallt panad arall o de iddi'i hun. 'Mae hyd yn oed y ci yn meddwl bo' chi'n hurt bost! Drychwch ...'

A dyna lle roedd ein gast, yn sefyll efo'i phen ar sgiw ar ganol llawr y gegin, ond i ffwr' â hi fel shot i'w chongol pan welodd hi fod pawb yn edrych arni.

Bodio yn y glaw

Pan es i lawr i'r pentra i nôl torth, roedd y ferch sy'n byw yn y pentra nesa aton ni yno. Wedi colli'r post oedd hi, ac ar frys i fynd lawr i'r dre i ddal y post yn fanno.

'Diolch i ti 'fyd,' medda fi.

'Am be?' medda hi.

'Wel, am ddod â fi adra'n saff o lle bynnag oeddan ni tro dwetha!' medda fi.

'Croeso!' medda hi, 'er, dwi'm yn cofio lle roeddan ni chwaith. Wela i di eto!'

Car bach piws gola oedd ganddi hi, lliw anodd i'w gofio, medda fi wrtha i fy hun.

Tybad pryd oedd ei thad hi am ddod draw eto i dorri gwair? Roedd yr hin yn tyneru rŵan, y tywydd yn brafio a'r gwair yn dechra tyfu eto. A finna'n dal i feddwl amdano fo'n bodio yn y glaw drwy Sir Fôn i Gaergybi i ddal y llong. Tybad gafodd o draed oer ar ochr y ffordd yn rwla? Ym Mhentre Berw neu'r Fali, 'wrach, wrth aros i Volkswagen Beetle neu i Ford Mustang neu i lorri fawr ei godi fo. Ond dydy pobol ddim isio rhoi lifft i rywun sy'n wlyb at ei groen, nac'dyn. Glaw Sir Fôn – hen law mân sy'n cau amdanoch chi'n ddistaw bach. Dŵr, dŵr, ffocin dŵr. Mi nath dŵr achosi lot o draffarth i dad y ferch sy'n byw yn y pentra nesa.

Siôn Aubrey

Dwi'n meddwl mai mis Ionawr oedd hi. 1998. Dydw i ddim yn cofio pryd yn union, dim ond be oedd yn digwydd. Ro'n i'n meddwl ar y pryd bod 'na gors fawr y tu ôl i mi a chors am fod o 'mlaen i hefyd, ond 'mod i'n iawn – am y tro. Ro'n i'n iawn am y tro achos ro'n i wedi dal amser yn ei unfan, wedi rhoi'r gora i fy joban ar ôl hel dipyn o bres, ac yn rhydd. Y diwrnod wedyn ro'n i am fynd i Lundain i ddal awyren fawr, wen, ddrud, Alitalia i Sao Paulo. Ac wedyn i Buenos Aires.

Mi yfais beint o laeth i leinio fy stumog cyn dreifio car Mam i Gnarfon a'i barcio ar y stryd o flaen tŷ Embo.

'Ti'n barod am sesh cachu trôns?' medda Embo a chwerthin dros y lle.

'Nac'dw!' medda fi, er 'mod i wedi yfad llond potal o laeth i leinio fy stumog.

'Wel,' medda fo, 'ma'r boi 'di cael dod allan o jêl felly fydd raid i ni gael dathliad bach efo fo, bydd!'

'Bydd siŵr,' medda fi. 'Mae o 'di colli blynyddoedd gora'i fywyd yn jêl. Meddylia'r hwyl 'dan ni 'di'i gael dros y blynyddoedd dwetha 'ma!'

'Ia!' medda Embo. 'Ond be nath o? Roedd o'n 'rysgol gynradd, siŵr Dduw, pan oedd Meibion Glyndŵr wrthi'n llosgi tai haf!'

''Dan ni i fod yno cyn hannar awr 'di naw. Dyna mae o'n

ddeud ar y tocyn, yli,' medda fi wrth Embo, yn rhoi tocyn iddo fo.

'Diolch,' medda fo. 'Mi dala i di'n ôl mewn cwrw. Awn ni rownd dre gynta, i weld pwy welwn ni. Fydd 'na ddim lot fawr allan ar nos Iau, gei di weld!'

Mi gerddon ni heibio'r Eagles a drwy'r twll dan stryd ac i lawr Stryd Llyn a drwy'r maes a'i gwneud hi i'r Goron Fach. Roedd Oasis yn blastio o'r jiwcbocs efo 'She's Electric' a thri Cofi Dre yn ffidlan efo'r ffrŵt-mashîn. Aeth Embo at y bar a gofyn am ddau beint o lagyr a dyma finna'n mynd i ista wrth un o'r byrdda gwag. Mi fydd arno fo dri pheint i mi am y tocyn. Reit dda, 'de!

'Ma'r boi bar isio chdi,' medda Embo, a rhoi'r ddau beint ar y bwrdd.

'Isio fi? Be mae o isio?'

'Dw'mbo. "Deud wrth dy fêt am ddod yma" ddeudodd o.'

Cymrais gegiad go dda o gwrw cynta'r noson a deud 'Iechyd da', wedyn mynd at y bar i weld be oedd y boi isio. Do'n i ddim yn 'i nabod o, jyst yn 'i weld o bob hyn a hyn yn y Goron Fach os oeddan ni isio newid o dafarnadai Bangor. Roedd ei gefn o ata i, am 'i fod o'n sychu gwydra neu rwbath, a phan synhwyrodd o 'mod i yno mi drodd a chamu mlaen nes bod 'i wyneb o reit wrth f'un i, a medda fo'n filain,

'Gwna di hynna eto ac mi stedda i ar dy ben di ac mi gacha i ar dy ysgwydd di.' Wedyn, dyma fo'n troi ei gefn eto a chario mlaen i sychu'r optics a thacluso tu ôl i'r bar ... a finna'n sbio ar Embo, yn methu dallt.

'Glywist ti hynna?' medda fi ar ôl mynd yn ôl at y bwrdd.

'Do! Mae o 'di drysu rhwngthat ti a rhywun arall, ma' raid.'

'Ma' raid! Dwi'm di gneud dim byd iddo fo, naddo?'

'Dim i mi fod yn gwbod.'

'Twll 'i din o!' medda fi. 'Ty'd, clec iddo fo, awn ni i Pendeits.'

Roedd 'na chydig mwy o bobol yn Pendeits ond digon tawel oedd hi hefyd.

'Dau beint o lagyr,' medda Embo wrth y bar.

'Do'n i'm 'di meddwl hel diod heno,' medda fi. 'Raid i mi godi'n gynnar, does, a dwi'n cymryd y tablets malaria 'ma. 'Di cymysgu lagyr a Lariam ddim yn syniad da.'

'Ond ma' arna i un arall i ti am y tocyn, does?'

Ro'n i'n gwbod yn iawn be fasa'n digwydd ar ôl cael tri. Fasa 'na ddim dal yn ôl wedyn, o naf'sa. Ffwc o ots am fosgitos na chodi'n gynnar na dim byd, siŵr iawn.

Peint bach wedyn yn y Morgan Lloyd a'r Castle a'i gwneud hi am Parosocs. Dyna be oedd pawb yn galw'r lle am mai Paradox oedd y perchnogion dwl 'di roi yn enw ar y clwb nos. Hen warws mawr oedd o ar y cei, a walia cerrig a phob dim arall ynddo fo yn fetal ac yn ddur ac yn sownd yn y llawr fel nad oedd neb yn gallu dwyn na malu dim byd. Y bownsars yn gwisgo boiler-siwts oren tebyg i garcharorion Guantanamo mewn oes ddiweddarach.

Rhyfadd oedd mynd i Parosocs ar nos Iau. 'Mond ar nos Wener a nos Sadwrn yr oeddan ni wedi bod yno o'r blaen, heblaw am nos Sul gwylia banc pan oedd Cofis Dre i gyd yn cael mynd i mewn am ddim a'r lle'n llawn dop.

Wrth gerdded i fyny'r grisia metal y gwelis i hi, y ferch ro'n i 'di bod yn ei gweld bob hyn a hyn. Wnes i ddim meddwl y basa hi yno. Pan ddaeth hi i fyny'r grisia i fynd i'r tŷ bach mi gododd ei llaw arna i a dod i ddeud helô wrthan ni'n dau ar ei ffordd yn ôl i lawr at ei ffrindia.

'Fyddi di ddim angen potal dŵr poeth heno!' medda Embo.

'Gawn ni weld sut eith petha,' medda fi, yn meddwl bod 'na lygedyn o obaith. Ro'n i yn ei hoffi hi, nid am ei bod hi'n dlws a'i gwallt tywyll hi'n hir ac yn sgleinio, ond am fy mod i'n licio siarad am betha efo hi hefyd ...

Ond doedd 'na ddim siarad rŵan achos roedd Geraint Løvgreen a'i fêts i gyd yn dechra chwythu'r sacsaffons a'r trombôns a ballu, ac roedd Kenny Khan ar y llwyfan hefyd yn canu 'Summertime ... and my house is on fire ...' fath â Satchmo ... a'r lle yn llenwi rŵan efo pobol do'n i ddim yn arfer eu gweld ar noson allan yn dre. Roedd 'na siarad cenedlaetholdeb mawr yn y tŷ bach, a phwy ddoth i mewn ond y dyn ei hun, Siôn Aubrey ... a phawb yn ysgwyd llaw ac yn curo'i gefn o ac yn deud 'croeso adra' a 'neis dy weld di' ac 'enjoia heno' a ballu ... a fynta'n arwr anfoddog, rywsut, yn rhyw wenu ond yn amlwg ddim yn teimlo'r un trydan â phawb arall.

'Hysh, rŵan ...' medda llais dros y meicroffon ar ôl i'r miwsig ddod i stop. Prysor, yn dal darn o bapur oedd newydd gael ei ffacsio o Lydaw ... cerdd gan Twm Morys ... a dyma fo'n ei darllan hi.

I Siôn Aubrey

I bawb sydd yn caru'r byd – mae rhyfel,
Ac mae rhyfel i Gymro hefyd,
A hurt y'i gelwir o hyd – gan rywun:
Gan ei elyn, gan ei anwylyd,
Gan bawb sy heb go'n y byd – am Lyndŵr,
Rhai ofn marw, rhai ofn ymyrryd,
Yr ifanc yn eu reufyd, – y crachach
Â'n feinach a meinach bob munud,
Arglwydd a'i wraig a'i wledd ddrud, – ni'r boblach

A'n bara a'n henllyn bach brenhinllyd ...
Mae rhai heb go' am y rhyd, – lle bu'n Llyw;
Mae rhai heb lyw yn byw eu bywyd,
Ac mae rhai fydd yn Gymry hyd – Ddydd Barn,
Yn gadarn ac yn unfarn ynfyd,
Yn dwyn i go'n dân i gyd – yr hen si
Y daw rhyw Aubrey i'r adwy rywbryd.

Daeth Bryn Fôn i ganu 'Mae rhywun yn rwla'n gwybod' a phawb bron yn neidio a bownsio i fyny ac i lawr fel dwn i'm be wrth glywad y geiria 'meibion y fflam' ... pawb ond ryw ddynion canol oed oedd 'di gwisgo'n rhy daclus i fod yno ...

Mân-ffrygydau wedyn ddiwedd nos, a siarad mawr.

'Ma' Bryn Fôn 'di cael ffeit efo'r bownsars! Rebal nos Iau!'

'Ma' Prysor 'di cael 'i daflu allan! Welis i o rownd gornal a'i drwyn o'n gwaedu ...'

'Pwy ffwc oedd y dynion 'na?'

'Mi fydd 'na ffeil MFI ar bawb ohonan ni erbyn bora!'

'MFI! Siop soffas 'di honno! MI5 ti'n feddwl, y con' gwirion!'

'Ia! Hwnnw!'

Ac roedd Embo'n iawn. Mi ddaeth y ferch adra efo fi ... wel, adra i dŷ Embo, a cherdded efo fi law yn llaw i fyny Stryd Llyn a drwy'r twll dan stryd a heibio'r Eagles a chael panad ac Embo yn mynd am ei wely ar ôl siarad mawr am y noson ora eto a ballu ond bod raid iddo fo godi ben bora ... a dyma flanced a chlustog ichi ... a nos dawch ...

'Diolch mêt,' medda fi.

'Ia, diolch,' medda hi, chydig bach yn swil, ac ista ar flaen yr hen soffa felen a brown honno oedd am fod yn wely i ni'n dau tan y bora er gwaetha'r pant diaweldig yn ei chanol.

Ych-a-fi

'Ma'r sudd afal 'ma'n afiach,' medda'r fenga.

'Be sy'n bod arno fo, 'lly?'

''Di o jyst ddim yn blasu fel sudd afal! Mae o'n chwerw a disgystin!'

''Di o'm yn blasu fel sudd afal achos dim sudd afal ydy o!' medda'r hynaf yn reit goeglyd.

'Ia tad ...' medda fi, ond ar ôl sbio'n iawn ar y carton gwyn a gwyrdd, carton union 'run fath â'r carton sudd afal, mi welis i ei fod o'n deud 'Mojito' arno fo.

'Wps,' medda fi, 'sori! Fi brynodd o. Pam bo' nhw'n ei roi o mewn carton sy'n union run fath â'r un sudd afal? Dyna 'swn i'n licio'i wbod. Diawlad gwirion.'

'Ffrwytha ydy hwn 'fyd,' medda'r hynaf, yn darllen ochr y carton. 'Lemon a leim a ballu sy ynddo fo.'

'Wel, sudd afal dwi'n licio efo 'mrecwast,' medda'r fenga, 'dim yr erchyllbeth yma.'

'Gair da,' medda fi. 'O Ciwba ma' hwnna'n dod, 'chi. Dwi'n cofio Mam a fi yn cael diod o hwnna yn Havana ar do'r gwesty hwnnw, be oedd ei enw fo ...?'

'Dwi'm yn cofio enw'r lle rŵan ond ma' gynnon ni lunia ohonan ni yno.'

'Ro'n i'n meddwl 'i fod o'n ddiod alcoholig.'

'Mi oedd o yn Ciwba, doedd?'

'Oedd tad, a dail tu mewn iddo fo a siwgr 'di cledu ar y gwydr, cofio?'

'Cofio'n iawn.'

'Mi wna i ddeud yn 'rysgol bo' chi'n rhoi alcohol i fi i frecwast,' medda'r fenga, a chwerthin.

'Paid, wir!' medda'r wraig, 'rhag ofn i ni fynd i helynt!'

'Ma' alcis yn yfad gwin i frecwast,' medda'r hynaf.

'Ofnadwy, de!' medda fi. 'Roedd 'na foi ro'n i'n ei nabod ers talwm yn brwsio'i ddannadd efo lagyr.'

'*Be*?' medda pawb efo'i gilydd.

'Oedd o'n alci?' medda'r ganol.

'Nagoedd! Yn steddfod oedd o. Maes pebyll, a dim dŵr gynno fo a dim mynadd i gerdded i'r lle molchi!'

'Sglyfath!' medda'r wraig. 'Pwy oedd o?'

'Arwel, 'de! Rafin a hannar o Amlwch. Dwi'm 'di'i weld o ers blynyddoedd! 'Swn i'n licio'i weld o eto 'fyd.' Neidiais ar fy nhraed pan welis i faint o'r gloch oedd hi. 'Arglwy', fydda i'n hwyr ...'

'Paid â gyrru'n wirion!' medda'r wraig wrth i mi ddiflannu drwy'r drws heb llnau fy nannadd efo dŵr na lagyr na dim byd achos 'i bod hi'n rhy hwyr.

Y stordy

Ro'n i bron â phendwmpian yn y gwasanaeth. Rhyw ddosbarth ffrwd Saesneg blwyddyn 10 oedd yn ei wneud o, yn sefyll yn un rhes, a ddalltis i 'run gair roeddan nhw'n ei ddarllen. Dim un gair. Roeddan nhw'n ddiawledig.

'Dyla bo' rheina'n gorfod dechra eto a'i ddeud o'n iawn,' medda fi wrth y stiwdant Cerdd ac Addysg Grefyddol oedd yn cerdded allan o'r neuadd efo fi ac i lawr y coridor.

'Cytuno,' medda hi, 'dim ond dau air ddalltis i, "tatŵ" ac "Auschwitz"...'

'Cerddwch!' medda fi wrth ryw hogia oedd yn rhedag fel petha gwirion i gyfeiriad y toileda cyn i'r gloch ganu.

'Jones, oes gynnoch chi datŵ?' medda'r stiwdant Cerdd ac Addysg Grefyddol.

'Nagoes,' medda fi, 'ond gen i chydig o awydd cael un ar 'y mhen blwydd yn hannar cant. Mae 'nghenhedlaeth i wedi osgoi tatŵs rywsut ... mae gan bawb iau na fi datŵ, i'w weld.'

'Dwi 'di cael un newydd!' medda hi.

'Iesgob, be ti 'di gael?' medda fi, er na ddylwn i ofyn, ma' siŵr.

'Dwi'm yn deud!' medda hi, 'ond mi ddo' i i'w ddangos o i chi ryw bnawn. Iawn?'

'Wel ... ymm ... iawn,' medda fi.

'Ond fydd raid i ni fynd i'r stordy neu rwla achos mae o ... wel, mewn lle ... dach chi'n gwbod ...'

'Gwbod yn iawn,' medda fi, gan gofio'n sydyn 'mod i isio llungopïo, a throi ar fy sawdl.

'Hi hi hi!' medda hi, a chodi'i llaw. 'Gweld chi'n fuan!'

Nid cochi wrth feddwl am datŵ y stiwdant Cerdd ac Addysg Grefyddol wnes i, ond cofio am y prawf treiglad trwynol ro'n i wedi'i drefnu i flwyddyn 9. Os prawf, prawf amdani, ac roedd yn rhaid cael copi i bawb, doedd. Copi i bawb o brawf treiglad trwynol iaith leiafrifol ar gyrion creigiog gorllewin Ewrop. Beth arall sydd ei angen ar ddyn y peth cynta yn y bora? Fy mhen-ôl ... fy nhits ... fy nghoc ... cofiwch rŵan blant, dyna sy'n gywir ... tasa rhywun jyst yn cael deud hynna mi fasan nhw'n cofio'r treiglad trwynol am byth wedyn ...

Hei, Fidel

'Ydy petha'n barod i wneud y Cynllun Mwy rŵan?' medda fi wrth Bob y munud ddoth o i'r golwg, achos ro'n i'n cofio bod yn rhaid i mi ofyn i Ticky Lloyd am gael benthyg y bws mini eto i fynd â phawb i Lyn Celyn, neu lle bynnag roedd angen mynd â nhw.

Roedd 'na fwy o niwl a mwrllwch nag arfer yn nhafarn Paradwys achos roedd Bob wrthi'n smocio fel stemar ac yn pasio'i smôc ymlaen i foi efo un llygad – Christmas Evans o'n i'n feddwl oedd o – wedyn i Iolo Morganwg ac i foi arall reit wyllt yr olwg nad o'n i wedi'i weld o'r blaen. Roedd 'na rai eraill yn y cylch hefyd, ond roeddan nhw ar ymylon fy llun i ac yn aneglur, braidd.

'Jones,' medda Bob, 'sut wyt ti heno? Dwi a Chris wedi bod yn siarad am ein helyntion. Fi yn cael fy saethu 'nôl adra yn Jamaica, fynta'n colli'i lygad mewn ffrwgwd yn Henffordd ... 'de Chris?'

'Ia wir, ia wir,' medda Christmas Evans wrth ysgwyd ei ben yn ddwys.

'Difyr, Bob!' medda fi, heb feddwl bod y profiada hynny'n siŵr o fod wedi creithio'r ddau am byth. 'Yndw, dwi'n iawn, diolch ... dal i fynd, 'de ... ond ydy bob dim yn iawn efo'r Cynllun Mwy?'

'Y Cynllun Mwy?' medda Bob. 'Ydy, Jones! Mae pob dim yn iawn!'

'Oes 'na ddyddiad neu amsar?' medda finna wedyn.

'Mae llawer iawn o waith caled wedi bod,' medda Bob, 'ond dydy'r cynlluniau terfynol ddim cweit yn eu lle eto ...'

'O, wela i,' medda fi, 'ond ...'

'Jones! Pwylla!' medda llais arall o rwla, nid Christmas

Evans na Iolo Morganwg. 'Mae digon o amser,' medda'r llais eto, a phwy ddoth i'r fei ond Fidel.

'Hei, Fidel!' medda fi, yn falch iawn o'i weld o.

'Noswaith dda, Hones!' medda Fidel.

'Ydy petha mewn trefn?' medda fi.

'Mi ddweda i fel hyn wrthat ti, Hones, mae angen cryn dipyn o waith cyd-drefnu efo'r Cynllun Mwy 'ma. Mae trafodaethau tactics mawr iawn, iawn, creda di fi, wedi bod rhyngdda i a Glyndŵr, a 'dan ni wedi sylweddoli ein bod ni'n dau, yn y gorffennol, wedi cael profiad o baratoi ar gyfer un frwydr fawr ac ar gyfer cyfres o frwydrau llai. Clwstwr o weithredodd ydy'r Cynllun Mwy sy'n digwydd yn agos iawn at yr un amser. Wyt ti'n dallt be dwi'n ddeud, Hones?' medda Fidel.

'Ydw siŵr, dallt yn iawn,' medda fi, ddim yn hollol siŵr be oedd gan Fidel, deud y gwir, ond yn ama 'mod i'n dallt hefyd, o gofio am frwydr Bryn Glas. Neu frwydr Hyddgen, falle, oedd yn gyfres o ymosodiadau ar 1,500 o filwyr Lloegr cyn iddyn nhw redag i ffwrdd am eu bywydau. 'Mae cydblethu petha'n fwy o dasg o lawer na threfnu un peth,' medda fi. 'Dwi'n dallt yn iawn, ydw tad ...'

'Hones! Ro'n i'n gwybod y basat ti'n dallt. Bydd mwy o ran i ti rŵan hefyd, cofia. Fydd un o fysys mini Ticky Lloyd ddim yn ddigon. Dy joban di fydd trefnu i gael pob un bws sydd ganddo fo pan fydda i a Glyndŵr yn rhoi gwybod i ti. Byddwn yn cysylltu'n fuan, drwy ein cennad, Bob.'

'Pob un o fysys Ticky Lloyd? Y rhai mawr sy'n dal hannar cant hefyd?'

'Pob un!' medda Fidel yn chwyrn. 'Dyna ddwedis i, 'de? Dydw i ddim yn arfar gorfod ailadrodd gorchmynion. Gwranda'n iawn y tro cynta, Hones.'

'Iawn. Sori Fidel.'

'Mae dy ran di'n mynd i fod yn allweddol i lwyddiant y Cynllun Mwy. Deud y gwir, heb dy gyfraniad di, fydd y cynllun ddim yn bosib achos all neb gyrraedd y cronfeydd dŵr ...'

'Iawn, Fidel!' medda fi. 'Mi wna i fy ngora glas, a wna i ddim eich gadael chi lawr, na wna i wir, ac os mai holl fysys Ticky Lloyd dach chi isio, holl fysys Ticky Lloyd gewch chi, siŵr iawn.'

'Da was,' medda Fidel. 'A Hones,' medda fo wedyn, 'mae Bob a Christmas Evans 'ma'n meddwl mai dim ond nhw sy 'di bod drwyddi go iawn, ond rydw i'n mynd i ddeud wrthyn nhw rŵan am y troeon y triodd bastardos y CIA fy lladd i ... mi fydd hon yn sgwrs hir. Reit, Hones, dwi'n mynd, ond mae 'na rywun isio gair efo ti yn fama ...'

Peth cas ydy rhywun yn siarad efo chi a chitha ddim yn eu nabod nhw, 'de. Dyna ddigwyddodd i mi'r noson honno pan ddaeth wyneb esgyrnog i'r golwg; dyn bach yn siarad yn sydyn, a meddwl chwim ganddo fo, fynta hefyd yn gwisgo gwenwisg ag iddi ymyl euraidd neis ...

'Ap Sion!' medda fo, 'Ap Sion! Mi ydw i wedi clywad llawer iawn amdanat ti ac isio diolch i ti am dy ran yn y Cynllun Mwy 'ma, da was, da a ffyddlon ...'

'Wel, diolch i chi,' medda fi. Wedyn, diolch byth, mi nath o gyflwyno'i hun.

'Gruffydd Young ydw i, cyfaill a changhellor Glyndŵr, ac mae gen i neges i ti. Mae'n rhaid i dy Gymru di fenthyg arian, ap Sion ... benthyg arian i godi'r wlad ar ei thraed. Dyna mae holl wledydd y byd yn ei wneud rŵan, yn enwedig y rhai sy'n cael annibyniaeth o'r newydd ... benthyg arian, iawn, ap Sion?'

'Iesgob! Iawn, Mr Young,' medda fi.

'Llai o'r "Mr" 'na. Gas gen i'r hen air 'na,' medda Gruffydd Young.

A dyna be glywis i o Seion y noson honno. Ches i ddim cyfla i ofyn i Fidel a oedd o'n licio Mojito, a daeth Che ddim i'r golwg i mi ofyn iddo fo chwaith.

Clirio desgia ar bnawn Gwener

Wn i ddim ydy fy namcaniaeth i yn iawn ond dwi'n meddwl fod gweithwyr iechyd, y rhai sy'n gweithio mewn swyddfeydd dwi'n feddwl rŵan, yn trio clirio'u desgia ar ddydd Gwener, ac yn anfon bob dim pwysig sy ganddyn nhw i'w anfon allan cyn y penwythnos. Dwi'n meddwl amdanyn nhw'n rhedag i ddal y post. Dyna pam fod y ffocin amlenni brown yn cyrraedd ar fora Sadwrn wedyn, i sbwylio penwythnos rhywun. Amlen arall frown i'r wraig i mi ei hagor. Ies! Apwyntiad yn Wolverhampton, meddyliais wrth dynnu'r llythyr o'r amlen, yn meddwl fod petha'n dechra symud eto rŵan ... ond dim dyna be oedd o. Bone Density Tests yn y sbyty lleol. Bora Iau, y pumed o'r mis nesa.

'Rho fo yn dy ffôn,' medda fi wrth y wraig, 'ac mi wna inna'r un fath 'cofn i ni anghofio.'

Rhoi ei gôt fel clogyn Batman

Roedd y boi sy'n dod i dorri gwair yng ngardd ei ferch sy'n byw yn y pentra nesa wedi landio yn y jêl hefyd. Os faswn i'n cael sgwrs efo fo mi faswn i'n gofyn iddo oedd o'n gwybod bod 'na heddlu cudd ar ei ôl o. Oedd o wedi synhwyro fod rhywun yn ei ddilyn o gwmpas y lle, fel roeddan nhw wedi dilyn Siôn Aubrey? 38 ohonyn nhw, yn ôl y sôn, oedd wedi bod yn ei ddilyn o o gwmpas y lle ac yn torri i mewn i'w fflat o a gadael dyfeisiau yno a ballu. Er mai dim ond saith neu wyth oed oedd o pan ddechreuodd Meibion Glyndŵr losgi tai haf. Ma' siŵr y basa fo'n rhedag rownd iard yr ysgol 'fath â Batman a dim ond botwm uchaf ei gôt o 'di cau i wneud iddi edrych fel clogyn. Fo a'i ffrindia bach yn rhedag o gwmpas y lle amser chwara. Saith neu wyth haf, dyna i gyd, a thai haf yn wenfflam a rhywun yn rwla'n gwybod ... a phobol yn llawenhau yn gyhoeddus ac yn ddistaw bach fod 'na frwydr newydd, fod 'na rai oedd yn dal isio amddiffyn eu gwlad. Isio newid ... isio chwyldro ... a'r heddlu'n methu'n lân â ffendio pwy oedd wrthi ... a siom ar wyneba pobol o Surrey fod eu tŷ haf bach twt nhw'n llanast llosg. Llwch yn y gwynt ...

Ond yn ôl at y gŵr bonheddig sy'n torri gwair ei ferch bob hyn a hyn yn yr haf. Nath o fodio drwy Sir Fôn i ddal llong i Iwerddon er mwyn cwrdd â'r IRA. Treulio wythnos gron gyfan efo Máirtín Ó Cadhain, llenor oedd yn mynnu siarad Gwyddeleg drwy'r amser efo pawb, dyna faint roedd o'n credu yn ei iaith a'i ddiwylliant ei hun. Glywsoch chi am y nofel ora yn yr iaith Wyddeleg? *Cré na Cille*, fo sgwennodd honna. Uffar o nofel am bobol sy 'di marw ac wedi'u claddu yn y fynwant, yn siarad efo'i gilydd – does na'm llawer o wahaniaeth rhwng be oeddan nhw'n baldaruo amdano fo pan oeddan nhw'n fyw a'r hyn roeddan nhw'n paldaruo amdano fo pan oeddan nhw'n farw. Wel, marw i fod.

Ond y dyn efo'r peiriant Honda. Mi aeth o i Dryweryn. Mi guddiodd o am oria ar ei hyd mewn ffos tra oedd yr heddlu cudd ar ei wartha fo. Ac yna, pan oedd 'na eira dros bob man, mi aeth o a dau arall i osod ffrwydron i wneud difrod i rwbath yr oedd o'n anghytuno efo fo. Mi oedd o wedi gwneud ... wedi dilyn ei ewyllys ei hun ... ac mae 'na rwbath anrhydeddus iawn yn hynny i mi. Ond wedyn mi gafodd ei garcharu a'i orfodi i sgwrio llawr teils yn loyw lân, dim ond i un o'r sgriws gerdded drosto a'i faeddu i gyd eto fel 'i fod o'n gorfod ei olchi o eto. Dŵr ... dŵr i Lerpwl a chroesi dŵr i Iwerddon ... a llond bwced o ddŵr i olchi lloriau teils y jêl ... a dŵr i foddi Capel Celyn. Dŵr. Dim ond traffarth oedd dŵr i'r boi sy'n dod i dorri'r gwair yng ngardd ei ferch. Erbyn meddwl, dŵr sy'n gwneud i'r gwair dyfu hefyd, 'de.

Pivo

Pivo ydy'r gair am gwrw yn y Weriniaeth Tsiec. Er ei fod o'n swnio fel 'piso' yn Gymraeg, dydy'r stwff ei hun ddim fel piso o gwbl. Mae'r stwff ei hun yn gwrw gwych iawn, o bosib, y cwrw gora yn y byd i gyd. Sori, Cwrw Llŷn, ond mae o'n well na'ch cwrw Glyndŵr chi, hyd yn oed.

Yn y llun sy'n dod yn ôl i mi drwy fwg tafarn fy isymwybod dwi ym Mhrag, yn methu penderfynu pa gwrw i'w yfad: Budvar neu Staropramen. Dewis Pivo Budvar wnes i yn rêl boi, a'i yfad wrth ddarllan llyfr Milan Kundera, *Ysgafnder Anioddefol Bod*.

Trio darllen rwbath gan awdur o'r wlad ro'n i'n yfad cwrw ynddi oeddwn i, siŵr iawn. Y broblem efo hyn ydy bod eich sach gefn chi'n mynd yn drwm ofnadwy wrth fynd o un wlad i'r llall, a dach chi'n teimlo fel ryw Ddic Aberdaron yn crwydro'r byd a llyfra ar eich cefn. Roedd fy sach yn sgafnach ar ôl talu crocbris am bostio *Sveck y Milwr Da* adra. Ma' hwnnw fel bricsan.

Ond yn ei lyfr am ysgafnder ein bodolaeth, mae Milan Kundera yn deud rwbath amlwg iawn, iawn am fywyd mewn ffordd glyfar iawn. Deud mae o bod y cymeriad yn y llyfr yn flin efo fo'i hun. Dydy'r cymeriad ddim yn fodlon o gwbl hyd nes ei fod o'n sylweddoli rwbath pwysig iawn, sef bod peidio gwybod be mae o isio yn beth digon naturiol. Fedrwn ni byth wybod be ydan ni isio, achos dim ond un bywyd rydan ni'n ei fyw. Fedrwn ni 'mo'i gymharu o efo'n bywydau blaenorol, na'i berffeithio yn ein bywydau sydd i ddod. Da, medda fi wrtha i fy hun yn y llun hwnnw o ganol Ewrop ers talwm, mi fyddai'n rhaid i mi gofio hynna.

Trio hyn, trio llall …

Yn fy stafell ddosbarth o'n i'r amser cinio hwnnw pan ddoth y stiwdant Cerdd ac Addysg Grefyddol heibio i 'ngweld i. Trio ateb negeseuon e-bost o'r colegau am bwy o'n hysgol ni oedd isio mynd i ddyddia agored y prifysgolion, a thrio bwyta fy mrechdan tiwna a'r cnau ro'n i 'di dechra'u bwyta yn lle bisgedi a hen sothach arall.

'Helô. Sgynnoch chi funud?' medda hi gan ddod i mewn a chau'r drws ar ei hôl yn ddistaw.

'Ti'n iawn?' medda fi, yn siarad efo hi ond yn sbio ar y sgrin.

'Yndw diolch,' medda hi. 'Wedi gweld swydd ydw i, swydd y galla i drio amdani erbyn flwyddyn nesa …'

'Dwi *yn* gwrando …' medda fi, 'er 'mod i'n trio gorffan yr e-bost 'ma cyn …'

''Niawn siŵr,' medda hi, 'sori styrbio chi, gwbod bo' chi'n brysur …'

Plis, dos i weld y Pennaeth Cerdd neu'r Pennaeth Addysg Grefyddol i gael help efo'r cais, medda fi wrtha i fy hun … pam uffar ti'n dod ata i?

''Niawn siŵr,' medda fi, ''na fo! Dyna hwnna wedi'i neud. Lle mae'r swydd 'ma?'

'Yn y de,' medda hi. 'Dwi 'di sgwennu'r llythyr cais ond fasach chi'n meindio edrych drosto fo, plis?'

O, blincin hec! Ti'm di clywad am Cysill?

'Wrth gwrs. E-bostia fo i mi, ia?'

'Iawn, dwi'n ddiolchgar iawn i chi,' medda hi, a mynd i gefn fy stafell, i'r stordy.

'Be ti'n ...'

'Shhh,' medda hi, gan wneud mosiwns efo'i bys i mi ei dilyn hi i'r stordy.

O, hec! Isio dangos ei thatŵ oedd hi ... ond amser cinio ... yn 'rysgol ... a phlant rownd y lle?

Aeth y stiwdant Cerdd ac Addysg Grefyddol i mewn i'r stordy a rhoi'r gola mlaen.

'Stordy taclus gynnoch chi!' medda hi, 'lot taclusach na'r un Cerdd ...'

'Wel,' medda fi, 'sgin i ddim gitârs a castanets na thamborîns yn fan hyn, nagoes ...'

Ro'n i'n sefyll yn nrws y stordy a dyma hitha'n camu tuag ata i ac yn taro'i phen rownd y drws i neud yn siŵr nad oedd neb arall 'di dod mewn i'r stafell ... wedyn dyma hi'n camu'n ôl eto a throi ei chefn ata i. Agorodd ei throwsus a'i lithro i lawr yn ara deg bach dros lyfnder ei phen-ôl hyd nes roedd y trowsus am ei phenglinia, a dim ond dwy foch luniaidd ei thin yn y golwg a llinyn gwyn ei thong. Sythodd, gan droi ei phen tuag ata i.

'Ydach chi'n ei weld o?' medda hi.

'Nac'dw,' medda fi, yn trio gweld tatŵ ar ei phen-ôl hi yn rwla ...

'Nac'dach siŵr! Achos ddim yn fanna mae o,' medda hi. 'Fama mae o ...'

Dyma hi'n troi reit rownd i fy wynebu a bachu ei bys am

ochr ei nicyr a'i dynnu i un ochr nes y gwelwn i, yn y stybl 'run fath ag oedd gen i ar fy ngên, datŵ bach o Che Guevara yn cuddio mewn man tyner a gogoneddus ...

'Syr, ti'n gallu ateb hwn i syrfe fi i Gofal Plant, plis?'

Arglwy' mawr! Roedd Jessica blwyddyn 9 wedi dod mewn i'r stafell ac yn cerdded tuag ata i ...

'Wrth gwrs, Jessica,' medda fi, gan ddiffodd gola'r stordy a cherdded fel mellten at fy nesg ym mlaen y dosbarth a ticio'r bocsys ffwl-sbid.

'Diolch, syr,' medda Jessica, 'mae hyn help mawr i fi.'

'Croeso i ti,' medda fi. 'Oes 'na rywun arall isio i mi lenwi arolwg iddyn nhw amsar cinio 'ma?'

'Na. Dim ond fi achos o'n i 'di cael *braces* newydd fi pan oedd ni'n gwneud y syrfe yn y dosbarth.'

'O, wela i.'

'Gweld ti, syr,' medda Jessica ac i ffwrdd â hi, a finna ar ei hôl hi i neud yn siŵr 'i bod hi wedi mynd go iawn yn bell i lawr y coridor i roi amser i'r stiwdant Cerdd ac Addysg Grefyddol godi ei throwsus a dod allan o fy stordy. Hi a'i Che Guevara.

Million miles o realiti

Wrth yrru adra o'r ysgol mi feddyliais am fynd heibio Ticky Lloyd i ddeud y baswn i isio'r fflyd o fysys cyn bo hir, ond wnes i ddim achos doedd gen i ddim dyddiad pendant. Unwaith y basa Fidel yn rhoi dyddiad i mi, mi awn i yno'n reit handi.

Yn hwyrach y noson honno, a finna wedi gweiddi'r bader newydd ar ben y grisia ... 'Sgrins ffwr' rŵan plis, a FIFA!' ... mi ddoth Bob ata i yn llawer cynt nag arfer, a hwylia da arno fo. Cael chydig o lonydd oedd o, a strymio'i gitâr a chanu'n reit dawal fel tasa fo mewn ryw berlewyg.

'So much trouble in the world ...' Uffar o gân dda, un o fy hoff ganeuon, rhif 5 ar *Natural Mystic*, y CD sy'n grafiada i gyd yn y car. Gorweddais yn ôl i wrando ar Bob yn mynd drwy ei betha ... 'Cymaint o drwbwl yn y byd, Jones ...' ond ar ganol y gân dyma fo'n rhoi un strym sydyn ac uchel a'i gadael hi yn ei blas a gweiddi fel hyn, 'Jones! Hon ydy'r gân dwi isio'i gwella yn Gymraeg ... ti awydd rhoi help llaw i fi rŵan?'

'Wel, Bob,' medda fi, ddim isio pechu ond wir yn teimlo'i bod hi'n hwyr i botsian efo geiria, yn enwedig os oedd Bob isio odli a ballu. 'Mi wna i, siŵr iawn, Bob. Gad o efo fi.' Ond mi ges i syniad yn sydyn. 'Neu gofynna i'r hogia fyny fanna yn Seion – mae William Salesbury a William Morgan yn siŵr Dduw o dy helpu di, ac maen nhw'n gyfieithwyr tshiampion!'

'Dwi'n licio dy syniad di, Jones ...' medda Bob, yn symud ei gagla o un ochr ei ben i'r llall, 'ond dwi wedi gofyn iddyn nhw'n barod, 'sti. Dim efo hon ond efo 'Sun is Shining', ac mi ddwedon nhw eu bod nhw 'di cael digon ar gyfieithu a bod yn well ganddyn nhw chwara pŵl a darts rŵan.'

'Iesgob! Yr Esgob William Morgan yn chwara pŵl? medda fi.

'Ia,' medda Bob, 'a Wil Salesbury 'fyd ... paid â sôn. Mae ganddo fo ... be ti'n ei alw fo ... ffon pŵl ... ei hun.'

'Ciw?' medda fi.

'Ia, 'na fo, ciw!' medda Bob, 'mae ganddo fo giw ei hun a 'di o'm yn gadael i neb arall ei ddefnyddio fo i chwara!'

'Yn nhafarn Paradwys ma' nhw'n chwara?'

'Ia siŵr,' medda Bob, 'ond mae 'na lefydd eraill hefyd, 'sti. Mae 'na drigfannau rif y gwlith. Eh, Jones? Be ti'n feddwl o'r dywediad yna, 'ta? Ges i hwnna gan Iolo neithiwr ...'

'Dew, da, Bob,' medda fi. 'Rhif y gwlith ... da 'wan.'

'Ia, mae 'na drigfannau nad ydw i wedi'u gweld nhw eto yn Seion 'ma: cynteddau perl yr hen lowyr a neuaddau mawrion yr hen chwarelwyr, a byrddau pŵl a snwcer a biliards a phob dim ynddyn nhw, 'sti ... pawb wrth eu bodda ...'

'Mi fydd yn rhaid i mi gael dod acw,' medda fi.

'Bydd, Jones bach! Gwna di'n siŵr dy fod ti'n dod yma ...'

'Mi ges i sgwrs efo boi diarth y noson o'r blaen,' medda fi wrth Bob.

'Pwy? George Borrow?'

'Naci! Dwi ddim wedi'i weld o eto. Gruffydd Young.'

'O, ia, Gruffalo!' medda Bob, a chwerthin. 'Hen foi iawn 'di o!'

'Ia wir,' medda fi, a'i gadael hi yn fanno am y tro achos ro'n i'n clywad cordia gitâr tawel yn dod o rwla arall, a dim Bob oedd yn eu chwara ... noda llon a lleddf a hymian braf ... tiwn 'Michelle ma belle' ond nid y geiria, jyst chwibanu'r diwn. Y munud nesa roedd tŷ teras brics coch y Michelle 'ma yn Lerpwl o flaen fy nhrwyn eto ... a chariad Michelle oedd yn chwibanu wrth roi ei gôt felen *hi-vis* amdano, a hitha'n blygeiniol o gynnar. Roedd o'n codi cyn dydd fel hyn, mae'n rhaid, i fynd i weithio i'r porthladd achos roedd y geiria Peel Ports Liverpool ar gefn ei gôt o. Ac i ffwrdd â fo efo'i focs bwyd yn ei law a chau'r drws yn ddistaw ar ei ôl a cherdded at ei fan, gyrru'n ara bach i lawr y stryd a throi i'r dde a diflannu rownd y gornal ... a Michelle yn dal i gysgu'n sownd, 'ngenath dlos i, a'r gitâr ddistaw a'r chwibanu hefyd yn distewi'n raddol bach ...

Llwybr arall i nef ... plis

Rhwng bob dim, ro'n i 'di mynd i deimlo'n reit anesmwyth drannoeth ar ôl y sgwrs efo Bob a gweld Michelle a'r boi 'na sy'n byw efo hi. Ro'n i ar bigau'r drain i gyd. Wnes i ddim cysgu llawer achos bod fy meddwl a chwsg fel tasan nhw wedi ffraeo a ddim isio cymodi am bris yn y byd. Roedd amlenni gwynion a brownion yn chwyrlïo yn fy mhen, a phetha fel y ffaith fod 'na deulu newydd o berfeddion Lloegr wedi trawsblannu eu hunain i fyw gyferbyn â 'nhad yng nghyfraith. Ac roedd sôn bod y nain a'r taid ar eu ffordd draw hefyd ar eu hola nhw. Ond 'wrach y bydd y plant yn blant da ... ma'r dosbarth ail iaith yn mynd yn fwy o hyd.

Mae'r cyfan yn gwneud i mi feddwl am encilio, byw fel mynach neu ffendio ryw ffordd arall o fodoli ... rhyw lwybr arall i nef fel ma' W. J. Gruffydd yn ddeud yn ei gerdd 'Y Tlawd Hwn', fy hoff gerdd ar y cwrs lefel A ers talwm. Ro'n i'n cymryd arnaf 'mod i'n ei dallt hi'n o lew a wnes i ymateb iddi hefyd yn yr arholiad olaf un, a theimlo'n rêl boi. Ro'n i 'di dysgu'r nodiada ar fy nghof ac wedi ychwanegu chydig o betha fy hun hefyd. Petha ro'n i'n feddwl oedd yn reit glyfar ar y pryd. Nid tlawd fel sgint mae o'n feddwl, ond tlawd yn yr ystyr bod pobol yn teimlo drosto fo ... 'yr hen dlawd' fel 'san nhw'n ddeud ers talwm. Heddiw, mi fasa pobol yn deud bod rhywun 'di colli'r plot neu fynd yn rhyfadd neu'n dw-lali. Tybad ydw i 'di mynd yn rhyfadd? Mi fedra i adrodd y gerdd hyd heddiw heb orfod sbecian yn yr *Oxford Book of Welsh Verse* ... mae'r geiria a sŵn y geiria yn golygu mwy i mi heddiw nag oeddan nhw pan o'n i'n ddeunaw, hyd yn oed.

Am fod rhyw anesmwythyd yn y gwynt ... Ryw rhith dawelwch ... lleisiau dieithr ... atsain ansylweddol ... llesmair wrando ....

O ffac, Jones bach!

Tybad oedd Fidel 'di cymryd rwbath?

Ro'n i 'di mynd i ddechra meddwl 'mod i angen cyffur arall. Weithia dydy alcohol ddim yn ddigon, nac'dy? Nicotin. Dechra smocio eto 'fath ag Oppenheimer, neu ddechra smocio sigârs 'fath â Fidel a Che. Taswn i'n mynd lawr i'r pentra, 'swn i ddim yn hir yn ffendio chydig o ganja i'w smocio, 'fath â Bob, neu'r peth arall 'na, sbeis, falle. Neu be am y peth roedd Iolo Morganwg yn ei gymryd? Lawdanwm. Be oedd hwnnw? Cymysgedd o opiwm ac alcohol? Lawr yn y dre dwi'n siŵr na faswn i'n hir yn ffendio crystal meth neu ecstasi neu chydig o gocên, o daro ar y person iawn. Amffetamins falle? Cetamin? Neu fynd ar hyd llwybr y doctor i gael Prozac neu Diazepam neu Alprazolam neu Clonazepam neu Chlordiazepoxide neu Lorazepam ... yr holl sothach 'na sy'n plygu realaeth rhywun, yn gwneud i'r byd fod yn fyd arall. Tybad oedd Fidel 'di cymryd rwbath 'blaw nicotin o'i sigârs a rym o'i Mojtos i herio pŵer mwya'r byd am hannar can mlynedd ... a bron â dod â'r byd i gyd i stop un tro? 'Sa hynny'n dipyn o beth i'w roi ar eich CV, yn basa, a'i ddeud o wrth basio mewn cyfweliad. 'Gyda llaw, tua 1962 ffor'na, mi wnes i ddal fy nhir yn erbyn Americia a fuodd bron iawn i'r byd gael ei chwythu'n racs jibidêrs.' Be fasa'r ymateb, tybad? 'O, wela i, Senor Castro. Well i ni symud mlaen at y cwestiwn nesa, y cwestiwn am ddiogelu.'

Mae petha'n symud

'Lle ti 'di bod? Hogia bach! Mae petha'n symud, Jones!' medda Bob y noson honno, a finna 'di bod ar fy nhraed yn hwyr yn gorffan adroddiada blwyddyn 11 ac wedyn 'di cofio bod rhaid gwneud y sgôr ymdrech a ballu erbyn y bora wedyn.

Ac medda fi, 'Dwi'n falch o glywad, Bob! Yndw wir! Be sy'n digwydd, 'ta?'

'Wel,' medda Bob, 'mi fuodd 'na lot fawr o fynd a dod yma ddoe yn Seion. Oppenheimer ac Einstein yn cerdded yn gyflym rownd y lle, yn amlwg yn brysur, brysur ac wedi cael y Ffiseg Cwantwm yn ei le yn iawn ... bob dim 'di mynd fel watsh yn labordy Rehoboth.'

'Go dda,' medda fi, 'dwi'n falch o glywad bod y Cynllun Mwy yn swnio'n addawol ... ac ydy Fidel a Che a Glyndŵr a Gruffydd ap Cynan a Cranogwen ac Urien Rheged a'r rheina wedi bod yn gweithio ar y lojistics?'

'Ydyn siŵr,' medda Bob. 'Fel y gelli di fentro, ma' bob dim wedi'i drefnu i'r manylyn ola ... be oedd Lerpwl isio, Jones?' medda Bob.

'Dŵr, Bob,' medda fi.

'Be oedd Lerpwl isio?' medda Bob eto.

'Dŵr!' medda fi eto, ond dyma Bob yn deud fel nath Fidel pan oedd Harri Webb a'i ddynion i gyd wrth Llyn Celyn. 'Be ma' Lerpwl isio ... a be ma' Lepwl am ei gael?'

'Dŵr!' medda fi eto.

'Dwi ddim yn dy glywad di, be ma' Lerpwl isio?'

'Dŵr!' medda fi, yn gweiddi nerth fy mhen. 'Dŵr! Dŵr! Dŵr!'

Ond yn sydyn torrodd llais mawr ar draws ein sgwrs ni.

'Be 'di'r twrw mawr 'ma? Fyddwch chi 'di deffro'r Hen Fois

sy'n cysgu yn y gornal yn fan'cw ar ôl boliaid o fedd ... a fyddan nhw ddim yn hapus efo chi, na fyddan wir!'

Glyndŵr oedd o! Mi ddoth ei wyneb i'r golwg yn reit fuan wedyn, a dyma fo'n rhoi diod i Bob ar y bwrdd bach crwn fel oedd yn y Menai Vaults ers talwm, ac yn tynnu stôl iddo fo'i hun i ista arni, stôl siâp casgan fel oedd yn y Glôb ers talwm.

'Diolch,' medda Bob.

A dyma'r ddau'n cyffwrdd gwydra'i gilydd ac yn deud, 'Iechyd da!'

'Sut ma' petha, Glyndŵr?' medda fi, yn teimlo'n annheilwng a chydig bach yn hy hefyd.

'Mae petha'n siort ora!' medda Glyndŵr, fel fydda Nain Sir Fôn yn ddeud ers talwm. 'Ydyn wir, ma' petha'n siort ora, diolch yn fawr i ti, Jones! Dwi newydd roi cweir i Rhys Gethin a Hywel Coetmor ar FIFA a doeddan nhw ddim yn hapus!'

Wel myn coblyn i! Roedd 'na hwyl i'w gael yn Seion, oedd wir, hogia bach. Roedd 'na gymaint o hwyl nes y bu bron iawn i mi anghofio holi am y Cynllun Mwy. Ond roedd Glyndŵr yn cofio, a dyma fo'n adrodd y negas oedd gan Fidel i mi.

'Ma' Fidel 'di newid ei feddwl,' medda Glyndŵr. 'Ar ôl trafodaeth faith iawn efo'r Gwyddonwyr, rydyn ni wedi cael ar ddeall na fydd angen cymaint o fyddin ag yr oedden ni wedi'i feddwl i ddechre ... mi gaiff yr hen lowyr aros yn eu perl gynteddau, a'r hen chwarelwyr yn eu neuaddau mawrion a'r hen amaethwyr hefyd ar eu ffriddoedd ... na, Jones, y lleia'n y byd o filwyr traed fydd gynnon ni, y gorau'n y byd fydd hi. Felly dim ond un bws mini fydd angen i ti ei drefnu. Iawn?'

'Iawn siŵr,' medda fi, 'iawn siŵr, gadwch o efo fi ... no problemo!'

Amlen wen

Roedd cymaint o amlenni wedi bod yn dŵad drwy'r post fel nad o'n i'n cofio pa rai oedd yn cynnwys newyddion da a pha rai oedd â newyddion drwg ynddyn nhw. Fel arfer, byddai'r rhai gwynion yn gwneud mwy o synnwyr na'r rhai brown. Un wen oedd wedi cyrraedd heddiw ac 'NHS' mewn glas arni, yr un fath yn union â'r un gyrhaeddodd i ddeud bod yr apwyntiad yn Wolverhampton wedi cael ei ganslo. Ond newyddion da oedd yn hon, ein bod ni'n cael mynd i weld Dr Singhi, yr arbenigwraig, ar y seithfed o'r mis nesa ... am bump o'r gloch.

'Hwyr yn y dydd, tydy?' medda fi wrth y wraig.

'Ydy, braidd, ac mae o ddau ddiwrnod ar ôl y peth Bone Density 'fyd,' medda hi.

'O, 'na fo,' medda fi, 'rho fo yn dy ffôn, 'cofn i ni anghofio.'

'Iawn,' medda hi, 'ond go brin y gwna i anghofio.'

'Na finna chwaith,' medda fi.

Gwanwyn yn cerdded yn ei sgidia newydd

Wrth fagio'r car i'r lôn mi sylwais fod 'na flagur newydd ar y gwrych o flaen y tŷ. Roedd o'n dechra glasu eto. Tybad ydy gwenyn yn dod yn ôl i neud nyth fel pêl rygbi yn union yr un lle ag o'r blaen, neu oes ganddyn nhw ryw gof cenedl sy'n eu rhybuddio nhw i beidio â gwneud y ffasiwn beth? Rhyw ddoethineb llwythol sy'n cael ei basio i lawr drwy genedlaethau mewn chwedlau a cherddi arwrol? Cof torfol am aberthau mawr y gorffennol a pheilotiaid kamikaze a ballu, hyd nes daeth bygythiad y chwistrelliad mawr cemegol i ddifa'r cwch a chwalu pob dim oedd yn annwyl iddyn nhw yn eu teyrnas fach. Tybad nath un ddianc i ddeud hanes y chwalfa ... un bach yn erbyn y byd ...

Awn ni i rwla tawel, tawel

Roedd hi'n bnawn braf. Llawer rhy braf i aros i mewn yn y stafell ddosbarth. Ro'n i jyst â marw isio mynd allan i gael awyr iach. Blwyddyn 8, set 2 oedd gen i nesa, a ryw ddau ddeg pedwar yn y dosbarth. Tybad fasa Fflur Hanes yn licio dod lawr i'r dre efo fi i glywad stori yn y fynwent? Fyddai hi ddim yn medru gwrthod cynnig o'r fath.

'Reit 'ta!' medda fi wrth y dosbarth, 'dach chi'n lwcus iawn pnawn 'ma achos 'dan ni'n mynd am dro bach ...'

'I lle?'

'Cŵl!'

'Rownd yr ysgol?'

' ... rydan ni'n mynd am dro i le tawel iawn lle does neb yn deud dim byd ... ac yn fanno, ar ôl i ni gyrraedd, rydan ni hefyd am fod yn dawel bach a fydd neb yn siarad o gwbl. Sgynnoch chi syniad lle 'dan ni am fynd?'

'Be 'di *graveyard* yn Gymraeg eto?' medda Shaylie.

'Dechra efo "m" ... rhywun yn cofio?'

'Mynwent,' medda Rees.

'Cywir, Rees, da iawn ti!' A dyma Glyn a Scott yn taro Rees ar ei gefn i ddeud da iawn wrtho hefyd.

'Reit, oes 'na rywun sy ddim yn licio straeon arswyd yma? Oes 'na rywun fydd yn methu cysgu heno ar ôl bod yn y fynwent? Oes 'na rywun isio aros yn y dosbarth efo Mrs Roberts i sgwennu araith am beryglon ceir trydan? Nagoes? Iawn felly. Mi fydd 'na bobol yn y dre yn ein gweld ni, felly rydan ni isio'ch ymddygiad gorau chi. Cynrychioli'r ysgol ydan ni, cofiwch. Os fydd 'na rywun yn actio fel idiot, mi fydd o'n ôl yn fan hyn fel shot a fydd o ddim yn cael hufen iâ chwaith ... Oes 'na rywun yma sydd ddim cweit yn dallt be dwi wedi'i ddeud?'

Pawb yn ddistaw.

'Pawb yn dallt, felly. Mi wna i arwain y ffordd, Mrs Roberts tua'r canol plis, Mrs Lloyd, Hanes, reit yn y cefn plis. Diolch.'

Yn y fynwent mae pawb yn ista'n ddistaw ar y glaswellt. Mae 'na rwbath am fynwentydd sy'n gwneud i rywun fod yn ostyngedig, does?

'Drwy fan hyn y cerddodd Marged Siôn. Ac wrth y giât acw oedd y gamfa ers talwm. Yn fanna y cododd hi ei ffrog i gamu drosodd, a dyna pryd y gwelodd y merched a oedd yn y farchnad y diwrnod hwnnw ei phais newydd hi. A sylwon nhw hefyd ar y rhubanau newydd oedd yn ei gwallt hi. "Mae'r rheina'n debyg i'r rhubanau wnes i ofyn amdanyn nhw i fynd i'r briodas," medda un o'r merched. "Ma'r bais yna'n edrych yn debyg i'r bais yr oeddwn i wedi gofyn amdani hefyd," medda un o'r merched eraill. Aeth y si ar led, felly, ac i fyny i Wtra Wen yr aeth yr ustusiaid, 'run fath â'r heddlu ers talwm, i arestio Ifan Siôn, gŵr Marged Siôn. Ond roedd o wedi dianc ac wedi dwyn torth o fara er mwyn mynd i guddio i'r goedwig. Pan chwilion nhw o gwmpas y tŷ mi ffendion nhw gorff Mac y Pac-man, y dyn oedd yn gwerthu dillad a deunyddiau. Roeddan nhw wedi'i ladd o a dwyn ei bres a'i betha fo i gyd. Ddalion nhw Ifan Siôn ac mi gafodd ei grogi, ac mi wnaethon nhw hongian ei gorff o mewn caets metal ar goedan ar ben y bryn. Mi aeth Marged Siôn yn wallgof, gan gerdded o gwmpas yr hen dre 'ma'n gweiddi ac yn sgrechian ac yn siarad efo hi ei hun ...'

Mae pawb yn ddistaw tan i rywun gofio am yr hufen iâ.

'Mewn â chi fesul tri, plis. Rees! Dewisa di ddau fêt i ddod efo ti, ti fydd y cynta yn y ciw ... oes 'na rywun isio benthyg pres i gael hufen iâ ... llog isel iawn ... papur i'r bin ...'

Ar ôl y pnawn yn y fynwant

'Lle ti 'di bod? Pam nad oeddat ti'n ateb dy ffôn?'

'Yn 'rysgol dwi, 'de! Fedra i ddim ateb y ffôn, siŵr!'

'Dwi 'di trio ffonio dair gwaith.'

'Ro'n i'n gweld. Be sy? Ti'n iawn?'

'Dwi yn yr ysbyty.'

'Be?'

''Di torri 'mhen-glin.'

'Be? O, druan ohonat ti. Dim ar y llechan 'na, naci?'

'Na, ond baglu 'nes i.'

'Yn lle?'

'Ar y stryd.'

'Pwy a'th â ti i'r ysbyty?'

'Ambiwlans. Ro'n i'n methu cerdded. Methu rhoi pwysa arni o gwbl.'

'Ydy'r plant yn iawn?'

'Ma' Meira efo nhw.'

'Mi a' i adra, wedyn dod lawr i dy weld di. Rho ryw awr a hannar i mi.'

'Paid â gyrru fel ffŵl.'

''Na i ddim, wela i di wedyn.'

'Ty'd â 'mhetha molchi fi.'

'Iawn.'

'A choban.'

'Iawn, tad.'

'Diolch.'

'Gwna'n siŵr bo' nhw'n edrych ar dy ôl di ...'

Aberth bach dros 'y ngwlad

Un tro, bu bron i mi, Jones, wneud rwbath ro'n i'n ei ystyried yn aberth bach dros fy ngwlad. Mynd i drwbwl wnes i ar y cwrs dysgu bod yn athro. Doeddwn i ddim 'di bwriadu gwneud aberth bach, ond ar ôl mynd i helynt, mi wnes i droi'r peth yn aberth bach dros fy ngwlad er mwyn cysuro fy hun.

Ro'n i a Bych wedi cael gafael ar rwbath roedd pawb yng Nghymru isio ym mis Tachwedd 1993 – tocynna i'r gêm ffwtbol fawr. Cymru yn erbyn Rwmania. Ennill 90 munud o gêm ac mi fasan ni yng Nghwpan y Byd am y tro cynta ers 1958. Rargian, roeddan ni'n dau bron â marw isio mynd, siŵr iawn, a dyma ni'n penderfynu bod yn onast a gofyn i'r ysgolion yr oeddan ni'n dysgu sut i ddysgu ynddyn nhw fasan ni'n cael pnawn ffwr' i fynd i Gaerdydd. Cwrdd wedyn ar ôl 'rysgol yn y Glôb i drafod tictacs ...

''Nest ti ofyn?' medda Bych wrtha i.

'Do tad,' medda fi, 'chditha?'

'Do,' medda fo, wrth sychu ewyn gwyn ei Trophy Bitter efo llawes ei grys, a hen staen brown arno fo wedyn.

'Mi ddwedodd Mr Davis 'i fod o'n iawn,' medda fi. 'Hen foi iawn 'di o!'

'Mi ddwedodd Mr Hughes 'i fod ynta'n hapus i mi fynd hefyd,' medda Bych. 'Uffar o foi!'

A'r ddau ohonan ni'n cymryd cegiad go iawn o'r Trophy Bitter i ddathlu, a dod fyny wedyn am aer. Sbio mlaen na welsoch chi'r ffasiwn beth erioed ...

'Trên fydd hi?' medda fi.

'Ffocin drud yn dydyn,' medda Bych.

''Swn i'n cael menthyg car Mam,' medda fi, 'ond dwi ddim yn meddwl neith o gyrraedd mor bell â hynny, 'sti ...'

'Mae 'mrawd 'di cael Golf GTI newydd – 'sa fo'n mynd â ni ond sgynno fo'm tocyn i'r ffocin gêm,' medda Bych.

'Ti'm yn nabod neb arall sy'n mynd, nagwyt?' medda fi.

'Yndw siŵr,' medda fo, 'ond ma' pawb call yn mynd yn bora, dydyn, achos 'dyn nhw ddim yn gorfod aros tan y ffocin gloch amsar cinio yn 'rysgol fatha ni!'

'Trên fydd hi felly, beryg,' medda fi.

'Ia. Wela i di yn y stesion am hannar awr 'di un, ballu.'

'Oes na drên 'radag hynny, oes?'

'Oes – deg munud i ddau.'

A dyma'r bora hwnnw'n llusgo'n hir fel tragwyddoldeb yn 'rysgol. Llusgo fel yr hen goets fawr o Lundain i Gaergybi. Llusgo, llusgo tan y gloch amsar cinio, a'r trên i Gaerdydd yn llusgo mynd hefyd tan i Bych a finna dynnu ein teis ac estyn ein pedwar can o gwrw cynnas o'n bagia ysgol tua Penmaenmawr. Pedwar can o Skol oedd gan Bych a phedwar can oren o Stones Bitter oedd gen i.

Roedd pob dim yn mynd yn reit dda tan y gêm. Wedyn y trawst a'r dagrau a'r roced yn hedfan ar draws hen Barc yr Arfau ... wedyn y Model Inn a'r Angel a'r Westgate ... wedyn colli'r trên yn ôl adra, siŵr iawn, a ninna isio bod yn 'rysgol bora wedyn ... a goro cysgu ar lawr cyfnither Bych yn Sblot ar ôl cymryd hydoedd i ffendio'r tŷ iawn.

Mae'r llun yn dal i ddod yn ôl i roi braw i mi pan dwi'n cael braw am rwbath arall. Mae o fel tasa'r niwronau yn fy mhen wedi'u tiwnio i ddod â'r llun yn ôl i mi o Bych a finna yn cael ein hel i swyddfa pennaeth y cwrs dysgu i fod yn athrawon, oedd yn edrych fel llys barn.

'Mae eich ymddygiad yn hollol annheilwng o ddyhead y ddau ohonoch chi i fod yn athrawon dibynadwy, parchus a chyfrifol. Rydw i a'r bwrdd disgyblu yn diarddel y ddau ohonoch chi oddi ar y cwrs ... welwch chi 'run stafell ddosbarth tra byddwch chi ...'

Yn ôl yn y Glôb wedyn, a gyrfaoedd y ddau ohonan ni'n rhacs jibidêrs cyn iddyn nhw ddechra, roedd Bych a finna mewn hwyliau ddwywaith mor ddrwg ag yr oeddan ni ar ôl i Gymru golli unwaith eto a methu mynd i Gwpan y Byd ...

'Be nei di rŵan?' medda fi wrth Bych.

'Fydd raid i fi fynd i ffocin labro. Fydda i ar y tarmac wsnos nesa, gei di weld. Mi ga i ôl-dear efo'r hogia bob dydd Sadwrn ... be nei di, Jones?'

'Rargian, dwn i'm,' medda fi. ''Di meddwl bod yn athro o'n i. Fydd raid i finna chwilio am joban arall rŵan neu mi fydd hi 'di cachu arna i.'

'Mae 'na un peth allwn ni neud,' medda Bych.

'Cael peint arall?' medda fi.

'Ia siŵr! Ond be am ofyn i Mr Hughes a Mr Davis siarad drostan ni a deud ein bod ni wedi gofyn iddyn nhw yn ddigon gonast. Wedyn, mae 'na jans y gneith ffocin Himmler a'r SS yn y coleg newid eu meddylia.'

'Ha! Werth trio, Bych,' medda fi. 'Ma'n well i'r ddau ohonan ni neud fory. Gwisgo crys a thei, 'de. Wedyn ddown ni'n ôl i fama i ddeud yr hanas bnawn fory.'

'Ond 'dan ni ddim i fod i fynd yn agos i'r ysgol!'

'Jyst sefyll yn y giât dwi am neud, a gofyn i un o'r plant fynd i nôl Mr Davis.'

'A! Wela i,' medda Bych, 'mi wna inna'r un fath.'

A dyma ni'n dau'n codi a rhoi'n gwydra ar y bar i helpu Mags a Wil a deud ta-ra wrth Micky Chef a Ronnie Moore oedd yn ista ar y stolion uchel, cyn mynd allan i'r niwl a'r smwclaw a deud helô wrth John Sbecs a Pete Peis oedd ar eu ffordd i mewn i'r lle. Y lle a oedd, ar un adeg, yn llys Brenhinoedd Bangor Uchaf.

Ar y ffordd adra ...

Ar y ffordd adra o'r ysgol y pnawn hwnnw mi gofiais 'mod i angen bws mini Ticky Lloyd nos Wener.

'Iawn siŵr,' medda Ticky wrtha i, a llenwi'r ffurflen ar ei glip-bord efo be oedd angen. 'Un peth, Jones,' medda fo, 'dwi 'di laru deud wrthat ti ynglŷn â gadael i blant 'rysgol smocio ar y bws mini. Roedd y blwch llwch 'na yn y seti ffrynt yn llawn dop eto ... ym mha oes wyt ti'n byw, dŵad? Does 'na neb i fod i smocio ar fysys ers tua ugain mlynedd!'

'Sori, Ticky,' medda fi, 'neith o ddim digwydd tro nesa. Ond deud wrtha i, pam ma' nhw'n dal i roi blwch llwch ar y bysys 'ma?'

'Wmbo!' medda Ticky, 'ond os ydy o'n digwydd eto, fydd 'na ddim tro nesa. Dallt?'

'Yndw tad, Ticky,' medda fi. 'Ddo' i i'w nôl o bnawn Gwenar cyn pump. Diolch i ti.'

Y bader ar ben landing

Jog bach sydyn i lawr y lôn gefn efo'r hynaf, a'r fenga ar ei feic, wedyn swpar, wedyn marcio, wedyn newyddion deg, wedyn y bader ar ben y landing, ac am y ciando â fi.

Llanrhystud eto

Mi aeth bob dim fel watsh ddydd Gwener, a dyma fi'n codi'n ddistaw bach tua'r hannar nos 'ma a gwisgo amdanaf a bwyta banana. Neidio wedyn i'r bws mini ro'n i wedi'i barcio o flaen y tŷ, gollwng y brêc llaw a gadael iddo fo rowlio'n ddistaw yn second gêr, wedyn codi'r clytsh yn sydyn ar waelod y lôn pan o'n i'n ddigon pell o'r tŷ i beidio â deffro pawb.

Wel wir, sôn am noson braf oedd hi, a neb jyst ar y lôn. Mynd fel fflamia drwy'r pentra a lawr am y dre, troi i'r chwith wrth y cloc ac i ffwrdd â fi drwy Derwenlas ffor'na i Gletwr ac am Aber, wedyn dros y topia i Lanrhystud.

Ies! medda fi wrtha i fy hun o weld mai fi oedd y cynta i gyrraedd tro yma, ond myn diawl, roedd 'na rywun arall yn troi i mewn o'r gwaelod ar f'ôl i, finna'n ei weld o yn y drych mawr. Injan ffwr', rhoi'r bws yn first rhag ofn iddo fo rowlio am yn ôl, a brêc mlaen. Neidio allan.

'Hei, Hones!' medda Fidel, yn eitha balch o 'ngweld i.

'Hei, Fidel!' medda fi, yn falch iawn o'i weld ynta.

Fidel oedd wedi tynnu i mewn i'r lay-by yn syth ar f'ôl i, a fo oedd yn dreifio'r hen Moskvitsh coch fel oedd gan Yncl Hefin ers talwm, y cap gwyrdd FWA yn dal ar ei ben o.

Edrychodd ar ei oriawr fawr Sofietaidd goch, cyn deud, 'Da was, rwyt ti'n brydlon iawn. Mae'n bwysig bod ar amser ... ble ma' pawb arall dwed?'

'Fyddan nhw ddim yn hir,' medda fi'n reit ffyddiog, achos bod pawb wedi dod bob tro roeddan ni wedi cwrdd fel hyn yn Llanrhystud o'r blaen.

'Fydd 'na ddim cymaint ohonan ni yma yn y lay-by heno, Hones,' medda Fidel.

'Pam 'lly?' medda fi, 'oes 'na reswm?'

'Oes, Hones. Y rheswm ydy fod pwyllgor y Cynllun Mwy wedi dirprwyo cadfridog i bob cronfa ddŵr. Glyndŵr, gyda help Rhys Gethin, sy'n mynd i Glywedog. Mae Che a Twm Carnabwth yn mynd i Glaerwen. Gruffydd ap Cynan a Buddug sy'n mynd i Lanwddyn a fi, gyda dy help di, sy'n mynd i Lyn Celyn.'

'Wela i!' medda fi. 'Mae gan bob cadfridog ei griw felly, oes Fidel?'

'Oes tad, Hones!' medda Fidel, 'llond bws mini o griw, ond hefyd mae 'na wyddonydd sydd wedi trwytho'i hun yn rheolau a diffyg rheolau Ffiseg Cwantwm yn labordy Rehoboth ar bob cyrch hefyd ...'

'Pwy sy'n dod efo ni?' medda fi.

'Oppenheimer,' medda Fidel.

'Iawn yn Duuuuw,' medda fi, a sbio ar Fidel yn sefyll yn dalsyth o 'mlaen, yn tynnu ar ei sigâr Cubana, a phopeth wedi'i drefnu yn ei ben o ac yn glir fel crisial.

Ymhen hir a hwyr, mi glywon ni camper VW Bob yn dod i fyny'r lôn, yn swnio fel ei bod hi angen newid gêr, ond doedd 'na ddim gêr arall i'w newid iddo. Yn y cefn roedd Dic Penderyn, Gruffydd Young a Lewis Valentine. Doedd 'na ddim golwg o Williams Williams, na T. H. Parry-Williams na'i gefnder, R. Williams Parry. Ac allwn i ddim gweld John Morris-Jones chwaith. Ond daeth sŵn eto – Oppenheimer yn ei Mercedes Sprinter yn dod i stop efo sgìd.

Felly, yn lay-by Llanrhystud roedd bws mini Ticky Lloyd yn y pen draw yn y top, wedyn Moskvitch Fidel, wedyn camper VW Bob a fan Oppenheimer. Roedd y lleill i gyd wedi mynd i un o'r cronfeydd eraill, debyg iawn.

'Allan o'ch cerbydau!' medda Fidel.

A dyma ffenestri'n cau a drysau'n agor a phawb yn camu allan. Roedd Dic Penderyn yn sefyll wrth f'ochr i, a dyma fi'n deud, 'Su'mai Dic,' a fynta'n deud, 'Iawn, gw'boi,' yn ôl wrtha i.

'Reit 'ta!' medda Fidel, 'dwi'n falch o'ch gweld chi i gyd yma heno! Ar ôl maith gynllunio a dyrys ymdroi rydan ni, drwy bŵer Ffiseg Cwantwm, yn mynd i weithredu'r Cynllun Mwy hirddisgwyliedig ...'

'Hwrê!' a 'Iaics!' medda pawb.

Roedd 'na gryn gynnwrf ymysg pawb pan ddaethon nhw i mewn i fws mini Ticky Lloyd. Roedd Oppenheimer yn dal i smocio fel stemar Mari Bifan, ond be allwn i ddeud wrtho fo? Roedd yn well gen i gael llond ceg gan Ticky na chael llond ceg gan Oppenheimer a pheryglu'r Cynllun Mwy ...

Doedd neb yn gwisgo'u gwregysau diogelwch ac roedd Fidel yn sefyll yn y blaen, yn gafael yn y ddwy sêt ffrynt, yn aros am yr amser iawn i'w chychwyn hi am Lyn Celyn. Edrychodd ar ei oriawr Sofietaidd goch eto.

'Tân 'dani, Hones!' medda fo, ei gorff yn ysgwyd o ochr i ochr wrth i mi drio gyrru mor ofalus ag y gallwn i o lay-by Llanrhystud ac i'r lôn fawr ...

'Gyfeillion!' medda fo, ym mlaen y bws mini ac yn wynebu'r cefn. 'Gyfeillion, efallai mai criw bach ydan ni heno, ond rydan ni fel criw bach yn rhan o griw llawer mwy ... ac mi fydd y cawr ei hun, Bendigeidfran, yn aros amdanon ni yn ochrau Trawsfynydd. Ga i eich rhybuddio chi ei fod o wedi yfad llyn o fedd ac yn barod i wynebu unrhyw beth sy'n cael ei daflu tuag ato heno. Yno hefyd bydd y wrach fedrus, Ceridwen. Mae'r cadfridogion eraill yn dymuno'n dda i ni gyda'n gorchwylion, ac roedd yna hen yfad medd yn Seion neithiwr. Bu'n rhaid i Fynyddog Mwynfawr ddeud wrth bawb am gŵlio lawr ryw damed bach ...'

'Hwrê!' a 'Iaics!' medda pawb eto, cyn setlo i ryw dawelwch cyn y storm.

Dew, mi oedd bws mini Ticky yn mynd yn dda, a dyma ni'n mynd ar hyd y topia a'r lleuad yn ariannu'r lli fel ddwedodd y bardd yn ei englyn ... i Aber ac yn ôl drwy Gletwr a Derwenlas, a throi i'r dde wrth y cloc ym Machynlleth ...

'Ies,' medda Oppenheimer, 'rydan ni'n mynd i fyny Bwlch yr Oerddrws eto tro yma!'

'Ydan ni yna eto?' medda Dic Penderyn.

'Nac'dan!' medda fi, yn gweiddi ac yn sbio ar Dic a phawb yn y drych, yn union fel mae dreifar bws go iawn yn ei neud.

'Mae'n gynt mynd drwy Brithdir,' medda Fidel, oedd yn sefyll rŵan ar risia'r bws mini.

'Ydy,' medda fi, gan droi yn y lle iawn am Brithdir. Ro'n i ofn crafu bws Ticky ar y bont gul 'na, a phan glywis i wich ryfadd ro'n i'n meddwl 'mod i mewn trwbwl, ond cangen o goedan oedd 'di crafu to'r bws, nid fi oedd 'di crafu'r ochr ar y bont garreg.

Ond mi ddaethon ni i stop yn Rhydymain. O bell, ro'n i'n meddwl bod 'na glamp o dirlithriad ar draws y ffordd. Ro'n i'n meddwl ei bod hi ar ben arnon ni. Doedd dim posib i ni fynd yn ein blaena achos roedd 'na rwbath ar draws y ffordd; rwbath – wrth nesáu tuag ato fo – oedd yn edrych fel mochyn daear anferth ar ei ochr, yn ymestyn o'r coed ar un ochr reit ar draws y ffordd i'r coed a'r llwyni tywyll ar yr ochr draw ...

'Hwrê!' medda rhywun.

'Hwrê!' medda'r lleill wedyn, a dyma fi'n sbio ar Fidel, ac roedd 'na wên gam ar ei wyneb o, fel tasa fo'n deud, 'rydw i'n gwybod rwbath dwyt ti ddim, Hones.'

'Mae o yma!' medda Fidel. 'Paid â rhoi dy *droed* ynddi hi, Jones!'

A dyna pryd y dalltis i mai troed Bendigeidfran oedd y peth oedd yn mynd reit ar draws y ffordd o'n blaena ni ... ac er 'mod i'n mynd yn slô bach rŵan, efo'r gola mawr ymlaen, mi wnes i golli pŵer yn llwyr a daeth sŵn ofnadwy wrth i mi bwyso'r sbardun, fel rhywun yn dysgu dreifio ac yn rhoi ei droed ar y sbardun pan mae'r car yn niwtral ...

'Be uffar?' medda fi wrth Fidel.

Ond cafodd Fidel ei daflu ar ei hyd i'r sêt ffrynt pan deimlon ni'r bws yn cael ei godi i fyny i'r awyr, a daliais inna'n dynn yn y llyw a sbio ar y tir yn troelli oddi tanon ni yng ngola'r lampa blaen. Pan sython ni, a phan welis i ein bod ni ar gledr llaw anferth Bendigeidfran, dyma fi'n rhoi'r brêc llaw ymlaen. Daeth llaw anferth arall tuag aton ni, a'r bys a'r bawd mwya welsoch chi erioed, i godi'r bws mini nes roedd sŵn metal yn gwichian dros y lle, a'i roi o i lawr wrth Lyn Celyn. Roeddan ninna i gyd yn bownsio i fyny ac i lawr fel tasan ni ar drampolîn y tu mewn iddo.

Roedd Ceridwen yn gwibio rownd y lle ar ei hysgub, yn chwerthin am ein penna ni mewn llais croch fel tasa hi'n mwynhau gweld yr ofn ar ein hwyneba ni i gyd.

Fidel oedd y cynta i ddod ato'i hun, a dyma fo'n codi a sythu ei gap FWA. Wedyn, dyma fo'n sbio arna i phwyntio at y drws er mwyn i mi ei agor o iddo fo. Isio cyfarch Bendigeidfran roedd o, siŵr iawn.

'Henffych, Frenin Ynys y Kedyrn!' medda Fidel, yn gwybod yn iawn sut i siarad efo Bendigeidfran.

'Hennnnnfffffffych, Fidel, a hennnnfffffffych i chi i gyd!' medda Bendigeidfran, ei lais yn drybowndian ym mhwll fy stumog i. 'Oes Gwyyyyddyyyyl yn eich myyyysg?'

'Nac oes!' cyhoeddodd Fidel yn uchel ac yn glir.

'Cawn gychwyn ar unwaith, felly!' Er ein bod ni y tu mewn i'r bws, roedd llais Bendigeidfran yn dal yn ein byddaru. 'Rydw i am ddechrau ymlwybro tuag at Fôr Iwerddon a bae Lerpwl,' medda fo. 'Byddaf yn mynd drwy Fryn Saith Marchog, lle bues i o'r blaen efo'r saith ddaeth yn ôl o Iwerddon ers talwm, ac wedyn yn mynd yn fy mlaen i Gilgwri ac ymlaen wedyn at y ddinas fawr ... Ydych chi yn fy neall i, gyfeillion?'

'Ydan taaaaaad! medda pawb efo'i gilydd. Roeddan ni i gyd y tu allan i'r bws erbyn hyn ac yn sbio i fyny ar yr wyneb anferth oedd yn sbio i lawr arnon ni i gyd.

'Haaaawddammmmor a ffarweeeel!' medda Bendigeidfran, a'i gamau breision yn ysgwyd wyneb y ddaear wrth iddo frasgamu oddi wrthon ni.

'O! Mae o *mor* ddramatig,' wfftiodd Ceridwen, gan refio'i hysgub. I ffwrdd â hi ar ei ôl.

'Pawb i'w le,' medda Oppenheimer. 'Pawb yn barod i sefyll fel y dangoson ni i chi yn Seion ...'

'Be amdana i?' medda fi. 'Do'n i ddim yn Seion ... be ti isio i mi neud?'

'Safa di yn fanna rhwng Fidel ac ymmm ... rhywun call ... ymm ... does 'na neb call, felly safa rhwng Fidel a Bob.'

'Iawn,' medda fi, a dilyn pawb arall at lan y llyn tywyll. Roedd llepian y dŵr yn gwneud i mi feddwl am y tro yr oeddan ni yma o'r blaen, a'r tro yr aethon ni at Lyn Barfog hefyd. Iesgob, er ei bod hi'n noson o wanwyn roedd gwynt main yn dod o gyfeiriad y llyn, a ninna'n sefyll yn llonydd yn disgwyl i Oppenheimer neud ei betha.

Roedd ganddo fo'r peth yn ei glust oedd yn gadael iddo fo siarad efo Einstein a'r ddau wyddonydd arall wrth y cronfeydd eraill, er mwyn cydlynu pob dim, siŵr iawn.

'Daliwch sownd!' medda Dic Penderyn, wedi teimlo rwbath mae'n rhaid.

'Www..!' medda Bob wedyn.

'Iaics!' medda Gruffydd Young o ganol yr hesg.

Ac yn union fel ddigwyddodd yn Llyn Barfog, mi welson ni Oppenheimer yn ffidlan efo'r botyma ar ei offer, a daeth sŵn sugno mawr dros y lle wrth i'r dŵr a oedd yn llyfu glannau'r llyn yn ddiog gael ei sugno i fyny fel rhaeadr o chwith, hyd nes bod y mwd dan ein traed yn sych grimp a thwll anferth tywyll lle roedd y dŵr yn arfer bod. Roedd y llyn, yng ngola'r lleuad, yn cael ei wagio drwy ryw ddisgyrchiant croes a'r creigiau a'r cerrig a'r gro mân ar ei waelod yn dod i'r golwg.

Roedd ogla reit ddrwg yn dod o'r mwd ar waelod y llyn – ogla fel hen bysgod a brwgaits gwlyb. O gofio bod lampau blaen bws mini Ticky Lloyd yn dal ymlaen, dyma fi'n gofyn i Oppenheimer faswn i'n cael rhedag i danio'r injan rhag ofn i'r batri fynd yn fflat.

'Iawn tad!' medda Oppenheimer, a ffwrdd â fi i ista yn y bws a sbio dros y llyn gwag. Roedd chydig o ola rŵan yn taro ar yr argae, yn wyn ar y top ac yn ddu wedyn wrth fynd yn is ac yn is i lawr i'r mwd trioglyd. Tasa hi'n oleuach mi faswn i wedi gallu gweld rhai o hen adeilada'r pentra, a'r bont hefyd – y bont honno ddaeth i'r golwg yn ystod yr haf poeth hwnnw.

Synfyfyrio am betha felly ro'n i pan ddaeth Oppenheimer i

lwybr gola'r bws mini. Ymddangosodd silwéts y lleill wedyn y tu ôl iddo fo, yn llusgo'u traed tuag at y bws, a daeth pawb i mewn iddo er mwyn i Fidel ein llongyfarch ni i gyd.

'Am adra, Hones!' medda fo'n uchel wrtha i ar ôl i bawb ista i lawr.

'Adra amdani! Digon o wellt i'r ceffyl!' medda finna, a refio'r bws ryw chydig bach am hwyl cyn ei droi rownd a gwneud 101 milltir yr awr ar stretsh Traws nes oedd 'na ogla olew yn llosgi yn dod o'r injan.

Fy mhen yn drwm fel plwm

Roedd hi'n ola dydd erbyn i mi fynd â phawb yn ôl i Lanrhystud a helpu Bob i gychwyn y camper VW. Mi oedd yn rhaid i ni i gyd ei gwthio hi allan o'r lay-by a lawr yr allt am chydig, cyn iddi dagu ac i bawb neidio i mewn iddi. Mi ddoth het Lewis Valentine oddi ar ei ben yn y brys gwyllt, ond cododd Gruffydd Young hi a'i gwisgo hi am hwyl. Roedd hi'n lot rhy fawr iddo fo. Wedyn mi ddiflannon nhw mewn cwmwl o fwg gwyn i lawr yr allt, ac Oppenheimer yn deud ei fod o'n siŵr bod y tyrbo wedi mynd, ac y basa fo'n eu dilyn nhw i Seion i neud yn siŵr eu bod yn cyrraedd yn ôl yn saff.

Roedd hi'n tynnu am bump arna i'n cyrraedd adra. Pump o'r gloch y bora bach. Dyna i chi awr annaearol. Roedd y tŷ yn ddistaw fel y bedd, a nath y ci, hyd yn oed, ddim cyfarth ar ôl i mi neud yn siŵr 'mod i'n deud rwbath yn ddistaw wrtho er mwyn iddo sylweddoli mai fi oedd 'na. Tynnais fy sgidia a 'nghôt a mynd dan y cwrlid yn fy nillad achos 'mod i 'di blino gymaint. Wnes i gloi'r drws? Do'n i ddim yn cofio ... a do'n i ddim am godi i sbio, dim ffiars o beryg.

Mi gysgis i'r munud y twtsiodd fy mhen y gobennydd. Roedd fy mhen yn drwm fel plwm a fy meddwl yn ffrindia gora efo Mistar Cwsg unwaith eto, diolch i'r nefoedd. Braf.

Ond wedyn, mi ddeffrais i'n sydyn. Cordia piano 'Michelle ma belle' ddaeth i mi eto, cordia lleiaf a mwyaf yn crafu, yn gromatig araf ... yn dod yn ôl fel hen hunllef o selerau a llefydd tamp a thywyll fy nghof; y gerddoriaeth yn ara ... yn llawer rhy ara ... yn ddychryn o ara, a noda'r piano yn fain, yn facabr o fain. Mi-chelle ... ma belle ... dwi'n dy garu ... dy garu ... dy garu ...

A dyma fi'n dallt mai cyfeiliant ofnadwy oedd y gân i'r dinistr yr oeddwn i ar fin bod yn dyst iddo. Dinistr y dilyw, dinistr mawr ... dinistr Beiblaidd o ran ei rym a'i nerth.

Ar binne

Roedd y wraig yn stwyrian a finna'n cysgu'n ysgafn, mae'n rhaid.

'Ti'n iawn?' medda fi.

'Pinne bach sgen i, yn fy llaw a fyny fy mraich ...'

'Pinne bach eto?'

'Ia. Does gen i ddim teimlad yn fy llaw.'

''Di gorfadd ar dy law wyt ti, a'r gwaed 'di stopio mynd iddi?'

'Naci. Dwi wedi'i dal hi dros ymyl y gwely am hir.'

'I'r gwaed redag yn ôl iddi?'

'Dyna o'n i'n feddwl.'

'Ond sgin ti binne bach o hyd, oes?'

'Oes.'

Llwyd fel hen gleisiau

Gweld y boi 'na sy'n byw efo Michelle wnes i. Roedd o'n hawdd i'w weld achos roedd o yn ei fest *hi-vis* ac yn gwisgo helmed, yn cerdded rownd y porthladd, Peel Ports. Yn sydyn mi nath o jyst stopio, wedyn codi'i ben ac edrych tua'r hen linell bell oedd yn ola gwyn, a'r awyr uwchben yn llwyd, llwyd fel hen gleisiau. Be aflwydd, medda fo wrtho'i hun, doedd 'na ddim llongau i fod allan yn fanna rŵan ... ond roedd o wedi gweld rwbath ... roedd 'na rwbath yn symud, rhyw rith cawraidd o ben ac ysgwyddau nerthol yn dod yn fwy amlwg, yn ara bach, yn llusgo'i hun drwy'r dŵr, dwy bêl ffwtbol anferth bob ochr i stadiwm hirgul. Bob ochr i'r pen roedd rhaffau anferth wedi'u plethu, yn symud yn drwm o gam i gam efo pwysau'r heli ynddyn nhw. Y cwbl allai'r boi feddwl amdano oedd hen ffilmiau *King Kong* a *Godzilla* welodd o yn yr Odeon ... ac roedd y ffigwr yma'n codi o'r môr rŵan, a'i gydweithwyr ar y cei yn neidio o'u lorris a'u craeniau a'u fforclifft-trycs i edrych yn gegrwth ar yr hyn a oedd o'u blaena ... wel, fry yn yr awyr lwyd uwch eu penna nhw ... a neb yn deud dim achos doedd neb yn medru deud dim.

Cododd Bendigeidfran ei ddwy fraich yn uchel i'r awyr, ac roedd digon o bwysau yn y diferion dŵr a ddisgynnai o'i gorff i chwalu ceir yn ddarnau mân ac i ddinistrio tai ac adeilada wrth iddo fo gamu unwaith eto a sefyll yn llonydd uwchben canol y ddinas. Edrychodd i lawr arni o'r entrychion. A dyma'r dynion yn gweld gwrach ar ysgub, mor fychan â chleren, yn swyno cylch gwyn anferth fel ôl anwedd y Red Arrows yn yr awyr, yn gwneud lŵp-ddy-lŵp. A dyma'r cawr yn rhoi ei fraich am y cylch wedyn fel tasa fo'n ymyl bwced drom, gan ei ddal yn agos at ei gorff ... a dyna pryd y gwelodd y boi oedd yn byw efo Michelle ddafnau mawr o ddŵr yn dechra diferu o ymyl y bwced yn yr awyr.

Diferion i ddechra, aeth yn fwy o nant, ac wedyn yn llifeiriant mwy fel afon, ac yna'n rhaeadr ewynnog ddi-baid a chwalodd ganol y ddinas i gyd.

Ar batshyn glas o dir y glaniodd y dŵr i ddechra, Stanley Park, a chwalwyd stadau tai dirifedi a rhesi tai Anfield ac Everton yn llwyr. Rhuthrodd y dŵr yn donnau dinistriol i Tuebrook a Fairfield ac Islington a Kensington, gan lifo'n ddidrugaredd dros Vauxhall a Kirkdale, Norris Green a West Derby ... roedd Edge Hill dan ddŵr ... a chanol y ddinas wedyn, y ddwy eglwys gadeiriol a'r Cavern Club a Chinatown dan y dŵr mawr llwyd ... a phobol yn Toxteth a'r Dingle yn trio sgrialu o'u tai, ond doedd dim dianc rhag grym y dŵr mawr ... a'r boi oedd yn byw efo Michelle yn trio'i ffonio hi i ddeud wrthi ei fod o'n ei charu hi cyn i'r dŵr mawr lapio amdano a'i sgubo yn bell, bell allan i Fôr Iwerddon.

Yn ei thŷ roedd Michelle, a hitha'n fore Sadwrn, yn clywad rhyw ddwndwr mawr fel awyrennau'n hedfan yn isel uwchben. Aeth allan a gweld dŵr yn rhedag lawr y stryd, peipan 'di byrstio yn rwla, mae'n rhaid, a phlant bach yn chwerthin ond eu mamau'n sgrechian, cyn i'r gyntaf o'r tonnau anferth ddod rownd y gornal a'u sgubo nhw i gyd efo'u ceir a'u tai a'u trugaredda i ebargofiant dyfrllyd.

Petai lloeren wedi tynnu llun o Lannau Merswy fyddai dim posib gweld afon Merswy ei hun na'r Manchester Ship Canal ynddo achos fod pob man yn las, yn ddŵr, a fyddai dim modd gwahaniaethu rhwng tir ac afon gan fod y cyfan, o Fagillt a'r Fflint yn y gorllewin, yn un cylch mawr hyd at Wigan a Warrington yn y dwyrain a reit rownd i Formby, yn un pwll anferth o ddŵr y cronfeydd a dywalltwyd allan o bwced Bendigeidfran.

Doedd dim posib fod neb wedi goroesi. Roedd gan Lannau Merswy boblogaeth o thua 1.4 miliwn a byddai babanod a phlant bach a phlant ysgol a'u rhieni a'r henoed i gyd wedi cael eu hanrheithio gan y dŵr mawr dirybudd ... y dŵr a wthiai ei hun ymhellach a phellach i mewn i'r tir ac yn bellach a phellach i mewn i'r môr, a Bendigeidfran yn dal y cylch am wyth munud cyfan – munud am bob blwyddyn y bu pobol Capel Celyn yn trio rhwystro boddi eu pentra nhw – hyd nes y sychodd y ffynhonnell ddihysbydd yn boeriad bach. Roedd Bendigeidfran, at ei benglinia yn y dŵr, yn cerdded yn ôl rŵan am yr eigion, a Lerpwl a'r cyffiniau yn un bedd mawr gwlyb, tawel, ond am lepian y dŵr. Yn debyg i Lyn Celyn yn gynharach y diwrnod hwnnw.

Steddais i fyny yn 'y ngwely yn chwys doman

Be oeddan ni wedi'i wneud? Roeddan ni wedi peri distryw ar ddinas Lerpwl ac ar y bobol oedd yn byw yno rŵan, a 99% ohonyn nhw erioed 'di clywad am Dryweryn ac yn cofio dim am y lle chwaith. Doedd y cynghorwyr a'r gwleidyddion oedd yno yn y pumdega ddim yno mwyach. Roeddan nhw yn eu bedda dan y dŵr mawr, a'r hen ddelw 'na o Bessie Braddock wedi cael ei golchi allan yn bell i'r môr efo cregyn a physg yn nofio o gwmpas ei hen ben hi ... ond roedd Michelle yn gelain, a'r bachgen oedd yn ei charu hi, a'r sgowsars oedd yn sgrialu, a'u holl wareiddiad wedi dod i ben o dan y dŵr mawr llwyd ...

Euogrwydd fel mynyddoedd byd

Dyna be oedd gen i rŵan. A doedd geiria William Williams Pantycelyn ddim yn dod yn agos. Mi godais i fel dyn treuliedig a mynd i lawr y grisia i'r car ... roedd rhywun 'di dwyn bws mini Ticky Lloyd. Doedd o ddim yno, ond doedd dim diawl o ots gen i amdano fo na'i fws mini. Dyma fi'n bagio allan i'r lôn heb sbio, a rhoi 'nhroed lawr i gyfeiriad y dre heb roi'r gwregys a bing bing bing y car yn mynd yn uwch ac yn uwch yn fy nghlustia, ond doedd dim ots gen i ... a dyma fi'n parcio efo sgìd ar waelod y graig fawr yn y dre – y graig y buon ni, y Reservoir Dogs, yn ei pheintio llynadd efo Cofiwch Dryweryn yn fawr arni. A dyma fi'n ei gwneud hi, yn nhraed fy sana, i fyny ac i fyny hyd y llwybr y tu ôl i'r graig ac i fyny eto hyd nes fy mod i'n sbio i lawr ar y dre flêr oddi tana i ... a'r car fel car Matchbox efo'i ddrws ar agor ... ond doedd dim ots gen i ... a dyma fi'n anadlu'n ddwfn ac yn symud yn nes at ymyl y graig ... ac yn nes eto ... at le oedd wir yn beryg ... a sefyll yn stond yn fanno, yn meddwl tybad oedd o'n ddigon uchel i mi farw'n sydyn wrth landio. Do'n i ddim isio 'mond torri 'ngwddw neu dorri 'nghefn ... Rhyw feddwl o'n i am weld y tarmac 'na, oedd yn bell o'dana i yn fanna, yn rhoi hedbyt i mi fel nath llawr patrwm *herringbone* y lab Bioleg yn 'rysgol ers talwm ... a dyma fi'n cau'n llgada a rhoi 'mhen yn ôl fel taswn i'n gweddïo ... a symud fy modia yn nhraed fy sana yn nes eto fyth at yr ymyl, a ...

'Be ti'n neud, y diawl gwirion?' medda llais mawr tu ôl i mi, a jyst pan o'n i ar fin mynd dros ochr y graig mi afaelodd o yng nghwt fy nghrys i a 'nhynnu i'n ôl nes roeddan ni'n dau, a'i gi o, yn fflatnars ar wastad ein cefna ar lawr.

'Be ti'n neud, y diawl gwirion?' medda fo eto.

'Dwn i'm, Bob,' medda fi.

'Tom ydw i, mêt,' medda'r dyn 'ma oedd efo'r ci, gan afael yn dynn, dynn yn 'y mraich i, 'a ti'n dod efo fi ffor' hyn, yli ...'

Sarjant Jones

Roedd Tom, y boi efo'r ci, a Sarjant Jones yn hen lawia mae'n rhaid, achos fuon nhw'n sibrwd siarad efo'i gilydd am hir, a'r Tom 'na'n gwasgu 'mraich i drwy'r amser a ddim yn ei gollwng hi. Wedyn dyma Sarjant Jones yn siarad yn glên iawn efo fi, er 'mod i wedi'i alw fo'n Fidel heb drio.

'Mi fydd pob dim yn iawn, Jones, bydd tad!' medda fo. Ac roedd 'na blisman ifanc do'n i ddim yn ei nabod yno hefyd, yn sibrwd efo'r ddau arall i ddechra, wedyn yn trio dangos ei fod o'n brysur yn cerdded yn ôl ac ymlaen, ac yn cadw golwg arna i'r un pryd.

Do'n i ddim wedi bod yn y lle plisman yn y dre o'r blaen, 'mond i fynd â rhyw oriad car ro'n i wedi'i ffendio ar lawr un tro. Doedd 'na ddim radio na theledu yn agos i'r lle, diolch byth. Do'n i ddim isio clywad y newyddion na gweld lluniau o ddinistr Lerpwl. Pobol 'di boddi. Plant bach yn crio. Teuluoedd 'di colli'u hanwyliaid. Michelle.

A dyna lle fues i, yn sbio ar y plisman 'ma nad o'n i'n ei nabod, a fynta'n sbio arna inna. Sbio wnes i wedyn ar deils y llawr am hir, hir, a meddwl lle roedd fy sgidia i, a 'ngheg i'n sych ac yn grimp, ond do'n i ddim isio crempog fel yn yr hen bennill hwnnw chwaith. Dim ond diod bach o ddŵr o'n i isio.

A fanno fues i tan i Doctor Hughes ddod ata i a deud fel hyn, 'Jones! Gwranda arna i. Mi fydd pob dim yn iawn rŵan, bydd yn tad.' A dyma fo'n rhoi llymad o ddŵr i mi a llwyth o ryw dabledi fel smartis nes ro'n i'n gysglyd braf. Do'n i'n poeni'r un ffadan fod y car wedi'i barcio'n flêr a bod y drws ar agor. Falle fod y goriad yn dal ynddo fo 'fyd. Cysgu'n braf. Cysgu fel babi.

Wedyn, ro'n i'n teimlo fel taswn i mewn car neu yng nghefn fan heb ffenest i weld allan, ac wedyn ro'n i mewn stafell wen, wen, fel stafell Real Madrid y fenga. A dyma 'na wenyn yn fy mhigo fi, ond nid gwenyn oedd o, ond nyrs yn rhoi pigiad i mi a deud yn glên i gyd, fel nath Doctor Hughes, 'Ma' bob dim yn mynd i fod yn iawn … 'sdim angen poeni am ddim byd …'

A dyma fi'n cysgu'n braf eto a deffro efo homar o gur pen a dim syniad lle ar y ddaear o'n i. Roedd dillad y gwely yn dynn, dynn, finna ar wastad fy nghefn prin yn gallu symud. Fy llgada yn sbio ar nenfwd ac ar waliau noeth a chadair las wrth ochr y gwely a llenni glas plastig y byddai'n bosib eu tynnu nhw reit rownd y gwely. Dim teledu. Dim golwg o neb. Fy mhen i'n curo, curo. Curiad fy nghalon i'w glywad bob ochr i 'nhalcen i.

A dyma fi'n stryffaglio i godi fy hun ac ista i fyny yn y gwely. Ro'n i'n gwisgo coban bapur ond roedd fy nhrôns yn dal amdana i oddi tani. Dyma fi'n symud dillad tynn y gwely i'r ochr er mwyn codi 'nghoesa a'u rhoi nhw ar y llawr teils oer.

Mi ddilynais y gola at y ffenest. Roedd hi fel ffenest tŷ bach a do'n i'n gweld dim drwyddi, dim ond yn cael argraff o liw. Lliw llwyd a gwyrdd. Llwyd-wyrdd falle … 'ta gwyrdd-llwyd … dwn i'm.

Mi droais a cherdded yn ôl at y gwely ac wedyn tuag at y drws. Roedd o wedi'i gloi ond roedd 'na fotwm i'w bwyso er mwyn ei agor. Mi bwysais o, ac ymhen hir a hwyr daeth boi reit fawr mewn dillad gwyrdd tebyg i nyrs draw ac agor y drws a deud fel hyn, 'Dach chi 'di deffro! Go dda. Gymrwch chi banad?'

'Gyma i!' medda finna, 'chydig o laeth plis a dim siwgwr. Oes gynnoch chi deledu yma?'

'Oes tad,' medda'r boi, a rhoi ei fraich drwy fy mraich i a f'arwain at ddrws arall roedd angen cerdyn i'w agor o, ac i mewn â ni i stafell efo pump o gadeiria ynddi a hen foi yn chwyrnu cysgu yn y gornal. Rasio ceffyla ar y teledu.

'Fyddwch chi'n iawn yn fama am funud?' medda'r boi ar ôl fy rhoi i ista yn un o'r cadeiriau.

'Byddaf tad!' medda finna, yn sylwi ar y camerâu oedd ym mhob cornal i'r stafell.

Caeodd y drws. Codais ar f'union a mynd i nôl y peth i newid sianel y teledu, oedd yn llaw'r hen foi oedd yn chwyrnu cysgu. Roedd golwg ryfadd arno fo, er ei fod o'n cysgu fel twrch. Fesul bys, yn ddistaw bach, mi ges i'r teclyn o'i law o heb ei ddeffro fo, a symud at y teledu i chwilio am sianel newyddion, unrhyw sianel newyddion ... isio gweld a ddim isio gweld chwaith.

Ond doedd 'na ddim sôn am Lerpwl. Dim siw na miw. Mi es i'n ôl ac ymlaen drwy'r sianeli newyddion i gyd ond doedd dim sôn am ddifrod i Lerpwl na neb wedi boddi na 'run enaid byw wedi'i ladd yno.

Roedd 'na bapur newydd o dan un o'r cadeiriau a dyma fi'n chwalu fy ffordd drwy hwnnw'n wyllt i chwilio am dystiolaeth o'r ddinistr a'r distryw yr oeddan ni wedi'i achosi i'r ddinas. Ond eto, dim byd. Dim cyfeiriad at y peth. 'Run gair. Weithiodd y cynllun ddim. Bob? Fidel? Che? Lle ydach chi?

Ydach chi?

Agorodd y drws a daeth y boi i mewn efo'r banad ro'n i jyst â thagu ei hisio hi.

'Sgin ti ffôn ga i fenthyg?' medda fi.

'Yfwch chi'r banad 'ma gynta,' medda fo, 'wedyn awn ni i'r stafell efo'r ffôn. Peidiwch chi â phoeni dim.'

'Dwi 'di colli trac ar betha,' medda fi. 'Oes 'na ryw newyddion mawr?' gofynnais wedyn, yn sgota am unrhyw wybodaeth am be roeddan ni wedi'i wneud i Lerpwl.

'Na, dim byd mawr, 'chi,' medda'r boi yn ddidaro, ac ista i sbio ar y boi arall yn chwyrnu yn y gornal. 'Gwleidyddion yn cambihafio ... ryw betha felly sy yn y niws 'ma o hyd, 'de.'

Ges i fynd adra ar ôl ryw dridia yn yr ysbyty. Roedd yn rhaid i Doctor Hughes ddod yr holl ffordd i siarad efo'r doctoriaid a'r nyrsys yno achos 'i fod o'n fy nabod i. Mi ddoth Doctor Hughes efo fi i'r ysgol hefyd, am hannar awr 'di chwech un noson ar ôl i bawb glirio o 'na. Siarad efo'r Prif a llenwi ffurflenni di-ri i ddeud 'mod i 'di cael ryw chwiw ac y byddwn i'n cael mynd yn ôl i'r gwaith mewn tair wythnos. Roedd un o'r wythnosau yn wythnos hannar tymor beth bynnag.

Pan es i'n ôl ro'n i'n falch o fod yn ôl. Pawb yn holi sut oedd 'y ngefn i erbyn hyn ac yn deud wrtha i am gymryd gofal.

Am beint ar ôl 'rysgol?

Ro'n i 'di bod yn f'ôl yn 'rysgol ers wythnos neu ddwy.

'Wyt ti am ddod efo ni, Jones?' medda Fflur Hanes wrth roi dŵr poeth ar ei choffi cyn mynd i gofrestru.

'Be? Am beint ar ôl 'rysgol?' medda fi.

'Naci!' medda hi, 'ar y trip Hanes i Lerpwl. Mae 'na ryw olwg angen trip arnat ti!'

'O, dwn i'm,' medda fi, yn meddwl nad o'n i a dinas Lerpwl yn ffrindia mawr iawn.

'Ty'd o 'na, Jones!' medda hi, 'dwi'n trio dod i dy helpu di pan ti'n gofyn. Wnest ti fy llusgo i i'r fynwant o bob man tro dwetha ...'

'Ol reit 'ta!' medda fi, wrth gael pwl bach o euogrwydd. 'Pryd ma'r trip 'ma?'

'Dydd Iau nesa. Cychwyn am 9 yn bora. Aros noson.'

'Pa blant sy'n dŵad?'

'Blwyddyn 10. Pedwar deg ohonyn nhw i gyd.'

'Iesgob! Sgin ti ddeugain yn gwneud TGAU Hanes? Llond bws!'

'Awn ni â nhw i weld amgueddfa'r *Titanic* a ballu.'

'Iawn,' medda fi, 'ond yn Belfast gafodd honno ei hadeiladu, 'de? Yr angor gafodd 'i wneud yn Lerpwl.'

'Ti'n gwbod dy stwff, Jones!' medda Fflur Hanes.

'Pwy arall sy'n dod? Fyddwn ni isio ryw bedwar o staff, yn byddwn …'

'Ti a fi,' medda Fflur ' … a Mrs Roberts y Cymhorthydd Dysgu …' a dyma Fflur Hanes yn dechra chwerthin.

'A phwy arall?' medda fi.

'Y Prif!'

'O, ffac! I be ti isio gofyn iddi hi ddŵad?'

''Nes i ddim. Hi ddwedodd y basa hi'n hoffi dod pan es i i ofyn fasan ni'n cael mynd i Lerpwl.'

'O, wela i,' medda fi, 'doedd gen ti ddim llawar o ddewis 'lly!'

'Nag oedd, Jones! Ond mi ddwedodd y basa hi'n llenwi'r ffurflenni Asesiad Risg, felly 'di o ddim yn ddrwg i gyd.'

'Poen yn din ydy'r rheiny!' medda fi.

'Ia. Diolch i ti, Jones,' medda Fflur, ac i ffwr' â ni ffordd gynta i lawr y coridor a'r gloch yn diasbedain.

Bws Ticky yn refio dros y lle

Dwn i'm oedd 'na rwbath yn bod efo injan y bws 'ta be, ond roedd Ticky – ia, y dyn ei hun – yn refio tu allan i'r ysgol a finna'n ei glywad trwy gydol amser cofrestru fora Iau Trip Mawr Lerpwl. Roedd criw blwyddyn 10 wedi'u weindio hefyd, yn eu dillad eu hunain a'u bagia ysgol yn llawn o betha na fasan nhw'n dod efo nhw i'r ysgol bob dydd. Bag molchi, sothach a chydig o ddillad ... a fêps gwahanol liwia, ma' siŵr.

'Pryd 'dan ni'n mynd, Mr Jones?' medda un o'r merched pan o'n i â 'nhrwyn yn y cyfrifiadur yn gwneud y gofrestr.

'Ma' Mrs Lloyd Hanes yn dod i'n nôl ni mewn munud,' medda fi.

'Sgin i amser i lenwi 'mhotal ddŵr?' medda Jason.

'Oes, ond cer yn reit sydyn,' medda fi, 'gin ti funud a dau ddeg naw eiliad o ... RŴAN!'

Ac o fewn chwinciad i ddychweliad Jason roedd Fflur Hanes yn sefyll yn ffrâm y drws efo clipfwrdd yn edrych yn swyddogol i gyd, yn ymgorfforiad o drefnusrwydd ac effeithlonrwydd, a'r plant i gyd yn ymdawelu i gael mynd y ffordd gynta am y bws.

'Reit 'ta!' medda hi, yn cerdded i sefyll o flaen y bwrdd gwyn, ''dan ni am gychwyn yn reit fuan rŵan ond dwi jyst isio gwneud yn siŵr fod pawb efo ni, Mr Jones ... dwi'n gwbod nad ydy Nathan 'di cyrradd eto ...'

'Ydy Nathan i fod ar y trip, ydy?' medda fi.

'Ydy – oes 'na rywun yn gwybod lle mae o?'

''Na i snapio fo rŵan,' medda Gwion.

'Mae o ar 'i ffordd!' medda Jodie. 'Mae o ar Maps.'

'Iawn 'ta, dowch â'ch bagia efo chi, mi awn ni'n drefnus at y bws,' medda Fflur Hanes.

'AT y bws,' medda finna, 'AT y bws, nid AR y bws. Ciw tu

allan, plis! Dim ras wirion am y sêt gefn. Dach chi ym mlwyddyn 10 rŵan, cofiwch! Cadeiria'n daclus plis ... a phan ma' Nathan yn cyraedd, PAWB i sbio ar ei watsh ac ysgwyd 'i ben yn siomedig. Iawn?'

'Iawn!' meddan nhw, yn edrych ymlaen at godi cywilydd ar Nathan.

Ar goll yn Villa Fiorito

Nathan oedd ar goll y bora hwnnw ond mi fues inna ar goll un tro hefyd. Dau ddiwrnod ar ôl i mi feddwl 'mod i ddim yn bod oedd hi, a finna 'di rhoi fy mryd ar weld lle cafodd Diego Maradona ei eni a'i fagu. Ro'n i wedi bod yn gweld stadiwm Boca Juniors, yn toeddwn, a'r capel bach personol iddo yn adain yr Eglwys Gadeiriol anferth honno. Ia! Capel bach iddo fo'i hun, myn coblyn i! Do'n i ddim yn gwybod hynny ar y pryd, ond ymhen blynyddoedd lawer, a finna efo'r wraig a'r plantos yn Napoli, mi fyddwn yn gweld allorau iddo fo hefyd ... ond a' i ddim i sôn am rheiny rŵan hyn. Sôn am Villa Fiorito ro'n i, y *bario*, neu'r ardal dlawd ar gyrion dinas fawr Buenos Aires lle magwyd Diego ... ac mi ges i gadarnhad fy mod i'n bodoli achos pan welis i fws melyn yn dŵad ffwl-pelt efo VILLA FIORITO ar ei flaen o, mi godais i fy llaw chwith yn uchel i'r awyr a rhedag nerth fy mhegla wrth i'r bws wichian i stop. Roedd o wedi fy ngweld i, a doedd neb arall isio mynd arno fo, nac isio dod oddi arno fo chwaith. Dew, ro'n i'n rêl boi rŵan!

Beth bynnag, mi ges i fy sgytian am hir ar y bws, a 'nhaflu mlaen ar bob stop, troed y gyrrwr yn drwm ar y sbardun, yn drwm wedyn ar y brêc a phawb i'w weld yn ddiamynedd a bagia dan eu llgada. Y plant yn gwybod bod rhaid bihafio ac yn ofni symud gewyn. Ac roedd y Forwyn Fair hitha'n sbio i lawr arnon ni i gyd, a'r croesau ar y casgliad o laswyr a hongiai oddi ar y drych ar y ffenest flaen yn janglo i gyd. Deud y gwir, roedd y gyrrwr yn edrych fath â Iesu Grist ym *Meibl y Plant*, yn hirwallt, ond yn gwisgo jins a chrys-T gwyn. Roeddan ni allan o'r maestrefi rŵan a'r adeilada Sbaenaidd yn mynd yn is ac yn is wrth i'r bws sgrytian a rhygnu hyd nes y daethon ni at dai bychan bach o sinc a choed a chydig o frics. Cartrefi'r tlodion go iawn ... *favellas* oedd y rhain yn Rio de Janeiro, ond be oedd eu henwa nhw yn Buenos Aires, tybad?

Aeth y bws yn ei flaen ar hyd y ffyrdd tyllog a phob twll i'w deimlo ar sêt y bws a fyny f'asgwn cefn i. Roedd tanau wedi'u cynnau tu allan i'r cytiau shanti 'ma, ac ambell dad boliog yn ei fest yn trio coginio rwbath ac yn procio rhyw damed o dân. Tlodaidd 'di fama, medda fi wrtha i fy hun, yn synfyfyrio am yr hen fideos du a gwyn rheiny welis i o El Diego yn hogyn bach yn gwneud tricia efo oren ac wedyn efo pêl, honno bron cymaint â fo'r adeg hynny. Ac yn sydyn, dyma 'na gysgod mawr tywyll yn dod dros y bws a dyma fo'n dod i stop a'r injan yn diffodd. Ac Iesu Grist yn neidio o'i sêt a'r llaswyr yn ysgwyd i gyd. Arglwy' mawr! Roeddan ni mewn rhes o fysys melyn gwag. Dim ond fi, Jones bach, oedd ar ôl ar y bws ac roeddan ni 'di cyrraedd y Terminal, diwedd y daith, lle roedd y bws yn cysgu dros nos. Diwedd y siwrne, y pen draw ... Terminal Villa Fiorito ... o ffac ... y terfyn eitha. Neidiodd y gyrrwr oddi ar y bws, wedyn neidio'n ôl mlaen i nôl ei sgrepan cyn neidio i ffwrdd eto. Caeodd y drysau.

Be uffar wna'i rŵan? medda fi wrtha i fy hun, mi fydda i yn fama tan bora. Ro'n i 'di sylwi fod y gorwel 'di dechra llwydo a'i bod yn dechra nosi. Do'n i ddim am fentro allan i un o'r llefydd mwya peryg yn Buenos Aires i gyd. 'Swn i ddim yn para'n hir iawn yn y *bario* lle cafodd Diego ei fagu. Doedd gen i'm dewis, mi fasa raid i mi roi 'mhen i lawr yn y ffacin bws 'ma, beryg, medda fi wrtha i fy hun.

Ond yn sydyn dyma fi'n gweld cysgod, ac wedyn ro'n i'n sbio i lawr ar ryw foi oedd yn sbio i lawr ar olwynion y bws a dyma fo'n codi ei olygon a sbio i fyw fy llgada i. Mecanic, falle, a dyma fo'n mynd i flaen y bws a pwyso'r botwm tu allan i agor y drysau a chyfarth dros y lle, yr hyn o'i gyfieithu oedd yn swnio rwbath tebyg i hyn ...

'Be uffar wyt ti'n neud yn fan hyn, y diawl dwl?'

'*Lo siento*, mae'n ddrwg gen i ...' medda fi, wedi dychryn, gan godi i gerdded oddi ar y bws a theimlo bys tew y mecanic yn pwnio fy nghefn yr holl ffordd.

'Vamos ... vamos ... vamos!' medda fo.

Wedyn dyma fo'n gafael fel feis yn fy mraich i a 'nhynnu i ran arall o'r Terminal a thrwy ryw ddrws lle doedd 'na ddim drws, jyst twll yn y wal, a rhes o fysys i gyd yn wynebu ffordd arall, a'r boi mecanic 'ma'n chwifio'i law yn yr awyr i wneud arwydd rhyngwladol 'tyd efo fi, y con' gwirion, neu mi flinga i di ...' a dim enaid byw yn y lle dim ond ogla petrol ac oel yn drwch. Doedd o 'mo'r lle iacha yn y byd ... a dyma fi'n clywad sŵn injan fawr disel yn tanio, ac wedi i ni gyrraedd y bws hwnnw, yr un â'i injan yn rhedag, roedd o'n deud EL CENTRO ar ei flaen. Dyma'r boi mecanic yn cyfarth eto arna i ac yn pwyntio ata i a dyma'r bys tew yn fy nghefn eto'n deud wrtha i am fynd i fyny'r grisia cyn i mi gael fy mhloncio yn y sêt agosa ... a dyma'r bws hwnnw'n sgrytian mynd wedyn yr holl ffordd yn ôl o Villa Fiorita i ganol y ddinas, y canol llonydd distaw ro'n i isio ddeud, ond dim dyna oedd o ... y canol cyfoethog, gwyn ymhell o fan hyn, mor bell o *fario* truenus Diego.

Tincial poteli gwydr

A ninna i gyd, heblaw dau, ar y bws, roedd Ticky wedi rhoi'r gora i refio'r injan fel dwn i'm be. Roedd hi'n troi yn dda rŵan, ro'n i'n meddwl, a'i grwndi hi'n deud ei bod hi'n siŵr o fynd â ni i Lerpwl ac yn ôl heb fethu.

'Mae pawb yma rŵan ond am ddau!' medda Fflur Hanes.

'Ma' Nathan ar y ffordd,' medda finna, 'ond lle ma'r Prif, dŵad?'

'Y Prif? O, anghofies i ddeud wrthat ti,' medda Fflur Hanes, 'dydy'r Prif ddim yn dod efo ni rŵan. Rwbath 'di codi munud ola.'

'Ies!' medda finna, a chwerthin. 'Ond pwy sy'n dŵad yn ei lle hi 'lly?'

'Y fyfyrwraig Cerdd ac Addysg Grefyddol 'na.' medda Fflur Hanes. 'Ddyla'i bod hi yma erbyn hyn.'

'Ti ddim o ddifri?' medda fi, wedi stopio chwerthin rŵan ac yn sbio'n syn ar Fflur Hanes, yn disgwyl iddi ddeud 'i bod hi'n tynnu coes ... ond nath hi ddim.

'Doedd y Prif ddim yn medru rhyddhau neb arall. Wel, dyna ddwedodd hi. Pam, Jones? Be di'r broblem?'

'Dim byd,' medda fi, yn suddo i'm sêt. 'Mi fydd yn brofiad da iddi, ma' siŵr.'

Ymhen hir a hwyr dyma'r ddau bechadur yn ymddangos tua'r un pryd â'i gilydd, y stiwdant Cerdd ac Addysg Grefyddol yn ei sgert gwta a Nathan a'i gap coch.

'Sori!' medda'r stiwdant.

'Sori!' medda Nathan, yn cymryd y blaen ar Fflur Hanes a finna, rhag ofn i ni roi llond ceg iddo fo.

Roedd 'na hen ddigon o le ym mlaen y bws ond mi stwffiodd y stiwdant Cerdd ac Addysg Grefyddol heibio i mi at y ffenest, i'r sêt wrth fy ochr. Wnes i ddim meddwl llawer am y peth achos be glywis i wrth i Nathan gamu ar y bws a sboncio i fyny'r grisia oedd tincial poteli ... do tad, mi glywis i dincial poteli. Mi ga i chdi yn y munud, Nathan, boi bach, medda fi wrtha i fy hun!

Tresi tywyll

Roedd y stiwdant Cerdd ac Addysg Grefyddol yn ista'n rhy agos ata i, a Ticky yn llywio'i ffordd dwy giatiau'r ysgol at y cloc a throi i'r dde drwy'r dre, ac am y dwyrain â ni. Fedrwn i ddim gweld llawer drwy'r ffenest gan fod tresi tywyll y stiwdant Cerdd ac Addysg Grefyddol rhyngdda i a'r gwydr, yn sglein i gyd fel bob amser. Mi gwrddais i â merch ers talwm a chanddi dresi tywyll. Yn Istanbul roeddan ni, yn yr hostel rata un, a dyma hi'n dod i siarad efo fi. Carolina Portilllo. Nid o Istanbul ond o Buenos Aires oedd hi'n dod. Clapiog oedd fy Sbaeneg i, ond roedd o'n well na'i Saesneg hi, a dyma fi'n dod i'w nabod hi'n reit dda a sgwennu fel hyn amdani yn fy llyfr taith ar ôl i ni ffarwelio un pnawn. Roedd hi'n fyw, yn loyw, yn löyn byw, yn *mariposa* yn ei hiaith ei hun. Ro'n i'n hoff iawn ohoni ac yn hoffi'r ffordd ro'n i wedi sgwennu amdani hefyd. Ond wnes i ddim dangos hwn i'r plant yn 'rysgol pan oeddan ni'n sôn am straeon byrion, byrion chwaith.

Carolina mi mariposa

Un hyfryd o beryg wyt ti, Carolina Portillo. Mae dy lygaid tywyll bob amser yn chwilfrydig, dy enaid yn anniddig, yn ymbalfalu, yn chwilio'n dragwyddol am rywbeth o hyd ac o hyd. A gei di dawelwch? A gei di lonyddwch yn dy galon ym mhen y daith? Neu a fydd dy fywyd yn ddawns tango ar ei hyd, yn eofn, yn hy, yn gylchoedd o emosiynau'n siglo fel cysgodion yr hwyr ym Muenos Aires? Rwyt yn ymgorfforiad o ymchwil a chywreinrwydd. Mae yn llyfnder dy groen, yn nhresi tywyll dy wallt, yn fflachiadau dy lygaid, yn dy fod.

Ac rwyt ti, i mi, fel iâr fach yr haf. Yn codi, yn glanio, dy gyffyrddiad mor ysgafn â chusan a'th daith drwy hyn o fyd mor berffaith o anwadal.

Hi, Carolina, nath y llun ar glawr tu mewn fy llyfr taith. Mae o'n dal yno. Ro'n i chydig bach yn flin efo hi ar y pryd achos 'mod i isio rhoi petha pwysig ar y clawr tu mewn i'r llyfr a doedd 'na ddim lle rŵan. Petha pwysig fel lle ro'n i 'di bod i gyd. Rhestr hir a di-dor o enwa diarth lle ro'n i 'di bod. Ond y llun. Rhyw fath o fap ydy'r llun. Map o gyfandir de Americia a dyn bach yn saethu bwa saeth i'r awyr ac wedyn map bach o gyfandir Ewrop a dyn bach yn saethu bwa saeth i fyny i'r awyr ar hwnnw hefyd. Ac yn uchel uwchben y cyfandiroedd yma mae'r ddau saeth yn mynd heibio'i gilydd am eiliad fach. A dyna sut roedd Carolina yn gweld ein cyfarfyddiad ni, mae'n rhaid. Dau saeth yn mynd heibio'i gilydd am eiliad fach mewn tragwyddoldeb mawr.

Tywyllwch y twnnel

Yn union fel lleidr pen-ffordd yn un o nofelau T. Llew Jones mi wnes inna gymryd mantais llawn ar y tywyllwch. Nid tywyllwch y nos, achos roedd hi'n dal yn olau dydd, ond tywyllwch y twnnel, siŵr iawn.

Pan stopiodd Ticky wrth y lle talu ro'n i'n gwybod ei bod hi'n bryd i mi ddeud wrth Fflur Hanes a Mrs Roberts a'r stiwdant Cerdd ac Addysg Grefyddol 'mod i'n mynd i neud yn siŵr fod pawb yn gwisgo'u gwregysau diogelwch. A dyma fi'n agor fy ngwregys i efo clic ar ôl gofyn iddi hi, y stiwdant, symud i fyny er mwyn i mi gael ei agor o. A dyma fi'n cogio bach 'mod i'n tsiecio fod pawb yn gwisgo'u gwregysau, hyd nes i mi gyrraedd Nathan, hogyn y tincial poteli ...

'Reit, Nathan!' medda fi, yn trio sadio wrth i Ticky ei chychwyn hi drwy'r twnnel. 'Reit, ty'd â nhw yma! Rŵan, plis!'

Trodd Nathan at ei fêt, Ed, yn syth bìn a deud yn syn,

'Sut ma' Mr Jones yn gwbod?'

Codi ei ddwy law nath Ed a gwneud wyneb, 'Sgin i ddim clem! Paid â gofyn i fi!'

'Rŵan, Nathan. Sgin i ddim trwy'r dydd!'

Plygodd Nathan i lawr i roi ei ben rhwng ei goesa a thynnu'i fag ysgol allan o dan ei sêt, agor y sip, symud ei fag molchi a chêbl gwefru a thrôns glân i un ochr, a thynnu bag o boteli o gwrw cryf ohono a'i roi i mi.

'Diolch, Nathan,' medda fi. 'Mi gei di nhw'n ôl pan ti'n ddeunaw, iawn?'

'Plis paid â deud wrth Mrs Lloyd!' medda Nathan.

'Ein cyfrinach ni 'di hyn, Nathan,' medda fi. 'A titha, Ed!'

'Iawn, syr,' medda'r ddau efo'i gilydd, a dyma finna'n ei gwneud hi'n ôl yn y tywyllwch i fy sêt a rhoi'r bag o boteli cwrw oer neis yn fy mag fy hun yn slei bach, yn gobeithio fod 'na oergell yn stafell y gwesty mawr 'ma yn Lerpwl. A pheth i agor poteli hefyd, wrth gwrs.

Neges gan y ganol

Ping
    Ydy fy nhrenyrs i yn y car? Dwi angen nhw fory.
    O! Dwn i'm, sori. Dwi ar fws i Lerpwl.
    O! Lle ma'r car?
    Maes parcio 'rysgol. Goriad sbâr yn drôr.
    K
    Cofia gloi.
    K

Cyntedd y gwesty

Mi oedd y pnawn wedi mynd yn reit hwylus. Amgueddfa hyn, amgueddfa llall a swpar bach neis i ni i gyd, chwara teg, a neb yn cwyno am y bwyd. Roedd Fflur Hanes, Mrs Roberts a finna 'di cael gwledd, a'n bolia ni'n llawn dop.

'Mae'r stiwdant Cerdd ac Addysg Grefyddol 'di colli ffidan go lew,' medda fi.

'Do!' medda Fflur Hanes. 'Lle ma'r gloman 'di mynd rŵan eto?'

'Dim syniad,' medda Mrs Roberts, 'ond ddyla hi ddim diflannu heb ddeud dim. Ma' hi'n mynd yn hwyr rŵan, tydy! Dechra nosi.'

Mi drawodd Fflur Hanes ei llwy ar y bwrdd deirgwaith fel

barnwr mewn llys barn efo'i forthwyl, a chyhoeddi wrth bawb fel hyn ...

'Diolch i chi i gyd am heddiw. Dach chi 'di bod yn dda iawn. 'Dan ni isio i hyn barhau rŵan plis ... mae'n gyfrifoldeb i ni'r athrawon i ddod â chymaint ohonoch chi i ddinas fawr fel Lerpwl. Y cwbl 'dan ni'n ofyn i chi rŵan ydy'ch bod chi'n aros yn eich stafelloedd. Rydw i a Mrs Roberts ar ben un coridor ac mae stafell Mr Jones y pen arall, a stafell Miss Jenkins hefyd. 'Dan ni ddim isio i neb grwydro o stafell i stafell. Pawb i aros yn ei stafell ei hun. Ydy pawb yn deall hynny?'

'Yndan,' medda ryw lond llaw o'r disgyblion.

'Yndach?' medda Fflur Hanes.

'Yndan!' medda pawb wedyn.

'Parchwch y lle. Os dach chi am neud panad, iawn, ond byddwch yn ofalus efo'r dŵr poeth a ballu ...'

Ac i ffwrdd â nhw am eu stafelloedd a'n gadael ni'n tri efo'r sgowsars yn ein tendio ni yn fanno, ac un yn gofyn ...

'Wanna swifty?'

'No!' medda Fflur Hanes yn bendant, cyn i neb arall gael cyfle i ateb. 'We have an early start tomorrow!'

'Up to youse, like!' medda'r sgowsar a mynd wysg ei din am y gegin a llond ei hafflau o lestri.

Llenwi'r oergell

Roedd y chwe photel brynodd Nathan o'r siop yn y dre yn ffitio'n berffaith i'r oergell fechan. Roedd gan y boi chwaeth hefyd – cwrw Belgaidd cryf, 6.9%. Argol fawr! Tipyn cryfach na'r cwrw melyn yn ein tafarn ni yn y pentra. Gwesty da oedd hwn roedd Fflur Hanes wedi'i ddewis. Peth agor poteli yma hefyd, myn diawl! Fues i'n ffidlan efo'r teledu oedd yn llenwi hannar un o waliau'r stafell, a gweld bod 'na gêm newydd ddechra, Real Madrid yn erbyn Valencia. Prysur ydy hogia Real Madrid, yn chwara bob nos fel hyn, medda fi wrtha i fy hun, yn meddwl am 'y ngwash i, a chicio fy sgidia oddi ar fy nhraed a gorwedd yn ôl yn braf ar y gwely. Reit dda, wir, medda fi ar ôl i Valencia fynd ar y blaen, mi neith hi gêm rŵan, a meddwl sŵn mor neis oedd sŵn potal o gwrw oer yn agor, a hogia Real Madrid yn chwysu chwartia i'w gwneud hi'n gyfartal cyn hannar amser.

Codi i gerdded yn sydyn i fyny'r coridor yn nhraed fy sanau, i neud yn siŵr fod pawb yn eu stafelloedd yn blant da. Ac mi roeddan nhw. Yn ôl â fi i'm ffau, a meddwl eto am y sŵn neis roedd potal o gwrw yn ei wneud wrth gael ei hagor a sŵn gwell byth wedyn wrth ddal y gwydr ar ongl a thywallt y cwrw cryf melynfrown oer neis i hwnnw. Tafarnwr ddylat ti fod, Jones bach, fel Ger Glôb neu fel Wil a Mags ers talwm. Dew, ma'n siŵr y basa 'na lot fawr o hwyl i'w gael. Lot fawr o helynt hefyd, debyg. Roedd ail hannar y gêm ar fin dechra rŵan, ac mi oedd potal arall yn fy llaw. Chwara teg i Nathan! Mi fyddai'n rhaid i mi brynu peint neu ddau iddo fo pan welwn o rownd dre, ar ôl iddo fo adael 'rysgol. Roedd o'n lwcus 'mod i 'di gadael llonydd i'r hen fêps gwirion 'na oedd yn 'i fag o.

O, 'na hi eto! Real blydi Madrid ar y blaen, siŵr iawn. Mi fasa'r bychan wrth ei fodd rŵan ... gobeithio'i fod o 'di rhoi'r hen FIFA 'na ffwr' heno 'ma. Tybad nath y wraig weiddi ar dop y grisia fel dwi'n neud yn dragwyddol ... 'Sgrinia i ffwr' rŵan, a FIFA ...' Dwi'n siŵr ei bod hi wedi gwneud.

Potal arall. Pum munud ar ôl o'r gêm. Clec iddi hi. Lawr â fo, Jones! Lawr y lôn goch. Un botal oedd ar ôl yn yr oergell erbyn hyn, myn diawl! Fedrwn i 'mo'i gadael hi'n unig yn fanna ar ei phen ei hun bach. Crac arall, a chwympo'n ôl yn drwm ar y gwely ... dew, un da oedd Nathan ... un dda oedd Fflur Hanes, a da oedd blwyddyn 10 hefyd a lwcus oeddwn i 'mod i 'di cael dod i Lerpwl ar y trip Hanes 'ma ...

Ond yn sydyn, roedd cnoc ar y drws. Pwy uffar oedd 'na rŵan? Nathan? Sori boi, ond does 'na'm diferyn o dy gwrw cryf gwlad Belg di ar ôl, washi!

Sbiais drwy'r gwydr bach crwn yn y drws a chael sioc a hannar ... y stiwdant Cerdd ac Addysg Grefyddol oedd yno, yn trio twtio'i gwallt ac ymbarchuso, ac roedd hi'n cnocio eto ... agoris i'r drws a'i hel hi i mewn i'r stafell, a dal fy mys ar fy ngwefus i ddeud wrthi am beidio meiddio â deud dim rhag ofn i rywun ei chlywad hi. Pen allan yn sydyn wedyn i neud yn siŵr nad oedd neb arall ar y coridor wedi'i gweld hi'n dŵad i mewn, yn union fel yr hen fusnas 'na efo'r tatŵ Che Guevara yn y stordy yn 'rysgol.

'Haia, Mr Jones!' medda hi, a chodi'i llaw lipa yn wirion arna i cyn tynnu'i gwallt o'i dannadd ac ista yn y gadair.

'Lle ti 'di bod?' medda fi, yn ista rŵan ar erchwyn y gwely.

'Es i i gael tatŵ arall!' medda hi. 'Mae 'na le tatŵs da yn Lerpwl 'ma.'

'Tatŵ arall? Ma' Fflur Hanes a Mrs Robaij 'di bod yn poeni amdanat ti, allan yn hwyr y nos fel hyn ar ben dy hun bach.'

'Oeddach chi'n poeni amdana i hefyd, Mr Jones?' medda hi.

'Wel ... y ... oeddwn, ma' siŵr!' medda fi.

'Taswn i 'di deud, 'swn i ddim 'di cael mynd i gael tatŵ, na faswn?' medda hi.

'Na fasat!' medda fi, cyn meddwl tybad pa datŵ oedd hi wedi'i gael y tro yma.

'Be gest ti 'ta? Na – paid â deud! Wn i – Fidel! Dyna pwy ti 'di gael tro yma, 'de?' medda fi, yn reit siŵr 'mod i'n iawn yn deud Fidel. Fidel i fynd efo Che, siŵr iawn.

'Naci!' medda hi, 'triwch eto!'

'Iesgob! Ymm … gwitsia funud 'ta …' Ro'n i'n trio meddwl am symbol arall chwyldroadol a doedd y cwrw cryf 'na o wlad Belg ddim yn help i'r achos o gwbl.

'Iesgob, dwn i'm,' medda fi, yn methu'n lân â meddwl yn glir.

'Dowch 'laen, Mr Jones!' medda hi gan fynd i'w bag ac estyn potal o fodca ohono. 'Os dyfalwch chi'n iawn mi gewch chi rannu hon efo fi …'

'Fodca!' medda fi, yn meddwl na fasa ryw joch bach neu ddau yn gwneud dim drwg. Wedi'r cwbl, fodca ydy'r puraf o'r gwirodydd meddan nhw, a … 'Wn i !' medda fi. 'Os nad Fidel, be am lun o faner Ciwba? Dyna ti 'di gael?'

'Naci!' medda hi'n reit siarp.

'Be am siâp ynys Ciwba 'ta?' medda fi.

'Naci! 'Di o'm byd i wneud efo Ciwba!'

'Sgin i ddim syniad, 'ta,' medda fi.

'Dolffin!' medda hi, 'fedra i ddim 'i ddangos o i chi achos ma' raid i mi gadw'r plastar drosto fo tan fory …'

'Paid poeni!' medda fi, 'dwi'n gwbod sut beth 'di dolffin … ac o'r ffor' ti'n ista dwi'n gwbod lle mae o 'fyd!'

'Dach chi'n iawn, Mr Jones! Ar foch chwith fy nhin i mae o!' A dyma hi'n troi top y botal fodca i ffwrdd yn ei dwrn ac yn yfad 'i hannar hi ar ei thalcen cyn tywallt y gweddill i'r hen wydr cwrw oedd i fod i ddal brwsh dannadd … reit i'r top, a'i godi o a'i roi o i mi. Mi losgodd wrth fynd i lawr fy nghorn gwddw i, finna'n tagu ac yn gwneud stumia fel dwn i'm be.

Ac ymhen chydig wedyn dyma'r llun ar y teledu mawr yn

troi'n lliwia seicadelig, a'r lliwia wedyn yn troi'n niwl amryliw ac ro'n i'n fflatnar ar wastad fy nghefn ar y gwely, yn teimlo'n drwm, drwm ac roedd Amy Winehouse yn sbio i lawr arna i a'i llais hi'n atseinio drwy 'mhen i, a finna'n gorwedd yn fanno'n methu symud yr un gewyn ond rhan ohona i yn hofran uwchben bob dim ac yn sbio i lawr arna i fy hun, yn gwbl ddiymadferth, ar drugaredd Amy Winehouse sy'n tynnu fy nwy hosan i oddi ar fy nhraed, yn agor dau fotwm uchaf fy nghrys, yn tynnu'r dillad gwely drosta i ... ac i goroni bob dim, yn plygu yn ei blaen i roi cusan fach i mi ar fy nhalcen cyn troi ar ei sawdl a wiglo'i phen-ôl am y drws ac allan â hi. A dwi'n gorfadd yn fanno, yn dreuliedig, yn ffaeledig ac yn lot o betha eraill sy'n gorffen efo 'ig' ma' siŵr. Ar fy mhen fy hun bach ... nes i mi glywad llais ...

'Ha! Jones! Be ti'n drio'i neud, y diawl gwirion?'

'Bob! Ti sy 'na?'

'Ia, tad. Hei, Jones! Be ti'n da yn Lerpwl?'

"Di gorfod dod yma ar drip Hanes dwi!'

'Ha! Ti a Lerpwl! Dwyt ti ddim yn ffrindia mawr efo Lerpwl nagwyt, Jones?'

'Nac'dw, Bob, mi elli di ddeud hynna! Bob?'

'Be?'

'Wel ... ma' Lerpwl dal yma, tydy.'

'Ydy, ydy. Ac yma fydd o hefyd 'de. Hei, Jones!'

'Be?'

'Edrycha arno fo fel cyfle.'

'Cyfle? Cyfle i be dwed, Bob?'

'Boi heddychlon ydw i, cofia ...'

Ac roedd Bob wedi mynd, a thrwy'r mwrllwch fyny yn Seion mi welwn i'r dafarn, tafarn Paradwys a'r holl gymeriada ro'n i wedi bod yn ymwneud â nhw, arwyr a mawrion y genedl, yn ista yn eu gynau gwynion a'r rhimyn euraidd ... Rargian, meddyliais, mi fydd yn rhaid i mi gael mynd i Seion, mae 'na hwyl i'w gael yno, saff i chi ... dwi ddim am fynd i'r lle arall 'na, y lle roedd ei enw, Abu Ghraib, yn codi'r cryd arna i, nag o'n i wir, ro'n i am osgoi'r fan honno, yn bendant i chi ... ond be oedd yr ods, tybad? Os oedd Efnisien 'di cael pledio'i achos dwi'n siŵr y byddai gen inna gyfle fel pawb arall, medda fi wrtha i fy hun ... cyn i mi weld Fidel yn ei gap FWA wrth y bar yn gofyn i Branwen am Mojito arall.

'Hei, Fidel!' medda fi.

'Hei, Hones!' medda Fidel, cyn codi ei wydr bach i fyny a sbio i fyw fy llgada i a deud,

'Mi wnes i ddechra'r chwyldro efo wyth deg dau o ddynion. Os fasa rhaid, mi faswn i wedi ei ddechra efo deg neu bymtheg o ddynion, a ffydd. Does dim ots pa mor fach wyt ti os oes gen ti ffydd a chynllun da.'

'Dallt yn iawn,' medda fi.

'A Hones,' medda Fidel, 'ti'n gwybod be 'di chwyldro, 'dwyt?'

'Yndw tad,' medda fi.

'Be ydy o 'ta, Hones?' medda Fidel.

'Wel ... y ... rhyw newid mawr ...'

'Ia, Hones! Ond mi ddweda i'n hollol glir wrthat ti be ydy chwyldro rŵan ... iawn, Hones?'

'Iawn, Fidel. Dwi'n glustia i gyd.'

'Chwyldro ydy'r frwydr i'r eithaf rhwng y dyfodol a'r gorffennol ... meddylia di am hynna rŵan, Hones ... meddylia di am hynna.'

'Mi wna i, Fidel,' medda fi, yn dechra meddwl yn syth bìn am y peth.

'Adios, Hones! A ty'd i lawr o fanna, y llwdwn!'
'*Buenas noches*, Fidel,' medda finna. 'Mi dria i ddod i lawr. Dydw i ddim yn trio hofran yn fama ... nath o jyst digwydd ...'

PING

Neges gan 'y ngwash i am bump o'r gloch y bora. Gobeithio bod y diawl bach 'di bod yn cysgu a heb fod yn chwara FIFA drwy'r nos. Be mae o isio?

'Dad, ti'n gwbod pam bod bricsan seis bricsan? Seis llaw ydyn nhw. Dyna pam.'

Ia, myn diawl! Dwi'n siŵr 'i fod o'n iawn hefyd. Isio bod yn fildar mae o rŵan, ar ôl y busnas 'na efo'r llechan oedd 'di trio baglu'r wraig o flaen y tŷ.

Llusgo fy nghorpws

Rywbryd rhwng gwyll a gwawr roedd gen i sychad fel sychad camel oedd 'di bod yn cnoi baco a *sandpaper* ers tair blynedd, a dyma fi'n llusgo fy nghorpws i'r tŷ bach i nôl llymed o ddŵr. Dyma fi'n rhedag y tap a dal fy mys o'dano hyd nes bod y dŵr yn oer, ac yn fanno y ces i'r syniad am ei rhoi hi'n ôl i Lerpwl. Aberth bach arall dros fy ngwlad, yn debyg i be nath Bych a finna flynyddoedd maith yn ôl efo'r gêm ffwtbol fawr honno, pan oeddan ni'n dau drwch blewyn o gael ein taflu oddi ar y cwrs i'n dysgu ni sut i fod yn athrawon.

Cur pen o'r holl gur pennau

Mae'n rhaid 'mod i 'di cysgu'n ôl fel twrch achos doedd gen i ddim syniad lle ro'n i pan ganodd ffôn y stafell. Llais Fflur Hanes oedd yno, yn deud ei bod hi'n amser brecwast a'n bod ni i fod i ddal y fferi ar draws afon Merswy toc wedi naw.

'Fydda i lawr mewn chwinciad,' medda fi wrthi, ond yn meddwl ar yr un pryd sut ar y ddaear oedd fy nghoesa am fy nghario i drwy'r drws ac i lawr y coridor, a 'mhen i'n drybowndian a 'ngwallt i'n teimlo fel tasa fo wedi codi ar fy mhen i, ond doedd o ddim chwaith pan welis i fy adlewyrchiad truenus yn nrych y lifft.

Fi oedd yr ola i gyrraedd y stafell frecwast, a phan wnes i fy ymddangosiad mi sbiodd pawb ar ei watshys, ysgwyd eu penna'n siomedig a chael hwyl garw, yn union fel ro'n i wedi deud wrth bawb am wneud pan ddaeth Nathan i'r fei y diwrnod cynt.

'Dwi 'di bod i lawr unwaith,' medda fi, 'ond es i'n ôl i fyny wedyn i hel fy mhetha, siŵr iawn.'

'Ia, ia!' medda rhywun ar y bwrdd yn y gornal.

'Wrth gwrs!' medda rhywun arall.

Finna'n stryffaglio i ddallt sut uffar roedd y peiriant coffi'n gweithio.

Roedd ôl powlenaid o ffrwythau iach a photyn o iogyrt ar y bwrdd o flaen Fflur Hanes a Mrs Roberts, a'r stiwdant Cerdd ac Addysg Grefyddol 'di cael platiad mawr o frecwast saim ac yn edrych ddim gwaeth ar ôl y fodca. Roedd y tair yn ista yn fanno a'u breichiau ymhleth fel tasan nhw'n disgwyl rhyw esboniad. Roedd y plant yn ymlwybro'n ôl i'w stafelloedd i hel eu geriach.

'Cofiwch eich tsiarjyrs!' medda fi mewn ryw lais bloesg wrth y rhai oedd yn mynd heibio, yn cofio mai dyna 'dan ni'n eu hanghofio o hyd pan fydd ein teulu ni yn mynd i ffwrdd i rwla.

'Mi a' i o gwmpas i neud yn siŵr nad oes neb 'di anghofio dim byd, a bod stafell pawb yn daclus,' medda fi, a'i chychwyn hi am y lifft, yn ddigon pell o olwg gyhuddgar y tair uwch gweddillion eu brecwast.

'Dach chi isio i mi ddod efo chi?' medda'r stiwdant Cerdd ac Addysg Grefyddol, hitha hefyd isio dianc o wg Fflur Hanes a Mrs Roberts.

'Na!' medda finna. 'Arhosa di efo Fflur Hanes a Mrs Robaij yn fama.'

'A phaid â diflannu eto!' medda Fflur Hanes, yn hannar gwenu, hannar blin. 'Deud wrthyn nhw i gyd am siapio, Jones!' medda hi wedyn.

'Iawn siŵr!' medda fi, wrth i ddrysau'r lifft gau.

Cnoc ar y drws cynta.

'Iawn, lawr grisia plis, chi'ch dau ...' Wedyn dyma fi'n gwneud yn siŵr fod 'na ddim byd wedi cael ei adael ar ôl, a mynd i'r stafell molchi i roi'r plwg yn y sinc a throi'r tap ... wedyn y plwg yn y bàth a rhedag y ddau dap yn fanno hefyd. Hei, Fidel! Be oedd Lerpwl isio? Dŵr!

Cnoc ar yr ail ddrws.

'Iawn, dach chi'n barod i adael? Ffwr' â chi 'ta ...' Gwneud yn siŵr fod 'na ddim byd 'di cael ei adael ar ôl, a mynd eto i'r stafell molchi i roi'r plwg yn y sinc a throi'r tap ... wedyn plwg yn y bàth a rhedag y ddau dap yn fanno hefyd. Be oedd Lerpwl isio? Dŵr!

Cnoc ar y trydydd drws – roedd y ddau yma ar eu ffordd allan.

'Bob dim gynnoch chi?' medda fi, 'wela i chi lawr yn gwaelod

...' a dyma fi'n gwneud yn siŵr fod na ddim byd 'di cael ei adael ar ôl, a mynd eto i'r stafell molchi i roi'r plwg yn y sinc a throi'r tap ... wedyn plwg yn y bàth a rhedag y ddau dap yn fanno wedyn. Be oedd Lerpwl isio? Dŵr!

Ac felly fuodd hi. Ymlaen i'r stafell nesa, a'r nesa wedyn. Ugain o stafelloedd, wel, naci, deunaw, a deud y gwir, achos bod y plant 'di cloi dau o'r drysau a fedrwn i ddim mynd i mewn i'r rheiny i greu llifogydd a'i rhoi hi'n ôl i Lerpwl. Drwy gydol yr amser roedd y llun hwnnw o bobol Capel Celyn yn protestio yn Lerpwl yn dod i fy meddwl. *Your homes are safe. Save ours. Do not drown our homes. Capel Celyn must live. Hands off Tryweryn Valley.* Be arall ...? Roedd 'na arwyddion eraill hefyd, siŵr iawn. Ac mae llygad rhywun yn mynd yn reddfol i ochr dde yr hen ffotograff du a gwyn hwnnw, ac ar hyd y rhes hir o brotestwyr hyd at y bws ym mhen pella'r llun. Ar yr ochr chwith ym mlaen y llun mae 'na ddyn tal, tal mewn top-côt ddu yn sefyll â'i gefn tuag aton ni. Dydy'r plant yn 'rysgol byth yn sylwi ar hwnnw.

Y dociau a seiat am Lerpwl

'Ia,' medda Fflur Hanes, a'r gwynt yn ei gwallt, 'o fama nath y *Mimosa* hwylio i Batagonia.'

'A Steddfod Penbedw,' medda fi, 'lle enillodd Hedd Wyn y Gadair Ddu.'

'Roedd 'na filoedd ar filoedd o bobol Gymraeg yn byw 'ma, dach chi'n gweld,' medda Fflur Hanes wrth gynulleidfa oedd yn mynd yn fwyfwy anfoddog ar ôl iddi ddechra bwrw ryw hen law mân a ninna i gyd yn ein cotia yn disgwyl am y fferi dros y dŵr tywyll.

'Ac mi chwaraeodd Cymru yma ryw dro,' medda fi. 'Dwi'n

cofio dod i Lerpwl i wylio Cymru yn chwara yn erbyn yr Eidal yn Anfield ers talwm ... a dach chi'n gwbod pwy nath gamgymeriad ofnadwy yn y cefn a gadael i'r Eidal sgorio?'

'Nac'dan!' medda rhywun oedd yn licio ffwtbol.

'Wel, Chris Coleman,' medda fi, 'a phawb yn gweld bai arno fo a neb yn meddwl 'radeg honno y basa fo'n mynd â Chymru yr holl ffordd i semis yr Ewros ymhen blynyddoedd wedyn.'

Y noson honno roedd Robbie Savage wedi cael ei daflu allan o westy'r tîm gan Bobby Gould am ddeud rwbath gwirion mewn ryw gyfweliad. 1998 oedd hi. Ond wnes i ddim sôn am hynny yn y seiat am Lerpwl tra oeddan ni'n disgwyl am y fferi, er 'mod i'n meddwl ei fod o'n fwy diddorol na'r amgueddfeydd y cawson ni ein llusgo drwyddyn nhw gan annwyl bennaeth Hanes ein hysgol.

'Nôl adra

Doedd 'na ddim glaswellt dros fy llwybra i pan ddes i'n ôl adra achos dim ond am noson yr oeddan ni 'di bod i ffwrdd. Roedd y ci wedi cyffroi'n lân o 'ngweld i.

'Helô, Dadi Wadi!' medda'r hynaf wrth i mi gerdded drwy'r drws.

'Lle ma' pawb?' medda fi wrthi.

'Ma' Mam yn cysgu ar y soffa, pawb arall yn llofft.'

'Oes 'na newyddion?'

'Dim byd mawr, dwi'm yn meddwl,' medda'r hynaf, gan droi i fynd i fyny'r grisia efo clamp o siocled poeth a mynydd o betha pinc a gwyn ar ei ben o. Edrych yn reit neis, deud y gwir.

'Oes 'na bost?'

'Wmbo,' medda hi o ben y grisia, yn brasgamu i'w theyrnas fach fyd-eang.

'Sut aeth hi?' medda'r wraig yn gysglyd wrth i mi drio mynd i mewn i'r stafell fyw yn dawel bach.

'Iawn, 'sti. Lle digon difyr 'di Lerpwl 'de!'

'Ia, ma' siŵr. Pawb 'di bihafio?'

'Do tad,' medda fi, 'er bod amball un 'di trio smyglo contraband ar y bws, a bod y stiwdant 'na 'di diflannu am oriau ar ôl i ni gyrraedd. Ti isio panad?'

'Ia, iawn,' medda'r wraig. 'Ma' gin i rwbath i'w ddeud wrthat ti wedyn ...'

'Iesgob! Be?'

'Gawn ni sgwrs dros banad,' medda hi, ac i ffwrdd â fi fel shot i'r gegin i roi'r tegell ar y tân.

'Oes 'na fisgedi ar ôl yn y tŷ 'ma?'

'Go brin,' medda'r wraig, yn fwy effro erbyn hyn. 'Mae'r locustiaid plant 'ma sy gynnon ni 'di byta bob dim neis, tydyn.'

'Eto,' medda fi.

'Ia, eto,' medda hi.

Mae 'na newyddion

'Mae 'na newyddion!' medda'r wraig wrth i mi roi panad o de ar y bwrdd coffi bach o'n blaena ni.

'Dwi'n teimlo 'mod i 'di bod o'ma ers dyddia ...'

'Mae 'na lot yn gallu digwydd mewn diwrnod neu ddau, does?' medda hi.

'Wel, oes, am wn i ... be sy 'di digwydd 'ta?'

'Mi ddoth 'na bost bore 'ma. Llythyr.'

'Amlen frown?'

'Naci. Un wen. Dyma hi.'

'Be mae o'n ddeud? Ga i weld? Pasia fo yma!'

'Pwylla rŵan, wir!'

Roedd 'na 'NHS' mewn glas ar yr amlen wen a 'nwylo i'n crynu fel maen nhw o hyd bob tro 'dan ni'n cael amlen debyg i hon.

'Iesgob!' medda fi, 'apwyntiad i weld Dr Singhi, myn diawl! Yn y Queen Elizabeth, Birmingham. Diolch byth am hynna! A dim ond, be … saith wythnos i aros … dyma be ydy newyddion da, wir!'

'Ro'n i'n meddwl y basat ti'n falch!' medda hi.

'Yn falch? Dwi'n fwy na balch,' medda fi, yn symud i ista yn nes at y wraig a gafael amdani'n dynn, dynn a'r llythyr yn dal yn fy llaw i.

'Fydd raid i ti ofyn am ddiwrnod o'r ysgol,' medda hi.

'Mi ga i o, dim problam,' medda fi, 'ac os oes 'na unrhyw helynt mi gymra i o'n ddi-dâl, 'di o ddiawl o ots gen i. Mi fydda i yna efo chdi, o byddaf.'

'Wn i,' medda'r wraig. 'Be am banad arall?'

'Panad arall ar ei ffordd, Eich Mawrhydi Mrs Jones,' medda fi, yn codi fel gwenci ac yn mynd am y gegin efo sbonc newydd yn fy ngherdddediad i wneud mwy o de a gweiddi i weld a oedd y ganol a 'ngwash i i fyny'r grisia isio rwbath i'w yfad.

Seren aur o Seion

Iesgob, ro'n i'n falch o fod yn fy ôl yn fy ngwely fy hun. Fasa rhywun yn meddwl 'mod i 'di bod i ffwrdd yn y Ffrensh Fforin Lijon neu rwla am fisoedd, dyna pa mor braf oedd fy ngwely fy hun a fy nau obennydd plu yn feddal dan fy mhen. Mynd yn hen wyt ti mae'n rhaid, Jones bach, medda fi wrtha i fy hun a thynnu'r gynfas drostaf a diffodd y lamp wrth ochr y gwely. Cau fy llgada. Wedyn disgwyl i'r wraig ddiffodd ei gola hitha achos bod Huwcyn Cwsg yn dŵad ffwl-sbid i 'nghyfarfod i, siŵr iawn.

'Mi wnest ti strôc a hannar yn fanna, Jones!' medda llais Bob yn glir fel cloch a gwneud i mi neidio.

'Wel, diolch, Bob!' medda fi. 'Fi gafodd y syniad fy hun, 'sti, ac wedyn mi es i mlaen i weithredu'r syniad ar fy mhen fy hun bach.'

'Ddylet ti fod wedi gweld wyneb rheolwr y gwesty!' medda Bob, 'a'r gweision bach i gyd yn rhedag fel dwn i'm be o gwmpas y lle efo dysglau a bwcedi ...'

'Roedd 'na lanast yno dwi'n siŵr, Bob!' medda fi.

'Llanast! Jones bach, mi oedd y lle yn nofio a dŵr yn rhedag drwy'r lloriau, a ... be 'di'r gair ... "gwreichion", ia?'

'Ia tad, "gwreichion" ... gair da, Bob ...'

'Gwreichion o'r trydan, Jones, gwreichion yn goleuo'r lle i gyd ond y trydan go iawn wedi diffodd a dim gola heblaw am lampa bois y frigâd dân yn y cyntedd a rhaeadrau o ddŵr yn dŵad i lawr drwy'r to ...!'

'Roedd ganddyn nhw bwll nofio yn y cyntedd felly, Bob?' medda fi, yn rowlio chwerthin.

'Oedd, Jones, pwll nofio! Hei, Jones?'

'Be?'

'Roedd y pwll yn y cyntedd yn ddigon mawr i Jemima Niclas gael bàth!'

'Ha, ha!' medda fi, yn chwerthin dros y lle ac yn methu siarad yn iawn, yn trio deud wrth Bob fel hyn,

'A lle i Mari Fawr Trelech neidio i mewn efo arm-bands!'

A dyma Bob yn taro'i ben-glin a dechra udo chwerthin hefyd. Argoledig, hwyl oeddan ni'n gael ...

'A Jones, be nath petha'n waeth oedd 'u bod nhw'n methu agor drysau'r stafelloedd i fynd i mewn iddyn nhw i droi'r tapiau i ffwrdd!'

'Be? Achos bod y trydan 'di diffodd?'

'Ia, ma' siŵr,' medda Bob, 'ac mi gymrodd hi oes i'r Prif Swyddog Tân gael hyd i'r tap tu allan i droi holl ddŵr y gwesty i ffwrdd!'

'Iesgob! Dwi'n siŵr fod 'na le yno,' medda fi.

'Lle a hannar, Jones,' medda Bob a deud eto wedyn, 'lle a hannar! Ac i neud petha'n waeth … wel, yn well … mi oedd y sbrinclars dŵr 'di dod ymlaen hefyd, yn meddwl fod 'na dân yn y gwesty!'

'Mae hynna'n anhygoel!' medda fi wrth chwerthin. 'Gawson nhw socsan go iawn felly, do?'

'Do, Jones,' medda Bob. 'Roedd y rheolwr angen canŵ i ddod allan o'r lle!'

Rargian, sôn am chwerthin wedyn, a f'ochra i'n brifo ar ôl bod yn chwerthin cymaint.

Daeth rhyw gysgod drwy niwlen Seion a llais mawr yn gofyn fel hyn,

'Pwy sy 'na rŵan?' a dyma fi'n clywad llais Bob yn ateb,

'Jones sy 'na. Siarad efo Jones ydw i.'

'Jones Lerpwl?' medda'r llais, 'gad i mi gael gair efo fo!'

Dyma wyneb nad o'n i wedi'i weld o'r blaen yn dod i'r golwg …

'Jones. Dwyt ti ddim yn fy nabod i ond rydw i wedi clywad peth wmbrath o betha da amdanat ti, do myn coblyn i!'

'Diolch,' medda fi, yn dechra chwythu 'mrest allan, yn licio cael fy nghanmol fel hyn. Mae pawb yn licio cael ei ganmol weithia, yn tydyn.

'Wel,' medda'r un boi eto, 'mi wnest ti joban dda o'r gwesty 'na yn Lerpwl, do wir! Tân oeddan ni'n arfer ei ddefnyddio ers talwm ond mi wnest ti job cystal bob tamaid efo dŵr, do wir!'

'Diolch yn fawr i chi,' medda fi.

"Sdim rhaid i ti,' medda fo, 'ond dal ati, Jones bach, dal ati! Drwy ddŵr a thân ...' a dyma fo jyst yn diflannu fel huddyg i botas o'r golwg.

'Pwy oedd y dyn clên 'na dŵad, Bob? Bob? Ti'n dal yna?'

'Ydw, Jones ... dal am funud ...' a dyma fi'n gweld Bob yn dŵad yn ei ôl, yn amlwg wedi bod yn hel criw at ei gilydd. 'Be oeddat ti'n holi, dŵad?' medda Bob.

'Holi pwy oedd y dyn clên 'na o'n i,' medda fi.

'Rhyfadd i ti ofyn hynna. Does neb yn gwbod pwy ydy o, 'sti. Dydy o ddim am ddeud ei enw wrth neb. Dwi'n gweld y peth yn rhyfadd, ond yma yn Seion, os mai dyna ydy ei ddymuniad o, wel, mae pawb yn parchu hynny.'

'Oes gynnoch chi enw iddo fo?'

'Oes, neu fel arall fasa fo ddim yn medru cymryd rhan yng nghwis Paradwys na gwneud cant a mil o betha eraill.'

'Be dach chi'n ei alw fo 'ta?'

'Yr Hen Ben.'

'Yr Hen Ben? Enw rhyfadd.'

'Ia, ond deud ma' nhw mai fo oedd yr Hen Ben tu ôl i Feibion Glyndŵr ers talwm. Fo oedd y prif foi yn cynllunio bob dim ac yn rhedag y sioe, ti'n dallt, Jones.'

'Rargian annwyl! Ydw, dallt yn iawn ... a meddylia 'mod i wedi cael siarad efo fo ac mi ddwedodd o "da iawn Jones" wrtha i hefyd.'

'Ti'n foi lwcus!' medda Bob. 'Dydy'r Hen Ben ddim yn siarad efo bob Twm, Dic a Harri, cofia. Dim ond efo pobol bwysig mae o'n siarad.'

'Dallt yn iawn,' medda finna eto, yn cytuno i'r carn efo Bob.

'Pwy arall sy efo ti heno 'ma?' medda fi, yn trio craffu i weld pwy welwn i.

'Dwi yma!' medda llais Fidel.

'Su'mai, Fidel?' medda fi, 'glywsoch chi fy hanas i yn Lerpwl, do?'

'Do tad!' medda Fidel, 'da was!'

'Diolch!' medda fi, a gofyn i Fidel fel hyn, 'Be mae Lerpwl isio?'

'Dŵr!' medda Fidel.

'Be ma' Lerpwl yn ei gael?'

'Dŵr!' medda Fidel eto, yn rhyw hannar gwenu wrth gofio sut roedd o wedi ein hysbrydoli ni i gyd un tro.

Roedd 'na griw anferth ohonyn nhw rŵan, oll yn eu gynau gwynion yn ista wrth glamp o fwrdd. Bwrdd lot mwy na'r un hen, hen 'na ym mar top Llew Coch, Dinas Mawddwy.

'Wel, Jones!' medda Bob, 'fel y gweli di, mae 'na griw da wedi dod yma i dy anrhydeddu di heno ...'

'Ein lle ni ydy diolch!' medda rhywun ym mhen draw'r bwrdd, llais merch ... Dilys Cadwaladr o bosib ... ' ... ac mae gynnon ni rwbath i'w gyflwyno i ti yn y cyfarfod 'ma ...'

'Oes wir!' medda rywun, D. J. o bosib.

'Haeddiannol iawn!' medda rywun arall, Saunders 'wrach.

'Ma' pobol fel Jones 'ma'n brin,' ddaeth o'r gornal, gan rywun do'n i ddim yn nabod ei lais o.

'Bydd raid i ti edrych ar ôl hwn am dy fywyd!' medda Bob, ac estyn amlen fawr wen i mi oedd ag ymyl euraidd iddi.

'Cerdyn diolch, ia?' medda fi, mwya diniwed.

'Ti a dy gerdyn diolch!' medda Bob, 'nid cerdyn diolch ydy o, ond Tocyn Unffordd i Seion!' medda Bob. 'Does 'na ddim llawar o bobol yn cael un, cofia.'

'Rargian fawr!' medda fi, ddim yn gwybod be ar y ddaear i'w ddeud. 'Tocyn unffordd i Seion! Wel, fedra i wneud dim ond diolch, 'de ... diolch yn fawr iawn, iawn i chi i gyd ... dach chi'n garedig tu hwnt ... ydach wir ...'

'Ond Jones,' medda Bob, 'fedri di ddim ei ddefnyddio fo am dipyn, cofia. Mi fydd yn rhaid aros, yn bydd ... aros nes daw'r amsar, siŵr iawn. Ti'n dallt be sy gen i, dwyt Jones bach?'

'Ydw tad,' medda fi, 'mi arhosa i nes y daw'r amsar, ia, dyna wna i, aros nes y daw'r amsar ...'

Ar hynny dyma pawb oedd yn ista wrth y bwrdd mawr pren 'ma yn codi ac yn dechra cymeradwyo – Bob a Thri Phenyberth, Branwen a Rhiannon ac Olwen, Glyndŵr a Rhys Gethin a Gruffydd Young, a Fidel a Che a Iolo Morganwg a Christmas Evans a llwythi dirifedi o bobol eraill yn fanno yn Seion yn clapio a gweiddi bonllefau, 'Da was!' ac 'I'r gad!' a 'Cymru am byth!' a "Dan ni yma o hyd!' a 'Go dda, Jones bach!' ac 'Un da wyt ti!' a phob math o betha eraill a'r geiria'n diasbedain yn blith draphlith drwy 'mhen i, yn ailadrodd eu hunain ac yn pylu yn ara deg bach i ddim, yn debyg i ddiwedd rhaglen deledu lle roedd pawb yn clapio ar y diwedd.

Be 'di bytlar?

Mi sglaffiais fy mrecwast drannoeth ar ôl codi a gosod y bwrdd yn daclus. Rhoi hoff rawnfwyd pob un ohonan ni yn y bowlan yn y lle iawn ar y bwrdd. Rhoi bwyd i'r ci a dwy fisgedan yn lle un. Berwi'r tegell i neud coffi a deud mewn llais gwirion fod y bytlar wedi paratoi brecwast a'i fod o ar y bwrdd yn barod i bawb ...

'Be 'di bytlar?' medda'r fenga, oedd wedi codi gynta heddiw.

'Fel rhyw was,' medda fi.

'Fel fi pan oeddan ni'n trwsio'r llechan o flaen y tŷ?'

'Ia, dyna chdi, rwbath digon tebyg,' medda fi. 'Rŵan, byta a dos i nôl diod i chdi dy hun.'

A dyma fi'n brwsio 'nannadd a sythu 'nhei a gafael yn fy mag ysgol ac i ffwrdd â fi drwy'r drws efo, 'Wela i chi heno … os dach chi'n lwcus.'

'Ta-ra!' medda'r wraig a'r ganol a'r hynaf.

'Hwyl, bòs!' medda'r fenga chydig ar ôl y lleill.

'Hwyl 'ngwash i, y labrwr gora welis i rioed!' medda finna cyn cau drws y tŷ, agor drws y car, taflu fy mag ysgol i'r sêt ôl, a sgrialu mynd i waelod y lôn ac am y ffordd fawr, y car yn mynd fel wennol.

Y Bwletin Staff

Weithia, pan ydach chi ar ben y byd ac yn meddwl fod petha'n mynd o'ch plaid chi mae 'na rwbath yn siŵr Dduw o ddŵad i roi slap i chi ar draws eich wyneb. Nid slap lipa ond slap go iawn, bonclust tebyg i honno roedd Branwen yn ei chael bob dydd yn y gegin gan y cigydd yn Iwerddon ers talwm. Neu fel tasa rhywun yn dal clamp o bysgodyn, pennog Nefyn falle, a rhoi slap i chi ar ochr eich pen efo fo nes eich bod chi'n gweld sêr. Yn sydyn, mae petha'n troi'n oer, yn galed ac yn wir.

Dyna be ges i, yn drosiadol, y bora hwnnw yn 'rysgol. Slap. Unwaith eto, roedd yn anodd credu creulondeb y llythrenna duon ar sgrin wen fy nghyfrifiadur, a rywsut roedd y Prif 'di medru cael y geiria 'Mater Brys' i fflachio, myn diawl.

MATER BRYS

Mrs Lloyd, Mr Jones, Mrs Roberts,
Miss Jenkins i swyddfa'r Pennaeth 8.30am

DIM MWY O GYHOEDDIADAU AM Y TRO

Mae'r Prif yn ddigon drwg ar ei phen ei hun ond pan gyrhaeddais i ei hystafell hi roedd y Dirprwy tinfain yno hefyd, a dau o'r Llywodraethwyr, a dau o Swyddogion y Sir. Roedd ein cynrychiolwyr Undeb yno hefyd, wedi dod i mewn ar gais y Prif, mae'n rhaid.

'Mae arna i ofn na alla i eich cyfarch chi gyda'r "Bore da" arferol y bore 'ma. Mae enw da'r ysgol yn y fantol, ein henw da fel staff a fy enw da innau fel Pennaeth hefyd. Popeth yr ydan ni wedi bod yn gweithio amdano ar fin cael ei chwalu …'

Roedd y Prif yn amlwg dan deimlad, yn edrych yn ddifrifol iawn, iawn ac yn wyn fel y galchen. Roedd Fflur Hanes, Mrs Roberts a'r siwdant Cerdd ac Addysg Grefyddol yn sbio'n syn, yn methu dallt am be roedd y Prif yn paldaruo. Aeth y Prif yn ei blaen.

'Dydy Heddlu Glannau Merswy ddim wedi cyrraedd eto ond maen nhw ar eu ffordd … Heddlu Dyfed Powys hefyd …'

Edrychon ni'n pedwar ar ein gilydd a deud dim, dim ond llyncu'n galed. Roedd pawb arall yn disgwyl i ni fod yn gwybod yn union be oedd ganddyn nhw dan sylw.

'Be ar y ddaear sydd wedi digwydd?' medda Fflur Hanes, wedi drysu'n lân.

'Peidiwch â deud nad ydach chi'n gwybod dim am ymddygiad y disgyblion oedd efo chi yn Lerpwl?' medda'r Prif, 'nac ychwaith yn gwybod dim am y difrod difrifol a wnaethon nhw i'r gwesty?'

'Wel ... nac'dan!' medda Fflur Hanes yn ddigon didaro cyn codi ar ei thraed, dal ei gên yn uchel a deud fel hyn,

'Mae arna i ofn nad oes gen i na'r staff oedd efo fi ar y Daith Hanes i Lerpwl ddim syniad am be rydach chi'n sôn. Roedd ymddygiad y disgyblion yn dda iawn ac mi wnaethon ni'n siŵr eu bod nhw'n edrych ar ôl eu stafelloedd yn y gwesty, a ...'

'Mrs Lloyd!' medda'r Prif, yn torri ar draws Fflur Hanes, 'Mrs Lloyd! Mae arna i ofn fod cyhuddiadau mawr a difrifol iawn yn ein herbyn ni ac mae'r cyhuddiadau rheiny yn codi'n uniongyrchol o ymweliad blwyddyn 10 yr ysgol hon â dinas Lerpwl. Mae'n well i chi eistedd i lawr.'

Mi aeth petha o ddrwg i waeth wedyn, ac yn seithgwaith gwaeth pan gyrhaeddodd Heddlu Glannau Merswy. Roedd yn rhaid i bawb droi i'r Saesneg a thrio cofio geiria anodd i egluro petha yn yr iaith honno, a'r heddlu yn sgriblo nodiada ffwl-sbid.

Mi gyfaddefais yn y diwedd. Do'n tad! Mi gyfaddefais. Dyna wnaeth Tri Penyberth. A Siôn Aubrey hefyd, ar y rhaglen honno. Do'n i ddim am i'r disgyblion diniwad gael y bai am rwbath nad oeddan nhw wedi'i wneud. Do'n i ddim chwaith am i Fflur Hanes a Mrs Roberts a'r stiwdant Cerdd ac Addysg Grefyddol ddiodde dim mwy chwaith ar fy nghorn i, finna'n ffrindia mawr efo nhw.

Roedd 'na sôn am y Cyngor Addysgu. Roedd 'na sôn am ymchwiliad. Roedd 'na sôn am ddŵad â holl rym y gyfraith i lawr arna i, Jones bach, oedd 'mond 'di trio gwneud rhyw aberth bach arall dros ei wlad. Er, dwi'n meddwl y baswn i wedi medru osgoi cael fy nal achos doedd 'na ddim sôn am dystiolaeth CCTV ohona i na neb arall yn mynd i'r stafelloedd i droi'r tapiau 'mlaen a gadael i'r dŵr orlifo'n ogoneddus ac ymdreiddio drwy haenau adeiladwaith y gwesty mawr yn Lerpwl, drwy'r teils a'r carpedi a'r fflorbords a distia'r to a'r weiars trydan a'r peips a'r plastar hyd nes ei fod yn wlyb at ei groen, y creadur, yn sefyll yno ar y stryd yn rhynnu yn ei ddillad isa a'i ddannadd o'n clecian, pwll mawr o ddŵr wrth ei draed a'r pwll hwnnw'n mynd yn fwy ac yn fwy yn raddol bach.

Cudd fy meiau rhag y wasg a'r cyfryngau

Yn union fel ambell i ffwtbolar sy 'di bod yn gwneud dryga efo gwragedd pobol eraill, mi lwyddodd y Prif a Phanel Disgyblu'r Llywodraethwyr a Heddlu Glannau Merswy i gadw fy stori allan o'r wasg a'r cyfryngau. Mae'n rhaid bod fy nghydweithwyr ar y daith hefyd wedi cael eu siarsio i beidio ag yngan gair wrth 'run enaid byw am be ddigwyddodd ar Daith Hanes blwyddyn 10 i Lerpwl.

Ond un bora mi ddaeth yr amlen. Roedd hi bron yn amser cinio, a'r ci yn cyfarth fel dwn i'm be pan ddaeth fan goch y postman i barcio o flaen y tŷ. A phan ddaeth y postman i'r fei mi redodd i guddio i rwla. Amlen frown oedd hon, brown swyddogol iawn ac arfbais llysoedd gwledydd Prydain ar ei blaen hi a phob dim 'di cael ei deipio, dim byd wedi cael ei sgwennu efo llaw. Ro'n i 'di bod adra ar waharddiad ers tair wythnos, yn deud wrth bawb oedd yn holi 'mod i'n cael traffarth ofnadwy efo fy nghefn. Poenau dirdynnol, ond ro'n i'n ddistaw bach yn gwneud ymarfer corff bob bora yn yr ardd gefn. Pan alwai rhywun heibio i weld y claf mi fyddai'r claf yn deifio ar y soffa cyn iddyn nhw ddŵad i mewn i'r tŷ. Gorwedd ar y soffa a griddfan.

Ond yr amlen frown. Sôn am honno ro'n i, 'de. Er nad oedd neb arall yn y tŷ, mi ddiflannis i i'r llofft gefn a chau'r drws cyn agor yr amlen a thynnu'r llythyr allan. Roedd fy mysadd yn crynu i gyd, ond ddim yn crynu gymaint â phan dwi'n agor llythyra NHS y wraig. Roedd 'na bob math o gyfeirnodau ar dop y llythyr a'r print i gyd yn swyddogol tu hwnt, y ffont yn wahanol i bob ffont welis i o'r blaen – ffont oedd yn ddigon i godi ofn ar rywun. Rheswm yr achos llys. Dyddiad yr achos llys yn Llys y Goron. Llys y Goron, Lerpwl. Y cyhuddiadau yn fy erbyn. Dyddiadau. Rheithgor. Y barnwr ... y Barnwr Jones, myn diawl! Ha! Falle bod 'na obaith i mi!

Byddai'n rhaid i mi ddeud wrth y wraig be oedd wedi digwydd. Doedd 'na le'n byd i mi guddio rhagddi. Byddai'n rhaid i mi ei hwynebu yn hollol noeth, fel yng nghân Steve Eaves, '... yn wynebu'n gilydd yn gyfan gwbl noeth, trio dallt ein gilydd ... mae jyst â thorri 'nghalon ...' a deud fy nweud. Deud wrthi be oedd 'di digwydd a bod 'na ddim byd yn bod ar fy nghefn i go iawn. Byddai'n rhaid i mi estyn fy siwt ora o'r cwpwrdd a chael cip ar fy nghrys o Ciwba wrth wneud hynny.

Deud fy nweud

Bora'r achos ddeudis i wrthi hi. Dries i ddeud cynt, do wir, ond fedrwn i ddim. Sut ydach chi i fod i ddeud rwbath mor hurt wrth yr un y gwnaethoch chi addo, mewn capel bach yng nghefn gwlad Cymru, bod yn anrhydeddus a gwneud eich gora, mewn gwynfyd ac adfyd ...

Pan gyll y call

'Ti'n deud wrtha i fod dyn yn ei oed a'i amsar fatha chdi 'di gwneud hynna?' medda'r wraig ar ôl i mi ddeud wrthi be oedd 'di digwydd yn Lerpwl a chael traffarth mawr i'w chael hi i goelio be ro'n i'n ei ddeud.

'Do. Dyna 'nes i.'

'Ond i be, Jones bach?' medda hi.

'Wel, ti'n gwbod 'mod i 'di bod yn dysgu am Dryweryn a ballu yn 'rysgol ...'

'Yndw ...'

'Wel. Meddwl y baswn i'n ei rhoi hi'n ôl i Lerpwl o'n i, ti'n gweld!'

'Ei rhoi hi'n ôl i Lerpwl? Ei rhoi hi'n ôl i Lerpwl? Dwi ddim yn dallt, Jones! Nac ydw i, wir!' medda'r wraig, yn flin fel tincar. 'Wyt ti'n siŵr nad y plant ar y trip nath hyn? Nid cymryd y bai wyt ti, nage?'

'Fi nath!' medda fi, 'fi sydd ar fai a neb arall. Fy syniad i oedd o a fi aeth ar fy mhen fy hun bach i neud y peth. Wel, fi a Bob a Fidel a Che a'r lleill ...'

'Bob a Fidel a Che? Am be aflwydd wyt ti'n rwdlan?' medda'r wraig, yn sbio'n syn.

'Dad! Pam ti'n gwisgo siwt?' medda'r ganol, wrth hwylio i mewn i'r gegin.

'Wel ... y ... ma' gin i gyfarfod pwysig heddiw 'ma, 'sti.'

'Cyfarfod pwysig, wir! Cyfarfod pwysig efo barnwr a rheithgor a chyfreithwyr a ...' medda'r wraig.

'Sgin i ddim syniad am be dach chi'n fwydro,' medda'r ganol ar ei thraws cyn mynd i rwla.

'Mae gen ti gyfreithiwr da, gobeithio?' medda'r wraig.

'Oes. Dwi am gynrychioli fy hun,' medda fi.

'O, rargian!' medda'r wraig. 'Ydw i'n dal yn 'y ngwely yn cysgu ac yn cael hunllef 'ta be?'

'Nag wyt, Mam!' medda'r fenga wrth ddŵad drwy'r drws. 'Ti wrth y bwrdd yn y gegin efo fi a Dad.'

'Un peth ydy peintio llythrenna coch ar ochr lôn a rhoi sticar ar din y car, ond mae fandaleiddio clamp o westy mawr yn Lerpwl ... mae hynna jyst yn rwbath arall, Jones!' medda hi.

'Mae'n ddrwg gen i, medda fi,' a rhoi 'mhen yn fy nwylo i drio dangos 'mod i'n edifar.

'Mi fydd hi'n ddrwg arnon ni i gyd!' medda'r wraig. 'Duw a'n helpo ni!'

'Mi wna i helpu ti, Dad,' medda'r fenga, 'dwi'n un da am helpu, tydw?'

'Wyt tad!' medda finna, 'ond mi fydd yn rhaid i mi neud hyn fy hun rŵan. Fydd raid i mi gychwyn neu mi fydda i'n hwyr.'

'Lle ti'n mynd, Dad? I'r ysgol? Cefn yn well?' medda'r hynaf, yn dŵad i lawr y grisia fel melltan, ei gwallt hir hi'n wlyb diferol.

'Dwi ddim yn mynd i'r ysgol heddiw,' medda fi.

'O!' medda'r hynaf, yn gwybod pryd i beidio â holi mwy.

'Wela i chi!' medda fi.

'Ta-ra!' a 'Hwyl!' medda'r tri oedd lawr grisia. 'Gweld ti wedyn!' medda'r ganol, yn sticio'i phen drwy ffenest ei llofft.

'Sa'n well i mi ddod efo ti?' medda'r wraig, 'mae Meira adra dwi'n meddwl. Ddaw hi at y plant ar ôl 'rysgol.'

'Dan ni'm isio Anti Meira!' medda'r bychan.

'Ffonia i di!' medda fi, a goglais dan ên y ci nes oedd ei gynffon o'n mynd fel dwn i'm be, cyn gadael.

O, hec

Ti wedi'i gwneud hi tro yma, Jones bach, medda fi wrtha i fy hun wrth yrru'r car i waelod y lôn ac allan i'r ffordd fawr, a throi. Troi, nid i gyfeiriad y gogledd-ddwyrain a Llys y Goron, Lerpwl, ond y ffordd arall, y ffordd hollol groes. Roedd y car yn dal i fynd fel wennol a llond y tanc o betrol. Wel, disel. Mi agoris i fotwm top fy ngrys, a'r ail fotwm hefyd, a llacio fy nhei gora. Troi'r radio yn uwch. Chydig bach o reggae, yn de, Bob? Bob? Ti yna? Bach o bach o hwnne, 'de. Mi agoris i'r ffenest led y pen a rhoi 'mhen allan a theimlo'r gwynt yn tynnu drwy 'ngwallt. Fy llygaid yn dyfrio.

Mi stopiais y car efo sgìd yn y lay-by cynta welis i. Mi gamais allan ohono a thyrchu yn y llyfra a'r papura a'r ffolderi oedd ar y sêt gefn, am y gwŷs i'r llys. Mi ffendis i o, a rhwygo'r diawl yn ei hannar, ac wedyn yn chwarteri, a gwneud y darna papur yn belen flêr cyn ei thaflu i'r bin, y bin yn y lay-by. Ac mi aeth hi i mewn tro cynta! Uffar o shot, Jones! medda fi wrtha i fy hun. A jyst cyn i mi neidio'n ôl i'r car mi glywis i ddwndwr injan ddisel fawr yn dŵad rownd y tro ac mi basiodd un o fysys yr ysgol heibio, a llwyth o wyneba yn y ffenestri mawr, yn codi bawd arna i a rhai yn codi llaw. A dyma fi'n sefyll yno yn eu gwylio nhw'n mynd o'r golwg. Do, mi sefis i yno, yn dal i godi fy llaw hyd nes i'r bws ddiflannu'n llwchyn bychan bach sgwâr i lawr y lôn am y dre.

Dyma fi'n neidio i'r car a rhoi 'nhroed i lawr yn drwm ar y sbardun ac i ffwrdd â fi fel fflamia, y coed a'r deiliach a'r gwrychoedd a phob dim yn gwibio heibio'n rhesi gwyrddion, braf a'r lôn i rwla yn agor yn ogoneddus o fy mlaen.

Dwy nofel arall gan Wasg Carreg Gwalch

'Do'n i ddim wedi darllen dim byd tebyg iddi yn y Gymraeg o'r blaen'
Dorian Morgan

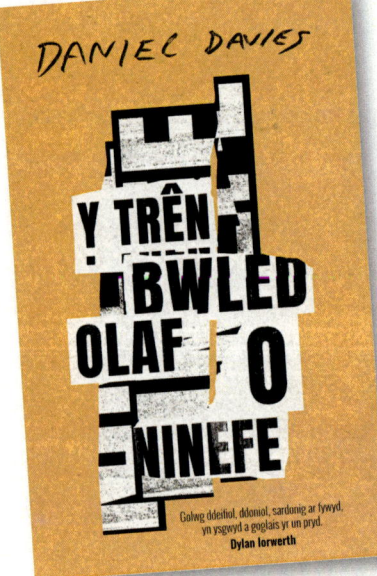

'Cymeriadau cofiadwy gan awdur sy'n ddiamheuol ddawnus'

Meg Elis